ullstein

EVA-MARIA BAST, geboren 1978, ist Journalistin, Verlegerin und Autorin. Sie veröffentlichte mehrere Romane, unter anderem zusammen mit Jörn Precht unter den Pseudonymen Charlotte Jacobi und Romy Herold. Ihre Bücher standen mehrmals auf der SPIEGEL-Bestsellerliste und wurden in zahlreiche Sprachen übersetzt. Die Autorin lebt am Bodensee.

EVA-MARIA

BAST

Das Orangenblüten versprechen

Roman

Ullstein

Besuchen Sie uns im Internet:
www.ullstein.de

MIX
Papier | Fördert gute Waldnutzung
FSC® C021394

PRODUZIERT MIT VERANTWORTUNG

Originalausgabe im Ullstein Taschenbuch
1. Auflage September 2025

Bei Fragen zur Produktsicherheit wenden Sie sich bitte an
produktsicherheit@ullstein.de
Umschlaggestaltung: Sabine Kwauka
Titelabbildung: Shutterstock / © KDdesign_photo_video;
© Simon Dannhauer; © Dmitry Rukhlenko; © CreativeStory
Gesetzt aus der Albertina, powered by *pepyrus*
Druck und Bindearbeiten: ScandBook, Litauen
ISBN 978-3-548-06996-8

Für Thomas

Kapitel 1

Magdalena, London 1978

Manchmal beginnt alles mit einer Kleinigkeit. Einem Duft, einer Geste, einer Ahnung. Während ihre Finger tief im Teig vergraben sind, hebt Magdalena den Kopf und blickt hinaus auf die belebte Straße, in der sich ihr kleines, aber charmantes Café befindet. *Little Mallorca* hat sie es genannt – eine Hommage an eine Insel, die sie noch nie besucht hat, die jedoch eine unerklärliche Sehnsucht in ihr hervorruft. Unzählige Bücher über diesen Ort hat sie schon gelesen, unzählige Bilder betrachtet, aber hingereist ist sie noch nie. Hat es nicht gewagt. Warum, das weiß sie gar nicht so genau. Vielleicht, hat einer ihrer Stammgäste einmal zu ihr gesagt, habe sie Angst, entzaubert zu werden, wenn sie hinführe. Sorge, dass die Realität nicht so schön wäre wie der Traum. Möglich, hatte Magdalena erwidert und sich glücklich in ihrem Café umgesehen.

Das hier war ihr Traum, ihr wahr gewordener Traum, ein Ort, den sie so gestaltet hat, wie sie sich Mallorca vorstellt.

Ein Ort voller Wärme, Farben und süßer Düfte. Ein Stück Süden inmitten von Londons Grau – das aber eigentlich gar nicht grau ist, sondern bunt und turbulent, wie Magdalena sich eingestehen muss, als sie nach draußen blickt. Dort schieben sich die Menschen in langsamer Geschäftigkeit durch die engen Straßen, vorbei an Antiquitätenläden, Ständen mit handgefertigten Keramiken, Vintage-Kleidung und duftenden Blumenarrangements. Der Frühling ist mild in London, aber der Himmel bleibt eben oft grau, und manchmal hat Magdalena das Gefühl, dass ihr Herz nach mehr Licht verlangt. Nach Licht, wie sie es auf Bildern von Mallorca so oft gesehen hat. Nach dem goldenen Schein der untergehenden Sonne, die durch Zitronenhaine fällt. Nach dem türkisblauen Glitzern des Mittelmeers.

Ein Lächeln huscht über ihr Gesicht, als sie sich mit einer schnellen Bewegung eine Haarsträhne aus der Stirn streicht. In der warmen Luft des Cafés mischt sich der Duft von frisch gebackenen Orangentörtchen mit dem Aroma von Espresso und Mandelgebäck.

Sie liebt diesen Ort, liebt die kleinen Momente, in denen alles stillzustehen scheint – ein Löffel, der gegen eine Tasse klirrt, ein leises Lachen aus einer Ecke, das Kratzen eines Füllers auf Papier.

Am Fenster sitzt Emily, die junge Schriftstellerin, die fast jeden Tag hier ist. Mit ihrem Notizbuch in der einen Hand und einer dampfenden Tasse in der anderen verliert sie sich in ihren Gedanken. Manchmal fragt Magdalena sich, was Emily wohl schreibt – ob es Geschichten sind, die wie ihre eigenen von Orten handeln, an denen sie noch nie war, von Menschen, die sie vielleicht eines Tages treffen wird.

Die Türglocke klingelt sanft, als ein neuer Gast eintritt. Sie blickt auf und erkennt Mr Faber, den alten Antiquar von gegenüber, der jeden Nachmittag für seinen Espresso und sein Orangentörtchen vorbeischaut. Er hebt grüßend die Hand, und sie erwidert die Geste, dann reicht sie ihm einen frischen Kaffee. Sie kennt seine Vorliebe für starke Aromen, für Geschichten auf vergilbten Seiten und für eine vergangene Welt, die in den alten Büchern seines Ladens noch lebendig ist.

Der Tag vergeht in einer Mischung aus Arbeit und Momenten der Ruhe. Immer wieder ertappt sich Magdalena dabei, wie sie hinausblickt, wie sie sich in den Strahlen des Lichts verliert, die durch das Fenster tanzen. Die Stunden ziehen dahin, bis der Abend sich ankündigt. Die Kundschaft wird weniger, und als die Straßenlaternen ihr sanftes Licht auf das nasse Pflaster werfen, schließt sie das Café ab.

Der Weg nach Hause ist kurz. Die feuchte Luft ist geschwängert von dem Geruch von Regen und alten Steinen, und in der Ferne spielt ein Straßenmusiker eine melancholische Melodie auf seiner Gitarre.

Ihre Wohnung liegt in einem der alten viktorianischen Häuser Notting Hills, deren hohe Fenster und kunstvolle Balkone Geschichten von längst vergangenen Zeiten erzählen.

Als sie die Tür öffnet, tritt sie fast auf den Umschlag, der auf dem Boden liegt und den der Postbote wohl am Morgen durch den Schlitz geworfen hat. Verwundert hebt Magdalena das Schreiben auf. Sie bekommt eigentlich nie Post nach

Hause, sondern immer nur ins Café. Und es handelt sich meist nur um amtliche oder geschäftliche Schreiben. Mit ihrer Mutter und ihrer Großmutter kommuniziert sie, ebenso wie mit ihren Freundinnen, ausschließlich per Telefon.

Sie hebt den Brief auf. Er sieht offiziell aus. Doch Briefe von Behörden stecken meist in hässlichen grauen Umschlägen. Dieser hier ist jedoch schwer, edel und cremefarben. Ratlos dreht sie das Kuvert um.

Der Absender ist eine Anwaltskanzlei: *Harding & Co. Solicitors.*

Ein unangenehmes Gefühl krampft in ihrem Magen. Ein Schreiben von einem Anwalt? Fieberhaft geht sie in ihrem Kopf die letzten Wochen und Monate durch. Hat sie sich etwas zuschulden kommen lassen? Vielleicht ein Gast? Sie erinnert sich daran, dass vor einigen Wochen einmal eine Frau behauptet hat, sie habe von dem Kuchen, den sie am Vortag im *Little Mallorca* gegessen hatte, schreckliche Bauchschmerzen bekommen. Ob die Frau sie nun verklagen will? Vielleicht hetzt sie ihr die Gesundheitsbehörde auf den Hals, und sie muss ihr Café schließen.

Beruhige dich, Magdalena, ruft sie sich zur Ordnung. Du öffnest jetzt einfach den Brief, und dann wirst du eine Antwort auf deine Fragen erhalten.

Sie geht zu dem kleinen Sekretär, der unter einem der Fenster steht und von dem aus sich ein herrlicher Blick nach draußen eröffnet, greift nach dem silbernen Brieföffner, der dort stets bereitliegt, schiebt die Klinge in das stabile Büttenpapier, schlitzt den Umschlag auf und zieht einen ebenso nobel wirkenden Briefbogen heraus.

Sie liest:

Sehr geehrte Miss Lechner,

bitte finden Sie sich am kommenden Dienstag, 4. April 1978, um 9 Uhr in unserem Büro in London ein. Es geht um eine wichtige Angelegenheit, die Sie persönlich betrifft. Ihr Erscheinen ist erforderlich. Sollten Sie verhindert sein, bitten wir um eine kurzfristige alternative Terminvereinbarung.

Mit freundlichen Grüßen

James Harding
Harding & Co. Solicitors

Magdalena liest den Brief dreimal in der Hoffnung, irgendetwas übersehen zu haben, etwas zu finden, das ihr Aufschluss darüber geben kann, was sie erwartet. Doch die Worte auf dem Papier bleiben natürlich die gleichen. Mit einem Seufzen legt sie das Schreiben langsam auf den Tisch. Noch nie in ihrem Leben hat sie eine Anwaltskanzlei betreten müssen.

Natürlich hat sie am Dienstag Zeit – sie öffnet ihr Café erst um 10 Uhr. Und wenn sie keine Zeit hätte, würde sie sie sich nehmen und das Café schließen.

Keine Sekunde länger als nötig hält sie diese Ungewissheit aus! Aber bis Dienstag ist es noch so lang hin! Das ganze Wochenende liegt dazwischen. Sie wird Ablenkung haben, am Wochenende ist ihr Café immer zum Bersten voll, dennoch ist es quälend, so lange warten zu müssen.

• • •

Am Dienstagmorgen wacht Magdalena bereits um fünf Uhr auf. Noch vier Stunden bis zu ihrem Termin. Sie weiß, dass diese Stunden unendlich langsam vergehen werden, wenn es ihr nicht gelingt, wieder einzuschlafen.

Natürlich scheitert sie. Unruhig wirft sie sich hin und her, bis sie schließlich um sechs Uhr seufzend aufsteht und beginnt, ihre Wohnung zu putzen. Magdalena geht gründlich vor, räumt Schubladen aus und wieder ein, schrubbt sogar mit einer alten Zahnbürste die Fugen im Bad. Die Minuten kriechen dahin. Die Sekunden auch.

Um acht Uhr ist ihre Wohnung sauber wie nie zuvor, sie kleidet sich sorgfältig an – Jeans, Bluse und einen Samtblazer, bindet sich das dunkle, lange Haar zu einem Pferdeschwanz, wirft noch einen prüfenden Blick in den Spiegel, lächelt sich ermutigend zu, schnappt sich ihre Tasche und verlässt das Haus.

Die Straßen Londons sind an diesem Morgen belebt wie eh und je, doch Magdalena fühlt sich, als bewege sie sich in einer anderen Welt, in einem Traum. Unruhe rumort in ihrem Magen, ihre Nervosität steigert sich mit jedem Schritt, den sie der Kanzlei näher kommt.

Und dann betritt sie es, dieses altehrwürdige Gebäude mit Marmorböden, dunkler Holzvertäfelung und schweren Regalen voller ledergebundener Bücher. Die Empfangsdame begrüßt sie freundlich und bittet sie, Platz zu nehmen. Magdalena starrt auf die bunten Zeitschriften, die auf einem antiken Tisch liegen. Sorgfältig gefächert und so, dass man eine perfekte Komposition zerstören würde, wenn man eines der Magazine zur Hand nähme. Sie wirken fehl am Platz. Zu modern, zu banal für diesen Ort, und Magdalena fragt sich, ob es wohl Kunden gibt, die sich trauen, danach zu greifen. Sie hat ihre Überlegungen noch nicht zu Ende gebracht, als die Empfangsdame, eine recht streng wirkende Britin um die dreißig, schon wieder vor ihr steht und sie bittet, ihr zu folgen.

Die Dame führt sie in ein riesiges Büro, in dessen Mitte ein ausladender Besprechungstisch steht. Ein Mann mit silbergrauem Haar erhebt sich hinter einem massiven Schreibtisch. Er mustert sie aufmerksam, dann geht er auf sie zu und streckt ihr die Hand entgegen.

»Miss Lechner, schön, dass Sie gekommen sind«, sagt er. »Mein Name ist James Harding.«

Magdalena nimmt die Hand und setzt sich dann auf den Stuhl, den er ihr anbietet. Ihr Herz pocht unangenehm schnell.

»Worum geht es?«, stößt sie hervor und denkt, dass ihr Verhalten sicherlich sehr ungehörig ist. Aber sie kann diese Spannung einfach nicht länger ertragen. »Bitte entschuldigen Sie«, schickt sie rasch erklärend hinterher. »Seit ich Ihr Schreiben erhalten habe, kann ich kaum schlafen.«

Mr Harding lächelt. »Das bedaure ich«, versichert er. »Und ich fürchte, ich kann auch nur ein klein wenig Licht ins Dunkel bringen.«

»Was meinen Sie damit?«, fragt Magdalena verwirrt.

»Nun.« Harding faltet die Hände und beugt sich leicht vor. »Wir wurden beauftragt, Sie nach Mallorca zu schicken. Dort wird mein Kollege, Señor Javier del Bosque, eine persönliche Angelegenheit mit Ihnen besprechen.«

Magdalenas Atem stockt. Das kann doch nicht sein! Mallorca! Ausgerechnet.

»Mallorca?« Sie schüttelt ungläubig den Kopf. »Ich war noch nie dort. Wer ist Ihr Auftraggeber?«

Harding lächelt sanft. »Das kann ich Ihnen nicht sagen. Aber ich versichere Ihnen, dass alles seine Ordnung hat. Sie müssen sich keine Sorgen machen.«

Magdalena lehnt sich zurück, ihr Verstand rattert. Nichts an dieser Situation ergibt irgendeinen Sinn. Oder doch? Ist das die Erklärung dafür, dass sie die ganze Zeit so eine unbestimmte Sehnsucht nach der spanischen Insel verspürt? Das kann kein Zufall sein!

»Können Sie mir nicht noch mehr sagen?«, fleht sie den Anwalt an, doch wie erwartet schüttelt dieser den Kopf. »Bedaure«, sagt er und schickt dann ein Lächeln hinterher. »Aber wenn ich einen Vorschlag machen darf?«

»Ja«, sagt Magdalena. »Gerne. Jeden.«

»Fliegen Sie so schnell wie möglich. Nur so können Sie Antworten auf Ihre Fragen finden.«

Kapitel 2

Maria Lourdes, Mallorca 1905

Die Sonne stand hoch am Himmel, als Maria Lourdes Sánchez durch die Orangenhaine ihres Vaters schritt. Der warme Wind trug den süßen Duft der Blüten über das Land, vermischte sich mit dem würzigen Aroma der Olivenbäume, die sich wie alte Wächter entlang der Felder erstreckten. Marias Finger strichen sanft über die glänzende Schale einer fast reifen Orange, während ihr Blick über das weite Land schweifte. Wie sehr sie diesen Ort liebte: ihre Heimat hoch in den Bergen des Tramuntana-Gebirges.

Sie schlenderte langsam weiter, ließ ihre Fingerspitzen nun über die tiefgrünen Blätter gleiten und sog den unverwechselbaren zartsüßen Geruch der Orangenblüten in sich auf. Über ihr summten Bienen, fleißig damit beschäftigt, Nektar zu sammeln, Vögel zwitscherten in den Baumkronen, Grillen zirpten. Der Boden unter ihren Füßen war warm, die trockene Erde knackte leise, als sie tiefer in die Haine schritt. Dort war sie vollkommen allein – nur sie und die Natur.

Maria Lourdes blieb stehen, schloss für einen Moment die Augen und breitete die Arme aus. Der Wind streichelte sanft ihre Haut, während sie in die Stille der Umgebung eintauchte. Hier war sie glücklich. Hier konnte sie atmen. Ihr ganzes Leben lang kannte sie diese Felder schon, jeden Baum, jede Pflanze. Sie wusste, wann die ersten Blüten zu duften begannen, wann die Orangen am süßesten waren, wann der Himmel im tiefsten Blau leuchtete.

Sie kannte alle Pfade, alle Wege, hier im Hain, aber auch in den Straßen von Sóller, dem kleinen Städtchen in den Bergen, und am Hafen unten im Tal. Der Ort lag in einer fast kreisförmigen Bucht, umschmeichelt von einem wunderschönen weißen Sandstrand. Wie sehr sie diesen Ort liebte. Und wie gern sie von ihrer Plantage aus hinunterblickte auf jenes magische Fleckchen Erde.

Ein Rascheln ließ sie aufblicken. Ob Alejandro sich wieder einmal herangeschlichen hatte? Der Sohn der Nachbarsfamilie, ebenfalls Orangenbauern mit einer großen Plantage, war von Kindesbeinen an ihr treuer Weggefährte. Was hatten sie schon alles für Schabernack miteinander getrieben. Doch es war nicht Alejandro: Ein Hase huschte zwischen den Orangenbäumen hindurch, und Maria Lourdes lächelte. Sie ging weiter, genoss die Wärme der Sonne auf ihrer Haut und lauschte dem leisen Summen der Insekten. Sie setzte sich auf einen alten Baumstumpf, legte den Kopf in den Nacken und betrachtete die vorbeiziehenden Wolken. Gedankenverloren pflückte sie eine Orange vom Ast, schälte sie langsam und ließ den süßen Saft auf ihrer Zunge zergehen.

»Señorita Maria Lourdes!«, rief eine Stimme über das Feld

hinweg und riss sie aus ihrer Versunkenheit. Sie öffnete die Augen und blinzelte in die Sonne. Teresa, eines der Dienstmädchen, lief auf sie zu, die Röcke gerafft, um schneller voranzukommen. »Ihre Mutter bittet Sie, sich für das Abendessen vorzubereiten. Sie erwartet Sie in einer Stunde.«

Maria Lourdes seufzte, ein Hauch von Widerwillen stieg in ihr auf. Sie hatte noch gar keine Lust, in das große kühle Haus zurückzukehren, wo Etikette und Regeln herrschten, über die die Mutter wachte. Doch sie nickte.

»Ich komme gleich, Teresa. Danke!«

Langsam machte sie sich auf den Rückweg, warf immer wieder Blicke über ihre Schulter zurück zu den Hainen, als wollte sie den Moment noch ein wenig länger festhalten. Während sie den Kiesweg entlangging, drangen erste Gerüche aus der Küche – gebratener Fisch, frisches Brot, Knoblauch, Kräuter aus dem Garten. Eine wohlige Wärme breitete sich in ihr aus, ein letzter Moment der Unbeschwertheit, bevor sie sich für das Abendessen vorbereiten musste.

Zurück in ihrem Zimmer, wartete bereits ihr Dienstmädchen Juanita, die ihr mit geschickten Händen half, sich umzukleiden. Nachdem sie das schlichte Baumwollkleid gegen eine elegante Robe aus feiner Seide in einem tiefen Burgunderton getauscht hatte, ließ Maria Lourdes sich auf den Stuhl vor ihrem Frisiertisch sinken, damit Juanita das Mieder schnüren konnte. Automatisch richtete sich ihre Haltung auf. Juanita steckte ihre dunklen Locken mit silbernen Haarnadeln hoch und flocht einige Strähnen kunstvoll ein, während Maria Lourdes stumm auf ihre Hände sah.

»Sie sehen wunderschön aus, Señorita«, sagte Juanita mit

einem sanften Lächeln, während sie der Frisur den letzten Schliff gab.

Maria Lourdes betrachtete sich einen Moment lang gedankenverloren im Spiegel, strich sanft über den seidigen Stoff ihres Kleides und atmete tief durch. Dann stand sie auf und machte sich auf den Weg nach unten.

Als sie den großen Speisesaal betrat, saßen ihre Eltern bereits an dem langen Tisch, und die schweren Kerzenleuchter warfen ein sanftes Licht über die reich gedeckte Tafel. Das Silberbesteck glänzte im Kerzenschein, die Gläser funkelten. Ihr Vater, Don José Sánchez, musterte sie mit ernster Miene, während er sein Weinglas in der Hand drehte.

»*Mi hija*, wie schön du heute Abend wieder aussiehst«, sagte er, während die Mutter nur missbilligend die Lippen aufeinanderpresste. Sie war der Ansicht, Komplimente gegenüber ihrer Tochter verdürben deren Charakter – weshalb sie sich auch niemals zu einem solchen herabließ. Das Verhältnis zwischen den beiden Frauen war kühl und distanziert. Wie sehr beneidete Maria ihre Gesellschafterin Elena, ein Mädchen aus dem Dorf, das zwar hier im Haus nur in einer kleinen Kammer lebte, aber mit ihrer Mutter Juanita ein warmes und herzliches Verhältnis pflegte.

»Maria Lourdes, es gibt etwas, worüber wir sprechen müssen«, begann Don José, kaum, dass sie Platz genommen hatte.

Ein ungutes Gefühl breitete sich in ihr aus. »Was ist geschehen, Vater?«

Er atmete tief ein und wieder aus. Beunruhigt bemerkte Maria, wie blass ihr Vater war.

»Wir müssen die Plantage verkaufen«, stieß er hervor.

Stille folgte seinen Worten. Maria Lourdes starrte ihn fassungslos an. »Was? Aber … warum? Was um alles in der Welt ist denn nur geschehen?«

Don José seufzte schwer und setzte das Glas ab. »Mit der Eisenbahnlinie, auf die wir gehofft hatten, geht es einfach nicht voran. Ohne eine schnellere Verbindung nach Palma bleibt der Transport unserer Orangen zu teuer. Die Kosten steigen, und die Einnahmen reichen nicht mehr aus. Wir können uns den Unterhalt der Plantage nicht mehr leisten. Es ist die einzig vernünftige Entscheidung.«

Maria Lourdes spürte, wie ihr Atem schneller ging. »Aber Vater, das ist unser Zuhause! Unsere Geschichte! Und … wo sollen wir denn hin? Was wird aus unseren Dienstboten, was … Du kannst das nicht einfach aufgeben!«

Er schüttelte den Kopf. »Ich gebe es nicht auf, *hija*. Ich sorge dafür, dass unsere Familie überleben kann. Es ist eine wirtschaftliche Entscheidung, keine leichte, aber eine notwendige.«

Ihre Mutter legte beruhigend eine Hand auf Marias Schulter. Überrascht sah Maria sie an. Derart anteilnehmende Gesten waren zwischen ihnen nicht üblich. Es unterstrich den Ernst der Lage. Jetzt bekam Maria richtig Angst. »Dein Vater hat viele Gespräche geführt. Es gibt keine andere Lösung.«

Doch Maria Lourdes konnte das nicht akzeptieren. »Es muss einen anderen Weg geben. Es muss einfach! Und ich werde ihn finden!«

Don José betrachtete seine Tochter lange, nachdenklich

und mit ruhigem Blick. Dann seufzte er leise und legte sein Besteck zur Seite. »Maria Lourdes, ich weiß, dass du klug bist. Sehr klug sogar. Aber du bist ein Mädchen. Du verstehst nicht, was es heißt, ein solches Geschäft zu führen. Es gibt Dinge, die nur ein Mann begreifen kann.«

Seine Worte trafen sie tief. Sie schluckte, kämpfte gegen die plötzliche Hitze, die in ihrem Gesicht aufstieg. Rang ihre Wut nieder.

»Aber Vater, ich kenne die Plantage! Ich kenne die Arbeiter! Ich weiß, wie man mit ihnen spricht, wie man die Ernte plant. Und genau deshalb werde ich die Plantage retten.«

»Das ist nicht dasselbe, meine Tochter«, unterbrach er sie sanft. »Dein Herz ist am richtigen Fleck, aber es erfordert mehr als das. Ich habe immer mein Bestes getan, um dich zu beschützen, aber die Welt ist nicht gnädig mit Frauen, die sich in Geschäfte einmischen. Wenn ich einen Sohn hätte …«

Maria Lourdes' Hände ballten sich unwillkürlich zu Fäusten. Ihre Fingernägel bohrten sich tief und schmerzhaft in das Fleisch ihrer Handflächen. Diese Worte kannte sie. Diese Gedanken waren ihr nicht fremd. Ihr ganzes Leben lang hatte sie gewusst, dass ihr Vater sich insgeheim einen Sohn gewünscht hatte. Nicht, weil er sie nicht liebte, sondern weil er glaubte, dass nur ein Sohn eines Tages seine Nachfolge antreten könnte. Da dieser ihm aber verwehrt blieb, war immer klar gewesen, dass sie eines Tages Alejandro heiraten und dieser dann der Herr über beide Plantagen werden würde. Sie hatte im Grunde nichts dagegen, sie mochte Alejandro. Was sie aber störte, war, dass ihr Vater ihr nichts zutraute, nur weil sie ärgerlicherweise ein Mädchen war.

Sie atmete tief durch und zwang sich, ihrem Vater in die Augen zu sehen, während die Dienstboten langsam den Hauptgang auftrugen.

»Dann werde ich es dir beweisen, Vater. Ich werde zeigen, dass ich genauso fähig bin wie ein Mann. Ich werde einen Weg finden, die Plantage zu retten – mit oder ohne deine Zustimmung. Wie viel Zeit habe ich?«

»Wenn du eine Lösung findest, die unsere Schulden tilgt und die Plantage erhält, werde ich dich nicht aufhalten«, gab er zu ihrer Überraschung nach. »Aber es muss realistisch sein.«

Maria Lourdes nickte, und während sie sich den ersten Bissen in den Mund schob, ohne zu bemerken, was sie da aß, rasten ihre Gedanken. Sie würde es ihm zeigen. Nicht nur, um ihren Stolz zu wahren und zu beweisen, dass sie mehr war als nur die Tochter, die er schützen musste. Sondern auch und vor allem, um die Plantage und damit ihrer aller Lebensgrundlage zu retten, ihr Zuhause. Sie war eine Sánchez – und sie würde kämpfen.

Kapitel 3

Maria Lourdes, Mallorca 1905

Maria Lourdes wälzte sich in ihrem Bett hin und her, unfähig, Schlaf zu finden. Das Mondlicht fiel in silbernen Streifen durch die halb geöffneten Fensterläden und warf zarte Schatten auf die Decke. Der Gedanke daran, das alles hier möglicherweise zu verlieren, war so entsetzlich, dass er ihr den Atem raubte. In ihrem Kopf tobte ein eigenartiger, kalt kribbelnder Schmerz, in ihrem Bauch klumpte die Angst, das Atmen fiel ihr schwer. Sie musste eine Lösung finden. Sie musste einfach!

Entschlossen schlug sie die Bettdecke zurück und ging in ihrem weißen Nachtgewand zu dem kleinen Schreibtisch, der unter dem Fenster stand und einen wunderbaren Blick über die Orangenhaine ermöglichte – zumindest bei Tag. Aber auch jetzt, im silbrigen Licht des Mondes, sah Maria die Ländereien vor sich und dahinter die Bucht von Port de Sóller, ihrem geliebten Port de Sóller.

Sie lehnte sich an das offene Fenster, spürte die kühle Luft auf ihrer Haut und lauschte den Geräuschen der Nacht – dem leisen Zirpen der Grillen, dem entfernten Rufen eines Käuzchens. Irgendwo weit weg im Dorf bellte ein Hund. Dieser Ort war ihr Leben. Sie durfte ihn nicht verlieren.

Am Esstisch hatte sie so stark geklungen, so zuversichtlich und selbstsicher. Doch jetzt fühlte sie sich hilflos. Sie hatte keine Ahnung, wie sie eine Lösung finden sollte. Nur eines wusste sie: Die Plantage einfach zu verkaufen, war keine Option. Nicht nur, weil sie dann ihr Zuhause verlieren würden, sondern auch, weil der Vater keinen guten Preis für den Verkauf erzielen würde. Ein potenzieller Käufer würde die Absatzzahlen sehen wollen. Und es war klar und deutlich zu erkennen, dass diese sich in die falsche Richtung entwickelten. Sie kannte die Zahlen nicht genau, aber hin und wieder warf sie heimlich einen Blick hinein, und wenn der Vater eine solche Entscheidung in Erwägung zog, dann musste es schlimm stehen.

Nein, ihr Problem ließ sich nur lösen, wenn der Transport der Orangen vereinfacht wurde – und das schnell. Sie wusste alles über den Bau der Eisenbahn und die Transportschwierigkeiten der Orangen nach Palma. Oft genug hatte sie ihren Vater mit anderen Plantagenbesitzern darüber sprechen hören.

Es gab zwei Wege in die Hauptstadt: per Schiff über den Hafen von Port de Sóller, was teuer und sehr vom Wetter abhängig war, oder über das unwegsame Tramuntana-Gebirge, was sich als nicht weniger aufwendig und risikoreich erwies. Sóller lag einfach zu abgeschieden, als dass die Orangenbauern wirklich von ihrer sonnigen Lage profitieren konnten. Eigentlich warteten die Bauern von Sóller auf die Eisenbahn, seit Maria denken konnte. Schon lange vor ihrer Geburt hatte ein gewisser Ingenieur namens Eusebi Estada i Sureda die erste Bahnstrecke zwischen Palma und dem westlich von Sóller gelegenen Inca geplant. Oft gehört hatte sie auch den Namen Juan Morell: Er war vermutlich der reichste Kaufmann aus Sóller, und er hatte nichts unversucht gelassen, die Bahn zu bauen. Maria erinnerte sich noch ganz genau, wie ihr Vater vor zwei Jahren aufgeregt erzählt hatte, Morell habe beim monatlichen Treffen der Geschäftsleute von Sóller einen bahnbrechenden Vorschlag unterbreitet: eine Eisenbahnstrecke durch die Serra de Tramuntana zu führen, anstatt eine Umleitung über Valdemossa und Deià in Kauf zu nehmen.

»Das würde bedeuten, einen Tunnel zu graben«, hatte ihr Vater erzählt. Doch wie es schien, kam Morell nicht voran. Oder zumindest nicht schnell genug. Aber warum lehnte sich Don José zurück und akzeptierte die Gegebenheiten, anstatt zu kämpfen? Maria Lourdes verstand ihren Vater nicht.

Aber sie hatte ihm ein Versprechen gegeben, und sie hatte vor, es zu halten. Also würde sie Morell aufsuchen und versuchen, mit ihm zu sprechen. Aufgeben war keine Option. Sie wusste, dass Morell nur am Wochenende in Sóller war und unter der Woche geschäftlich in Palma weilte. Heute war Montag, und bis zum Wochenende wollte sie nicht warten.

Sie würde morgen nach Palma fahren!

Mit einem entschlossenen Lächeln wandte Maria sich um und begab sich wieder zu Bett. Trotzdem fand sie lange nicht in den Schlaf. Ihre Gedanken kreisten unaufhörlich weiter.

Nach nur wenigen Stunden Schlaf erwachte Maria Lourdes am nächsten Morgen mit einem klaren Ziel vor Augen. Doch sie wusste, dass ihr Vater und vor allem auch ihre strenge Mutter ihr Vorhaben niemals billigen würden. Der Vater hatte ihr zwar erlaubt zu versuchen, die Plantage zu retten, aber er dachte dabei sicher nicht im Traum daran, dass seine Tochter beim Initiator der Eisenbahn vorstellig werden wollte. Vermutlich würde er sich in Grund und Boden schämen. Nein, die Eltern durften nichts wissen, entschied Maria. Also suchte sie nach einer passenden Ausrede für ihren Ausflug nach Palma. Ihr Vater schätzte es, wenn sie sich mit typischen Frauendingen beschäftigte, und so beschloss sie, einen Einkauf vorzutäuschen. Sie erwähnte beiläufig beim Frühstück, dass sie feine Stoffe und neue Handschuhe benötige, die sie nur in der Großstadt bekäme. Ihre Mutter nickte wohlwollend, und ihr Vater zeigte sich erfreut über ihre angebliche weibliche Umsicht.

Natürlich bestanden die Eltern auf die Begleitung ihrer Freundin und Gesellschafterin Elena, doch das war Maria nur recht. Elena war nicht nur ihre engste Vertraute, sondern auch eine scharfsinnige Gesprächspartnerin, die Marias Frust über die traditionellen Rollenbilder teilte. Die beiden hatten schon oft darüber gescherzt, dass sie in einer anderen Welt vielleicht Männer geworden wären – freie Kaufleute, die ihre eigenen Entscheidungen treffen konnten.

Kaum hatte Maria das Frühstück beendet, eilte sie in ihr Zimmer, informierte Elena, dass sie sich für die Ausfahrt bereitmachen solle, und ließ sich selbst von Juanita in ein schlichtes, aber würdiges Reisekleid aus dunkelblauem Leinen kleiden. Sie band sich das Haar zu einem ordentlichen Knoten und eilte nach unten, wo ihre Mutter schon dafür gesorgt hatte, dass eine Kutsche bereitstand.

Die hübsche, zierliche Elena mit den dichten Locken und funkelnden braunen Augen wartete bereits auf Maria und begrüßte sie mit einem strahlenden Lächeln. Kaum saßen die beiden nebeneinander in der Kutsche und hörten das Schnalzen der Peitsche, sah Elena sie fragend an.

»Dein Vater hat mir ganz begeistert erklärt, du willst einkaufen gehen. Was hast du wirklich vor, Marilu?«

Elena nannte sie meist bei diesem Kosenamen, und es bescherte Maria jedes Mal ein warmes Gefühl.

Sie grinste verschwörerisch. »Wie kommst du darauf, dass ich etwas anderes im Sinn haben könnte?«, fragte sie betont unschuldig.

»Weil ich dich kenne«, sagte Elena. »Du hasst es, einkaufen zu gehen, und würdest das niemals freiwillig tun.«

Maria nickte. »Ich brenne darauf, es dir zu erzählen. Am liebsten hätte ich dich schon gestern Nacht geweckt.«

Und dann schilderte sie ihrer entsetzten Freundin, was sich seit gestern Abend zugetragen und welche Pläne sie geschmiedet hatte. »Es wäre schrecklich, wenn ihr die Plantage und das Haus verlieren würdet«, rief Elena und fügte hinzu: »Dann würden auch wir beide getrennt werden.«

»Vermutlich«, bestätigte Maria finster. »Noch ein Grund mehr, warum wir diesen Unsinn unbedingt verhindern müssen.«

»Du bist ganz schön entschlossen, Marilu«, bemerkte

Elena bewundernd. »Glaubst du wirklich, dass Morell dich empfangen wird?«

Maria lächelte schmal. »Ich muss es versuchen. Wenn niemand etwas unternimmt, wird sich nie etwas ändern. Ich kann nicht einfach hier sitzen und zusehen, wie alles zerstört wird, was mir etwas bedeutet.«

Die beiden Frauen lehnten sich entspannt zurück, den Blick auf die terrassenförmigen Olivenhaine und die berühmten Trockenmauern gerichtet, die draußen vorbeizogen.

»Was willst du Morell genau sagen?«, begann Elena erneut das Gespräch.

Maria sah nachdenklich aus dem Fenster. »Ich werde ihm klarmachen, dass es für alle von Vorteil wäre, wenn der Bau der Eisenbahn vorangetrieben würde. Ich muss ihn überzeugen, dass es einen Weg gibt, die Finanzierung zu sichern. Denn ich vermute, das ist es, warum nicht mit den Arbeiten begonnen wird. Wenn es einen anderen Grund gibt, werde ich auch diesen herausfinden und lösen.«

»Ich weiß, wie klug du bist, Marilu«, setzte Elena an.

Maria wandte sich ihr zu. »Aber?«

»Aber ich gehe davon aus, dass Morell auch nicht gerade dumm ist, sonst wäre er nicht in diese Position gekommen. Glaubst du nicht, er hat schon alle Möglichkeiten durchdacht, seine Probleme zu lösen und die Bahn so schnell wie möglich zu bauen? Was, wenn er dich nicht ernst nimmt?«

»Dann müssen wir uns einen anderen Weg suchen und finden. Ganz egal, wie, aber ich werde nicht zulassen, dass mein Vater sein Lebenswerk verliert.«

Elena nickte. »Jedenfalls kann es nicht schaden, ihn aufzusuchen, da hast du recht«, sagte sie. »Wir haben schließlich nichts zu verlieren.«

Der erste Teil der Strecke führte sie durch die engen, gewundenen Pfade der Serra de Tramuntana, vorbei an kleinen Bauernhöfen, wo Kinder spielten und Esel an den steinernen Trögen tranken. Der Weg war mühsam, doch die Landschaft atemberaubend. Sie legten eine Pause ein, damit der Kutscher die Pferde tränken konnte, während Elena ein paar der mitgebrachten Orangen aufteilte.

»Wir sollten ein eigenes Geschäft eröffnen, Maria – Elenas und Marias feinste Orangen«, scherzte sie. »Wir könnten damit die Reisenden verpflegen.«

Maria lachte. »Wenn es hart auf hart kommt, vielleicht.«

Nach mehreren Stunden erreichten sie den Gipfel des Coll de Sóller, den höchsten Punkt des beschwerlichen Passwegs. Hier hielten sie erneut kurz an, um den Pferden eine Verschnaufpause zu gönnen. Die Straße war steil und kurvig, und die engen Serpentinen boten atemberaubende Ausblicke auf das Tal unter ihnen, verlangten den Tieren jedoch einiges ab. Der Kutscher wischte sich den Schweiß von der Stirn und sprang behände vom Bock, um erneut die Pferde zu tränken. Währenddessen genossen Maria und Elena für einen Moment die kühle Brise, die von den Bergen herabwehte.

»Die Bahnstrecke wäre so wichtig!«, murmelte Elena und blickte auf die enge, steile Straße zurück. »Kein Wunder, dass der Transport der Orangen so teuer ist.«

Maria nickte. »Jeder, der diesen Pass hinunterfährt, weiß, dass es eine bessere Lösung geben muss.«

Die Kutsche setzte ihre Fahrt langsam fort. Die Abfahrt war nicht weniger anstrengend als der Aufstieg, denn der Weg war voller scharfer Kurven, und der Kutscher musste die Pferde vorsichtig führen. Doch schließlich öffnete sich vor ihnen der Blick auf die weite Bucht von Palma, das tiefe Blau des Meeres und die Stadt mit ihren weißen Fassaden und der markanten Silhouette der Kathedrale La Seu.

Maria lächelte. Wie schön ihre Heimat doch war.

Kapitel 4

Magdalena, Palma 1978

Magdalenas Herz klopft wild, als die Stimme des Piloten den bevorstehenden Landeanflug auf Palma de Mallorca ankündigt. Gleich ist es so weit! Gleich wird sie die Insel sehen, von der sie ihr Leben lang geträumt hat. Und auf der sie nun ein wie auch immer geartetes Geheimnis erwartet. Voller Spannung blickt sie aus dem Fenster – und ist wie verzaubert. Unter ihr erstrecken sich die Weiten des Mittelmeers, ein endloses Blau, das in der Morgensonne schimmert. Dann taucht die Insel auf – ein grünes zerklüftetes Juwel mitten im Meer.

Wie wunderschön Mallorca ist!

Magdalena schießen die Tränen in die Augen, so ergriffen ist sie. Das Flugzeug nähert sich aus nordöstlicher Richtung, überfliegt die weitläufigen Pinienwälder und die hügelige Landschaft, bevor es dem Küstenstreifen folgt. Magdalena, die die Insel oft genug auf der Karte studiert hat, erkennt die sichelförmige Bucht von Alcúdia, dann das Cap Formentor mit seinen dramatischen Klippen, die steil ins Meer fallen.

Das Flugzeug überquert die weiten Felder im Landesinneren und fliegt dann entlang der Südwestküste, vorbei an glitzernden Yachthäfen und luxuriösen Villen. In der Ferne entdeckt Magdalena die markante Silhouette der Kathedrale La Seu, die über der Hauptstadt thront. Das Meer funkelt, während die Strände von Playa de Palma unter ihr auftauchen. Die Stadt ist größer, als sie es sich vorgestellt hat, ein Gewirr aus modernen Hochhäusern und alten sandsteinfarbenen Gebäuden.

Mit einem sanften Aufsetzen landet das Flugzeug auf der Rollbahn. Magdalena atmet tief durch, als die Maschine zum Stillstand kommt. Ihr Magen fühlt sich flau an – aus Nervosität oder Vorfreude, sie ist sich nicht sicher. Mit ihrer Tasche in der Hand verlässt sie das Flugzeug und tritt nach draußen in die warme mediterrane Luft, die nach Salz, Sonne und fernen Blütendüften schmeckt.

Am Gepäckband wartet sie ungeduldig, bis ihr Koffer erscheint. Menschen eilen an ihr vorbei – Touristen mit Sonnenhüten, Geschäftsleute mit Aktentaschen, Familien mit aufgeregten Kindern. Magdalena fühlt sich einen Moment lang verloren in dem Trubel, doch dann fängt sie sich wieder.

Sie ist nicht hier, um Urlaub zu machen. Sie hat eine Aufgabe. Also geht sie nach draußen, steuert auf eines der Taxis zu, die in einer geordneten Reihe warten, und nennt dem Fahrer die Adresse der Anwaltskanzlei, in der sie sich einfinden soll.

Der Fahrer lädt ihr Gepäck in den Kofferraum und lässt den Motor an. Die Fahrt führt sie über eine viel befahrene Schnellstraße, dann am Meer entlang, bis sie schließlich in die belebten Straßen von Palma einbiegen. Es geht vorbei an Boulevards mit hohen Palmen, an alten Herrenhäusern mit schmiedeeisernen Balkonen. Die Sonne wirft ein warmes Licht auf die Steinfassaden, und Magdalena beobachtet, wie das Leben um sie herum pulsiert. Straßenhändler verkaufen frisches Obst, Kellner stellen Tische in den Schatten der Platanen, und überall ist lebhaftes Stimmengewirr zu hören.

Schließlich hält das Taxi vor einem eleganten Sandsteingebäude mitten im Zentrum Palmas. Magdalena bezahlt den Fahrer, nimmt ihr Gepäck und tritt durch die schwere Holztür des Anwesens. Ein Messingschild neben der Tür verrät den Namen der Kanzlei: *Del Bosque & Partner*.

Sie strafft die Schultern und atmet tief durch. Was auch immer sie hier erwartet – sie ist bereit, sich ihm zu stellen. Schilder weisen ihr den Weg in den ersten Stock. Hinter einer weiteren Holztür findet sie schließlich die Kanzlei.

Der Boden ist aus poliertem Marmor, an den Wänden hängen alte Ölgemälde in schweren Rahmen. Eine Sekretärin, eine Frau mittleren Alters mit strengem Dutt, die allerdings viel freundlicher und fröhlicher wirkt als ihr Pendant in London, sitzt hinter einem massiven Schreibtisch aus dunklem Holz. Sie lächelt freundlich, als Magdalena eintritt. Kaum hat sie sich vorgestellt, wechselt die Frau ins Deutsche. »Viele von uns sprechen fließend deutsch«, erklärt sie. »Mallorca ist ein Lieblingsurlaubsdomizil der Deutschen. Sie werden keine Probleme haben.«

Magdalena ist erleichtert. Sie selbst hat zwar in den letzten Jahren zahlreiche Spanischkurse besucht und versteht zu ihrer Begeisterung auch so ziemlich alles, was auf den zahlreichen Schildern geschrieben steht, aber sie hat außerhalb des Kurses noch nie auch nur ein einziges Wort Spanisch gesprochen, und auch jetzt wagt sie es nicht.

»Wir wussten nicht, wann Sie kommen, aber wir haben Sie bereits erwartet«, erklärt die Sekretärin. »Und …«, sie blickt stirnrunzelnd in ihre Unterlagen. »Sie haben Glück. Señor del Bosque hat heute keine Termine mehr und damit Zeit, Sie gleich zu empfangen.«

»Ein Glück«, stößt Magdalena hervor. »Ich platze bald vor Neugierde.«

»Das verstehe ich!«, erwidert die Empfangsdame. »So würde es mir auch ergehen, wenn ich in ein fremdes Land reisen müsste, um zu erfahren, was ein Anwalt mit mir besprechen will.« Sie lächelt und fragt dann: »Sind Sie das erste Mal auf Mallorca?«

»Ja«, bestätigt Magdalena. »Und ich muss sagen, es gefällt mir bislang ausnehmend gut.«

Die Empfangsdame lacht und zeigt auf Magdalenas Koffer. »Nun, wie es aussieht, kommen Sie direkt vom Flughafen. Was bedeutet, dass Sie die schönsten Orte auf Mallorca noch gar nicht gesehen haben.«

»Was sind denn die schönsten Orte?«, will Magdalena wissen.

»Also«, setzt die Empfangsdame an, »ich mag es oben im Nordwesten sehr gern. Sóller und Port de Sóller. Das ist meiner Ansicht nach die schönste Bucht, die es hier auf der Insel gibt.«

»Die will ich mir unbedingt ansehen«, sagt Magdalena.

»Dann gebe ich Ihnen einen Tipp«, erwidert die andere. »Fahren Sie mit dem Roten Blitz. Das ist eine historische Eisenbahn, die von hier nach Sóller fährt. Eine wunderbare Strecke. Und in Sóller können Sie dann in eine andere historische Bahn umsteigen, die Sie nach Port de Sóller bringt. Den Hafen sollten Sie sich ebenfalls nicht entgehen lassen.«

»Das mache ich!«, erwidert Magdalena.

»Schön. Dann bringe ich Sie jetzt hinein. Ihr Gepäck können Sie gern hierlassen.«

»Danke.« Magdalena stellt ihren Rollkoffer in eine Ecke, wo er ihr nicht im Weg erscheint, und folgt der Spanierin den Gang entlang. An dessen Ende klopft diese an eine Tür und öffnet sie gleich darauf. Ein Schwall spanischer Wörter ertönt, den Magdalena weitgehend versteht: Die Empfangsdame erklärt, dass Magdalena Lechner aus London eingetroffen sei.

Javier del Bosque ist jünger als erwartet. Er mag Anfang dreißig sein, hat dichtes schwarzes Haar, leicht gebräunte Haut und wache helle Augen. Er trägt einen leichten Sommeranzug und schüttelt Magdalena herzlich die Hand. Sein Blick ist klar und direkt, sein Händedruck fest.

»Fräulein Lechner, willkommen auf Mallorca. Ich hoffe, Sie hatten eine angenehme Reise.«

Magdalena erwidert sein Lächeln schwach. »Bisher ja. Jetzt kommt es darauf an, was Sie mir zu sagen haben.«

Er grinst und streicht sich das Haar aus der Stirn. Irgendwie wirkt er gar nicht wie ein Anwalt, sondern wie ein Mann, der den ganzen Tag am Strand verbracht und sich nun für einen Bummel durch die Stadt fein gemacht hat. »Kaffee?«, fragt er. »Wasser?«

Magdalena schüttelt den Kopf. »Nein, danke«, sagt sie, worauf die Empfangsdame leise den Raum verlässt.

»Bitte setzen Sie sich«, fordert er sie auf.

Magdalena atmet tief durch, als sie sich auf einem der mit Leder bezogenen Sessel niederlässt. Sie spürt ein merkwürdiges Ziehen in der Magengrube – eine Mischung aus Nervosität und Neugier.

Javier del Bosque wendet sich zu einem Aktenschrank und zieht eine Mappe heraus.

»Fräulein Lechner«, sagt er, »Sie haben geerbt.« Er schlägt den Deckel auf und wirft einen Blick auf den Inhalt.

»Geerbt?«, ruft sie verblüfft. »Aber von wem denn? Und was? Und warum? Ich kenne doch gar niemanden auf Mallorca.«

»Ich kann Ihnen leider nicht sagen, weshalb man Sie mit dieser Erbschaft bedacht hat. Aber ich kann Ihnen sagen, um was es sich handelt: Sie haben ein altes Herrenhaus geerbt. Und das Rezept für eine Orangenmarmelade.«

Magdalena starrt ihn verblüfft an. Sie weiß nicht, welche Nachricht sie sprachloser macht. Sie hat ein altes Haus geerbt? Auf Mallorca! Das ist unglaublich genug. Aber ein Rezept für eine Orangenmarmelade? Das ist fast noch unglaublicher. Wer vermacht denn ein Rezept für eine Marmelade?

»Aber was hat das alles mit mir zu tun?«

Javier schließt die Mappe und faltet die Hände. »Ich will versuchen, Ihnen Ihre Fragen so gut wie möglich zu beantworten.«

Er schiebt ihr einen Umschlag über den Tisch. »*Magdalena*« steht in altmodischer, aber gestochen scharfer Handschrift darauf. Mit rasendem Herzen öffnet sie das Kuvert.

Magdalena, meine Liebe,

wenn du diese Zeilen liest, bist du an einem Ort, der eine tiefere Verbindung zu dir hat, als du vielleicht ahnst. Ich kann dir nicht alles erklären, aber du wirst es herausfinden, wenn das Schicksal es so will. Dieses Haus war das Herzstück unserer Familie. Es ist an der Zeit, dass du es kennenlernst. Hier liegen deine Wurzeln, und es dir zu vererben, ist das Einzige, was ich tun kann, um den Stein ins Rollen zu bringen. Nun muss ich den Dingen ihren Lauf lassen.

Nur eines noch: Das Rezept ist mehr als nur eine Anweisung. Es ist eine Geschichte, dein Erbe. Ich hoffe, du wirst es in Ehren halten.

In Liebe
deine Maria

Ratlos sieht Magdalena den Anwalt an.

»Keine Antworten?«, rät der Jurist.

»Nein«, bedauert Magdalena. »Das Einzige, was ich jetzt weiß, ist, dass die Verfasserin des Schreibens Maria heißt.«

»Ja«, sagt Javier. »Maria Lourdes Fuentes. Sie ist es, die Ihnen das Gut vererbt.«

Ihr Herz rast. »Aber wer ist das?«

»Vielleicht sollten Sie hinfahren. Nach Sóller.«

»Sóller? Darüber habe ich eben noch mit Ihrer Assistentin gesprochen. Sie sagt, es sei der schönste Ort Mallorcas. Und dass ich mit dem Zug fahren soll.«

Der Anwalt nickt und grinst. »Ja, auf der Zugfahrt können Sie sich mit den Orangen vertraut machen«, sagt er. »Die Fahrt führt nämlich nicht nur durch Orangenhaine, die Strecke wurde einst auch gebaut, um Orangen zu transportieren.«

»Ah«, macht Magdalena überfordert.

Er lächelt ihr ermutigend zu.

»Wenn Sie möchten, begleite ich Sie. Ich kenne das Anwesen und habe die Schlüssel. Wenigstens dabei kann ich Sie ein wenig unterstützen.«

»Ja«, sagt Magdalena matt. »Ja, das wäre sehr nett.«

»Schön. Dann treffen wir uns morgen früh um 9 Uhr hier. Einverstanden?«

»Einverstanden.«

Als Magdalena die Kanzlei wieder verlässt, ist sie nicht viel schlauer als vorher. Wenn sie recht darüber nachdenkt, hat sie jetzt noch mehr Fragen als bei ihrer Ankunft.

Sie hat ein Haus geerbt! Und ein Rezept! Sie kann es gar nicht glauben.

Kapitel 5

Maria Lourdes, Palma 1905

Vor einem imposanten Geschäftshaus aus hellem Stein, umgeben von gepflegten Gärten voller Orangen- und Zitronenbäume, kam die Kutsche zum Stehen. Maria wusste, dass sie sich auf die Verschwiegenheit des Kutschers verlassen konnte, deshalb hatte sie ihm bei ihrer letzten Rast direkt die Adresse von Morell genannt. Und da waren sie nun.

Doch kaum waren Maria und Elena der Kutsche entstiegen, trat ein Diener aus dem Haus und musterte sie streng.

»Sie wünschen?«

»Wir möchten zu Señor Morell«, sagte Maria selbstbewusst.

»Bedaure«, wies der Diener sie ab. »Señor empfängt keine unangekündigten Gäste.«

Maria hielt seinem Blick stand. »Ich bin nicht einfach irgendein Gast. Ich komme wegen einer äußerst wichtigen Angelegenheit. Es geht um die Zukunft von Sóller. Der Heimat von Señor Morell.«

Der Diener musterte sie skeptisch.

Noch immer wich Maria seinem Blick nicht aus, bis der Mann seufzte. »Ich werde fragen, ob Señor Morell eine Ausnahme für Sie macht«, sagte er. »Wen darf ich anmelden?«

»Maria Lourdes Sánchez. Die Tochter von Don José Sánchez. Und ihre Freundin Elena.«

»Ich werde sehen, was ich tun kann.«

Mit diesen Worten wandte der Diener ihnen den Rücken zu und ließ die Tür hinter sich ins Schloss fallen.

»Vielleicht sollte ich lieber draußen bleiben«, murmelte Elena verschüchtert. »Streng genommen bin ich ja nur eine Bedienstete.«

»Papperlapapp«, versetzte Maria und hakte sie fester unter. »Du bist meine Freundin, und als solche habe ich dich auch angekündigt.«

In diesem Moment wurde die Haustür erneut geöffnet, doch der Diener brachte keine gute Nachricht. »Wie ich es schon befürchtet habe«, sagte er. »Señor ist beschäftigt. Sie müssen einen Termin vereinbaren. Oder Sie suchen ihn am Wochenende in Sóller auf.«

Maria spürte ein Gefühl der Enttäuschung in sich aufsteigen. Sie hatte fest damit gerechnet, eingelassen zu werden. Sie konnte es sich nicht leisten, weggeschickt zu werden. Also trat sie einen Schritt näher, ihre Stimme fest. »Sagen Sie ihm, dass eine Lösung für sein Bahnprojekt gefunden wurde. Und dass er, wenn er mich jetzt nicht empfängt, eine Gelegenheit verpassen könnte, die sich so schnell nicht wieder ergibt.«

Der Diener zögerte. Offenbar hatte ihre Entschlossenheit

Eindruck hinterlassen. Schließlich nickte er knapp. »Einen Moment, Señorita Sánchez. Ich erkundige mich. Bitte treten Sie einstweilen ein.«

Maria und Elena wechselten einen erstaunten Blick. Es war ein gutes Zeichen, dass der Diener sie hereinbat. Sie stiegen die drei breiten Stufen zum Eingang hinauf und betraten die Empfangshalle.

Maria blickte sich um. Der Boden war mit kunstvollen Mosaiken ausgelegt, die Wände mit dunklem Holz vertäfelt. Ein schwerer Kronleuchter baumelte von der Decke und tauchte den Raum in warmes Licht. Auch sie selbst war in einem wohlhabenden Haushalt aufgewachsen, aber dieses Haus atmete Reichtum und Einfluss.

Nach einer gefühlten Ewigkeit kehrte der Diener zurück, mit einem weniger abweisenden Ausdruck auf dem Gesicht als zuvor. »Señor Morell wird Sie empfangen«, teilte er den beiden wartenden Frauen mit. »Folgen Sie mir.«

Maria verbarg ihr triumphierendes Lächeln und folgte dem Mann durch die gigantische Eingangshalle und eine hohe Tür. Jetzt befanden sie sich in einem beeindruckenden Büro, von dem aus sich ein hervorragender Blick auf die Einfahrt bot. Señor Morell hatte sie also bereits kommen sehen!

Das Licht fiel durch die hohen Fenster auf einen massiven Mahagonischreibtisch, hinter dem Juan Morell saß. Maria erkannte ihn von einem Empfang wieder, den sie einmal mit ihrem Vater besucht hatte. Er sah ihnen mit prüfendem Blick entgegen.

»Señoritas«, sagte er langsam und lehnte sich in seinem Sessel zurück. »Was kann ich für Sie tun? Mein Diener sagte, es gehe um eine Angelegenheit, die die Eisenbahn betrifft. Nehmen Sie doch Platz.«

Maria und Elena setzten sich, dann sah Maria ihrem Gegenüber selbstbewusst in die Augen. »Señor Morell, ich danke Ihnen für Ihre Zeit. In der Tat bin ich gekommen, um mit Ihnen über die Eisenbahnlinie zu sprechen, die Sie einst geplant hatten.«

Morell hob eine Augenbraue. »Eine ungewöhnliche Angelegenheit für zwei junge Damen«, beschied er sie, und Maria rollte innerlich mit den Augen. Es war, als würde sie hier ihren Vater sprechen hören. Morell schien ihren leisen Unmut bemerkt zu haben, denn er fügte nun hinzu: »Sie haben meine Neugier geweckt. Ich bin gespannt, was Sie dazu zu sagen haben.«

»Gut.« Maria nickte. »Sie kennen meinen Vater. Don José Sánchez. Er setzte große Hoffnungen in den Bau dieser Bahn. Der Transport der Orangen aus Sóller ist kostspielig und mühselig. Wenn sich der Bau der Bahn weiter verzögert, bedeutet das nicht nur finanzielle Verluste für die Plantagenbesitzer, sondern auch für die Arbeiter und Händler.«

Morell nickte langsam. »Die Tochter von Señor Sánchez. Jetzt erkenne ich Sie. Ich hatte Sie nur nicht in Palma erwartet.«

»Ich wollte nicht bis zum Wochenende warten«, erklärte sie und fragte dann neugierig: »Weshalb sind Sie eigentlich unter der Woche in Palma?«

»Nun, die Geschäfte verlangen es, dass ich auch hier einen Wohnsitz habe«, sagte er. »Aber in meinem Herzen bin ich immer in Sóller. Und glauben Sie mir, ich kenne die Sorgen der dortigen Bauern. Deswegen mache ich mich ja seit Jahren für den Bau der Bahn stark.«

»Aber es geht nicht schnell genug«, rief Maria. »Mein Vater steht kurz vor dem Ruin.«

Morell seufzte und nickte. »Da ist er nicht der Einzige. Das Problem ist, Señorita, dass die Kosten astronomisch sind. Deutlich höher, als wir es jemals vermutet hätten. Der Streckenverlauf durch das Gebirge treibt sie nach oben.«

»Und wenn man doch eine Bahnlinie über Deià und Valldemossa führen würde?«

»Sie haben Ihre Hausaufgaben gemacht«, erkannte Morell beeindruckt. »Aber das wäre auch nicht viel billiger, schließlich wäre die Strecke deutlich länger. Natürlich habe ich auch private Investoren gesucht, doch die konnten sich nicht auf eine Finanzierung einigen.«

»Es liegt also nur am Geld?«

»Nicht nur«, korrigierte Morell. »Der Widerstand aus Palma ist groß. Und die Regierung unterstützt uns auch nicht.«

Maria presste die Lippen zusammen. In ihrem Kopf überschlugen sich die Gedanken.

»Ich kann das nicht akzeptieren«, sagte sie. »Die Händler in Palma haben doch ohnehin nur Vorteile durch ihren Standort. Und was die Regierung angeht: Wen muss man da überzeugen?«

»Antonio Maura y Montaner.«

»Den Ministerpräsidenten?«, rief Elena überrascht und fügte leise hinzu: »Marilu, das ist eine Nummer zu groß.«

Morell hatte sie gehört. »Es ist sicher nicht einfach, an ihn heranzukommen«, bestätigte er. »Aber er lebt hier auf Mallorca und ist seit Dezember letzten Jahres nicht mehr Ministerpräsident.«

»Aber er hat noch Einfluss?«

»Oh ja, das will ich meinen.«

»Lassen Sie es mich versuchen«, bat Maria. »Lassen Sie mich versuchen, mit ihm zu sprechen. Und Investoren zu finden.«

Morell zog die Augenbrauen hoch. »Sie?«, fragte er. »Bitte erlauben Sie mir den Hinweis: Es ist nicht üblich, dass eine junge Dame sich mit solchen Dingen beschäftigt. Man wird Sie nicht ernst nehmen.«

Maria richtete sich auf ihrem Stuhl auf. »Es ist mir egal, was ›üblich‹ ist. Es ist mein Erbe, meine Heimat, die hier auf dem Spiel steht, und ich werde einen Weg finden, den Bau der Bahn zu beschleunigen. So wahr ich hier sitze.«

Morell zögerte, dann nickte er schließlich anerkennend. »Also gut, ich bin gespannt, was Sie erreichen werden, Señorita Sánchez. Und ich will Sie gern unterstützen. Ich gebe Ihnen ein Empfehlungsschreiben mit. Das erhöht Ihre Chance, durchgelassen zu werden, erheblich.« Er zog Papier und Federhalter hervor, schrieb einige Zeilen, schob das Blatt in einen Umschlag und reichte ihn ihr.

»Danke«, sagte Maria.

Morell nickte und schüttelte ihre Hand. »Sie sind eine bemerkenswerte junge Frau, Señorita Sánchez. Ich danke Ihnen für Ihren inspirierenden Besuch.«

»Und ich danke Ihnen, dass Sie uns kurzfristig empfangen und so viel Zeit geschenkt haben«, sagte Maria. »Das weiß ich sehr zu schätzen.«

Als sie ging, lag ein Lächeln auf ihren Lippen. Dass Morell, der wichtigste Mann im Eisenbahnprojekt, ihr so aufmerksam zugehört hatte, war mehr, als sie erwartet hatte. Die erste Hürde war genommen. Und die nächsten würde sie auch schaffen: Sie würde die Eisenbahn von Sóller und damit die Orangenbauern retten!

Kapitel 6

Magdalena, Palma 1978

Magdalena wälzt sich unruhig in ihrem Hotelbett hin und her. Sie hat das Licht längst gelöscht, doch an Schlaf ist nicht zu denken. Die Ereignisse des Tages sind zu groß, zu unerwartet, zu überwältigend. Sie hat ein Gut geerbt. Jedes Mal, wenn sie die Augen schließt, sieht sie ein sandsteinfarbenes Gebäude vor sich, umgeben von Orangenhainen, mit Fenstern, durch die man vielleicht das Meer sehen kann.

Und dann das Rezept. Eine Marmelade. Wie merkwürdig das ist. Was hat es damit auf sich? Warum hat ein simples Rezept so viel Bedeutung, dass es Teil ihres Erbes wird?

Der Schlaf will einfach nicht kommen, die Gedanken rasen zu schnell. Mit einem tiefen Seufzen setzt sich Magdalena auf und tastet nach dem Brief, den Javier ihr heute überreicht hat. Der Umschlag fühlt sich fest und schwer an, wie ein Überbleibsel aus einer längst vergangenen Zeit.

Sie knipst die kleine Lampe auf ihrem Nachttisch an, das warme Licht taucht das Hotelzimmer in einen sanften

Schein. Langsam zieht sie das vergilbte Blatt Papier aus dem Kuvert und überfliegt erneut die wenigen, aber bedeutungsschweren Zeilen mit den geschwungenen Buchstaben. Sie sind in dunkler Tinte geschrieben, mit einer Sorgfalt, die ihr seltsam vertraut vorkommt. Dabei kennt sie keine Maria. Hat den Namen Maria Lourdes Fuentes noch nie gehört. Wer war sie, und welche Bedeutung hat dieses mysteriöse Rezept? Und was hat sie, Magdalena, mit alldem zu tun?

Einem Impuls folgend, greift sie nach dem Telefonhörer, um ihre Großmutter anzurufen. Schon immer hat sie ein besonders enges Verhältnis zu Sophia gehabt und ihr alles anvertraut. Es ist spät, aber ihre Großmutter ist eine Nachteule und immer lange wach. Je älter sie wird, desto weniger Schlaf braucht die alte Dame.

Es klingelt.

»Ja?«, sagt eine dünne, aber dennoch ausgesprochen energiegeladene Stimme.

»Ia!« Nach Magdalenas Geburt hatte Sophia Lechner erklärt, sie fühle sich keineswegs wie eine Großmutter und wolle auch nicht als solche benannt werden. Pflichtschuldig hatten Magdalenas Eltern dafür gesorgt, dass das Kind ihre Oma Sophia nannte. Und so war aus dem für das kleine Mädchen viel zu komplizierten Namen Ia geworden – und bis heute geblieben.

»Magdalena! Mein Mädchen! Das ist aber schön, dass du mich anrufst und mir die Langeweile vertreibst.«

Magdalena muss lachen. Sophia hat nie Langeweile!

»Ia«, sagt sie. »Ich bin auf Mallorca.«

»Oh, wie schön!«, freut sich Sophia. »Endlich hast du dir

deinen Traum erfüllt. Du hast es verdient. Aber warum hast du mir denn gar nichts davon erzählt, dass du in den Urlaub fahren willst?«

»Weil es eine sehr spontane Entscheidung war«, erklärt Magdalena. »Und es ist auch kein Urlaub. Ich … Ia, ich habe ein Herrenhaus geerbt.«

Am anderen Ende der Leitung herrscht Stille.

»Bist du noch da?«, fragt Magdalena.

»Ja«, sagt Sophia leise. »Ich habe nur einen Moment gebraucht, um diese Nachricht zu verdauen. Wer um alles in der Welt vermacht dir ein Herrenhaus auf Mallorca?«

»Eine Maria – und sie hat mir auch ein Marmeladenrezept hinterlassen.«

»Ein Marmeladenrezept?«, fragt Sophia misstrauisch, und Magdalena hört, dass sie sich ein Lachen verkneift. »Kind! Hast du getrunken? Bist du in Schwierigkeiten?«

»Natürlich habe ich nicht getrunken!«, ruft Magdalena empört. »Und ich hoffe, dass ich nicht in Schwierigkeiten bin. Erst einmal ist es ja etwas Gutes, wenn man ein Haus erbt, nicht wahr?«

»Wenn man das Haus von jemandem erbt, den man kennt, sicher«, sagt Sophia.

»Es gibt einen Brief«, erklärt Magdalena.

»Was für einen Brief?«, hakt Ia nach.

Nachdem Magdalena ihn vorgelesen hat, ist es einen Moment still. Dann sagt Sophia: »Ich steige ins nächste Flugzeug und komme zu dir.«

»Aber das musst du doch nicht!«

»Keine Widerrede! Wie kann ich dich erreichen?«

Magdalena überlegt kurz. »Ich rufe dich morgen noch mal an.«

»Gut«, erwidert ihre Großmutter. »Ich gehe gleich morgen früh ins Reisebüro. Und bis dahin: Tu nichts Unüberlegtes.«

Großmutter und Enkelin verabschieden sich, und Magdalena legt auf. Es ist ein gutes Gefühl, dass Sophia kommen wird und sie sich der Sache nicht allein stellen muss.

Draußen rauscht die mediterrane Nacht, Stimmen hallen durch die engen Gassen von Palma, aus dem Innenhof des Palazzo-Hotels, in dem sie untergebracht ist, dringen leise Musik und Gläserklirren in die stille Einsamkeit ihres Zimmers herauf.

Magdalena erhebt sich und blickt hinunter. Morgen, denkt sie. Morgen wird sie nach Sóller fahren.

Morgen wird sie Antworten bekommen.

Als der Wecker klingelt, hat Magdalena das Gefühl, nur zwei Stunden geschlafen zu haben. Sie ist vollkommen übermüdet und gleichzeitig hellwach und voller Adrenalin. Sorgsam kleidet sie sich an – ein leichtes, geblümtes Sommerkleid, kämmt sich das Haar, bindet es zu einem Pferdeschwanz und eilt durch die weißen Gassen von Palma den kurzen Weg zur Kanzlei. Javier del Bosco wartet bereits am Taxi auf sie. Er begrüßt sie grinsend, und wieder wundert sich Magdalena, dass er Anwalt ist. Heute trägt er Jeans, ein weißes kurzes Leinenhemd und eine Sonnenbrille. Wie gut er aussieht!

Zehn Minuten später erreichen sie schon den Bahnhof des Ferrocarril de Sóller, einen charmanten historischen

Backsteinbau mit Rundbogenfenstern. Der Ort wirkt, als sei er aus der Zeit gefallen. Der Zug auch, wie Magdalena wenig später feststellt. Das Gefährt besteht aus Holz, mit glänzenden Messingbeschlägen und großen Fenstern.

»Das ist er also«, sagt sie ehrfürchtig, als sie einsteigen und sich auf die schlichten Holzbänke setzen.

Javier lächelt. »Ja, das ist er«, bestätigt er. »Der berühmte Ferrocarril de Sóller.«

Kurz darauf ertönt ein schrilles Pfeifen. Ruckartig setzt sich der Zug in Bewegung, verlässt langsam den Bahnhof und rattert durch die Vororte Palmas. Die ersten Minuten fahren sie an ärmlichen Gebäuden vorbei, Wäsche flattert auf halb zerfallenen Balkonen, auf ausgetrockneten Wiesen liegt jede Menge Müll.

»Nicht hinsehen«, sagt Javier und grinst schon wieder. »Das ist die einzige hässliche Seite Mallorcas, ich schwöre es.«

Sie muss lachen. »Gut«, sagt sie. »Ich sehe weg.«

Demonstrativ schließt sie die Augen, und Sekunden später dringt wieder seine Stimme an ihr Ohr. »Sie dürfen die Augen wieder öffnen.«

Als sie jetzt aus dem Fenster blickt, erkennt sie satte Orangen- und Mandelbäume. Das Gelände wird hügeliger, dann bergiger.

»Wunderschön«, entfährt es ihr.

»Sage ich doch.« Wieder dieses Grinsen!

Gleich darauf hält der Zug an einem winzigen Bahnhof mit weiß getünchten Wänden. »Darf ich vorstellen: unsere erste Station – Son Sardina«, erklärt Javier. »Das ist noch nicht besonders spektakulär, aber ab hier beginnt der eigentliche Aufstieg in die Berge.«

Magdalena merkt, dass der Zug sein Tempo nach und nach drosselt. Die Landschaft wird grüner, Wiesen voller wilder Blumen säumen die Gleise, und in der Ferne tauchen die ersten Berge auf.

»Die Bahn wurde zwischen 1907 und 1912 gebaut«, fährt Javier fort. »Der Grund war ganz einfach: Sóller war damals quasi von der Außenwelt abgeschnitten. Es gab keine direkte Straßenverbindung nach Palma, weil das Tramuntana-Gebirge dazwischenlag. Die Orangenbauern mussten ihre Kisten mühsam mit Maultieren über den Coll de Sóller schleppen – eine gefährliche und langwierige Reise.«

Der Zug schlängelt sich nun durch enge Kurven, Olivenhaine breiten sich aus wie silbrige Teppiche, überall ziehen sich uralte Trockenmauern durch das satte Grün.

»Jetzt kommt die spektakulärste Stelle der Fahrt: der Alfabia-Tunnel«, kündigt Javier an. »Er ist fast drei Kilometer lang – einer der längsten Eisenbahntunnel Spaniens. Sein Bau war eine der größten Ingenieursleistungen der Insel und riskant. Aber er war die einzige Möglichkeit, die Eisenbahnlinie wirtschaftlich rentabel zu machen.«

»Aber warum war das so schwierig?«, fragt Magdalena.

»Weil man nicht wusste, ob die Gesteinsformationen halten würden. Die Bauarbeiten waren gefährlich und teuer. Viele Arbeiter wurden verletzt oder starben sogar. Und trotzdem – ohne diesen Tunnel gäbe es diese Strecke nicht.«

Magdalena lauscht gebannt.

Der Zug rattert in die Dunkelheit. Sie kann nichts mehr

sehen. Ihre Sinne konzentrieren sich auf das leise Echo der Räder, das sich in den engen Wänden des Tunnels bricht. Es ist ein seltsames Gefühl, mit offenen Fenstern durch den Fels zu fahren. Ganz anders, denkt sie, als mit dem Auto einen Tunnel zu durchqueren. Das hier ist irgendwie … unmittelbarer. Vielleicht, weil die Felswand so dicht neben ihr ist, weil sich keine Scheibe zwischen ihnen befindet, weil sie nur den Finger ausstrecken müsste, um sie zu berühren. Es ist aber kein unheimliches Gefühl. Eher sehr … bewegend.

Nach mehreren Minuten fällt Licht in den Tunnel, es wird heller. Und dann befinden sie sich wieder im gleißenden Sonnenlicht. Reflexartig kneift Magdalena die Augen zusammen, um sich dagegen zu schützen, und blinzelt dann, bis sie sich wieder an die Helligkeit gewöhnt hat. Dann schnappt sie nach Luft.

Vor ihr liegt das Tal von Sóller.

Ein smaragdgrünes Paradies, umgeben von den schroffen, majestätischen Gipfeln der Berge. Orangenbäume, so weit das Auge reicht, dazwischen alte Gutshäuser mit sandsteinfarbenen Fassaden, genau, wie Magdalena es sich vorgestellt hat.

»Wow«, flüstert Magdalena.

»Allerdings«, sagt Javier. »Das denke ich auch jedes Mal wieder. Hieran kann man sich nicht sattsehen.« Nach einem kurzen Zögern fügt er hinzu: »Und auch nicht sattfühlen.«

Der Zug rollt weiter durch das fruchtbare Land. Es duftet nach Zitrusfrüchten, und in der Ferne funkelt das Mittelmeer.

»Hier wachsen die berühmtesten Orangen Mallorcas«, erklärt Javier. »Das Klima ist ideal – warme Tage, kühle Nächte. Es gibt eine Sorte, die nur hier wächst: die Canoneta-Orange. Klein, aber unglaublich süß.«

Die Besiedlung wird dichter, sie fahren in eine wunderschöne kleine Bergstadt ein und erreichen gleich darauf die letzte Station: ein historisches Bahnhofsgebäude, das man aber nicht durchqueren muss, um in die Stadt zu gelangen, wie Magdalena gleich darauf feststellt.

»Wir können hier hinten langgehen«, sagt Javier und führt sie einen kleinen steilen Weg hinunter. »Willkommen in Sóller.«

»Was ist das?«, fragt Magdalena und deutet auf einen weiteren historischen Zug, der auf der anderen Seite des Bahnhofs steht und vor dem sich unzählige Touristen drängen.

»Das ist die Straßenbahn nach Port de Sóller«, erwidert er. »Auch das ist eine historische Strecke – die erste elektrische Straßenbahn Mallorcas, gebaut 1913.«

»Fahren wir dorthin?«

»Unbedingt«, sagt Javier. »Es ist der schönste Ort der Welt. Aber das muss noch ein bisschen warten, denn das Herrenhaus befindet sich hier, in Sóller.«

Magdalena nickt und folgt ihm entlang der Straßenbahnlinie, bis sie wie vom Donner gerührt stehen bleibt.

Sie finden sich auf einem großen belebten Platz wieder, der in der Mitte von den Straßenbahnschienen geteilt wird und auf dessen rechter Seite sich ein majestätisches Gotteshaus aus Stein erhebt. »Ist das schön«, flüstert Magdalena andächtig.

»Wollen Sie hineingehen?«

Sie schüttelt den Kopf. »Jetzt nicht«, sagt sie. »Ich möchte gern zuerst das Haus besichtigen.«

Kapitel 7

Maria Lourdes, Palma 1905

Die Sonnenstrahlen tauchten die Straßen von Palma in ein warmes goldenes Licht. Es war noch früh, die Stadt begann gerade erst zu erwachen. Händler öffneten ihre Läden, Hausfrauen trugen Körbe mit frischem Obst nach Hause, und die Fischer, die schon vor Stunden von der Küste zurückgekehrt waren, sortierten ihren Fang auf den Marktständen.

Maria Lourdes und Elena schritten zielstrebig durch die engen Gassen, der Klang ihrer Schritte hallte über das unebene Kopfsteinpflaster. Trotz der kühlen Morgenluft fühlte sich Maria Lourdes, als brenne ein Feuer in ihr.

Sie hatte nicht geschlafen. Dabei hatte ihr Vater darauf bestanden, den beiden jungen Frauen ein Zimmer im Hotel zu reservieren, damit sie am Abend nicht noch die lange und beschwerliche Strecke nach Sóller auf sich nehmen mussten. Ihr Gespräch mit Morell war ihr immer wieder durch den Kopf gegangen. Vor allem aber hatte sie sich überlegt, wie es ihr gelingen konnte, zum einstigen Ministerpräsidenten vorzudringen. Sie war sich nicht sicher, ob das Schreiben von Morell dabei helfen würde, und hatte immer noch keine bessere Idee. Aber ihr würde schon etwas einfallen.

»Bist du sicher, dass es klug ist, was wir tun, Marilu?«, fragte Elena in ihre Gedanken hinein.

Maria Lourdes drehte den Kopf und blickte ihre Freundin an.

»Wenn ich es nicht tue, wird es niemand tun«, sagte sie schlicht.

Elena seufzte. »Ich hoffe nur, dass sie dich ernst nehmen. Männer in solchen Positionen sind es nicht gewohnt, mit Frauen über Geschäfte zu sprechen. Das hast du ja gestern bei Morell gemerkt.«

Maria Lourdes straffte die Schultern und sagte selbstsicherer, als sie sich fühlte: »Dann wird es Zeit, dass sie es lernen. Und immerhin hat Señor Morell mir zugehört. Das wird Antonio Maura y Montaner auch tun.«

Vor ihnen ragte die imposante Fassade von Antonio Maura y Montaners Residenz auf. Ein palastähnliches Gebäude aus hellem Stein mit hohen Fenstern und kunstvollen Balkonen, das sich von den bescheideneren Häusern der Nachbarschaft abhob.

Vor dem Haupttor standen zwei uniformierte Wachmänner, die nicht aussahen, als würden sie sich so leicht beschwatzen lassen.

»Wie willst du da reinkommen?«, flüsterte Elena zweifelnd.

»Warte es ab.«

Maria Lourdes trat an das Tor heran und sprach mit fester Stimme: »Ich möchte zu Señor Maura y Montaner.«

Einer der Wachmänner, ein kräftiger Mann mit wettergegerbtem Gesicht, lachte. »Das möchten viele.« »Aber mich schickt Señor Morell. Ich bin Maria Lourdes Sánchez. Und das ist Elena González.« Sie zog das Empfehlungsschreiben hervor, das Morell ihr am Tag zuvor mitgegeben hatte.

Der Wachmann stutzte, las, nickte.

Dann drehte er sich langsam zu einem Diener um, der in der Nähe stand. »Informiere den Señor.«

Maria sah, wie Elena neben ihr kaum zu atmen wagte.

Nach langen Minuten kehrte der Diener zurück. Er wirkte nicht begeistert, aber auch nicht abweisend. »Señor Maura y Montaner wird Ihnen einige Minuten gewähren.«

Maria verbarg ihr triumphierendes Lächeln.

Der Diener führte sie durch eine marmorgepflasterte Halle, an deren Wänden große Ölgemälde spanischer Würdenträger hingen. Ein riesiger Wandteppich zeigte eine Karte des spanischen Kolonialreiches.

Schließlich betraten sie Maura y Montaners Arbeitszimmer – ein weitläufiger Raum mit schweren Vorhängen, einer prunkvollen Bibliothek und einem massiven Schreibtisch, auf dem eine goldene Feder in einem Tintenfass stand, bereit, bedeutende Dokumente zu unterzeichnen.

Antonio Maura y Montaner stand am Fenster und drehte sich langsam zu ihnen um. Sein Haar war von ersten grauen Strähnen durchzogen, sein dunkler Anzug makellos.

»Señoritas.« Seine Stimme klang ruhig, aber nicht besonders erfreut. »Mir wurde gesagt, dass Morell Sie geschickt hat?«

Maria verbeugte sich leicht. »Señor, ich danke Ihnen für Ihre Zeit. Ich bin Maria Lourdes Sánchez, Tochter von José Sánchez, Plantagenbesitzer aus Sóller. Dies ist meine Freundin, Elena González.«

Señor Maura y Montaner zog eine Augenbraue hoch. »Und weshalb sind Sie hier?«

Ernst sah Maria ihn an. »Señor Maura y Montaner, ich bin zu Ihnen gekommen, weil Sie ein Mann sind, der die Dinge voranbringt. Offen gestanden sind Sie meine letzte Hoffnung. Und die von unzähligen Orangenbauern in Sóller.«

»Sie sprechen von der Eisenbahn«, begriff Antonio Maura y Montaner.

»Sehr richtig, Señor. Für die Bauern ist es bald zu spät. Sie können nicht mehr lange auf die Umsetzung warten.«

Maura y Montaner erwiderte nichts mehr, was Maria irritierte. Hastig fuhr sie fort: »Wenn die bisherigen Investoren kein Interesse gezeigt haben, dann vielleicht, weil nicht ihre Existenz davon abhängt. Und weil sie nicht genug davon profitieren.«

Abwartend sah sie den einstigen Ministerpräsidenten an. Der schwieg noch immer, doch dann sagte er – und es klang etwas unwillig: »Fahren Sie fort.«

Das ließ Maria sich nicht zweimal sagen.

»Die Existenz meines Vaters und der Orangenbauern von Sóller hängt von dieser Bahn ab. Umgekehrt gibt es sicherlich internationale Händler, die Interesse an Sóllers Orangen haben und sich bereit erklären würden, in die Infrastruktur zu investieren – wenn sie nur von den Problemen wüssten. Diese beiden Interessengruppen müsste man zusammenbringen.«

Während sie sprach, hatte sie bemerkt, dass Maura y Montaners Ausdruck sich verändert hatte. War er anfangs von kühl-freundlicher Distanziertheit gewesen, so hörte er ihr nun wirklich zu.

»Sie denken an Barcelona oder gar französische Handelshäuser?«

Maria nickte. »Warum nicht? Der Markt für Zitrusfrüchte wächst, und wenn es eine Möglichkeit gäbe, die Transportkosten zu senken, würden sich sicher Investoren finden, die profitieren möchten. Und die Plantagenbesitzer sind bestimmt bereit, sich nach Kräften einzubringen, wenn sie damit ihre Lebensgrundlage sichern können.«

Der einstige Ministerpräsident nickte langsam. »Das ist tatsächlich ein ganz neuer Ansatz«, sagte er. »Dennoch wird es schwierig sein und viel Arbeit. Und es bleibt ein riskantes Unterfangen.«

»Aber es wurde schon so viel Arbeit investiert – die wäre umsonst, wenn man das Vorhaben aufgäbe. Und außerdem ist das Leben voller Risiken.«

Der Mann ihr gegenüber schwieg.

»Bitte, Señor«, fuhr Maria fort. »Sie sind der Einzige, der dieses Projekt in Madrid unterstützen kann. Ohne politische Rückendeckung wird die Strecke niemals gebaut werden.«

Er betrachtete sie nachdenklich, bevor er langsam sprach.

»Señorita Sánchez, ich bin nicht mehr Ministerpräsident.«

»Aber Sie haben doch Einfluss!«, rief Maria verzweifelt.

»In der Tat. Den habe ich«, sagte Señor Maura y Montaner. »Und den haben Sie auch. Sie machen ihn gerade geltend.«

»Was meinen Sie?«

»Ich bewundere Ihren Mut und Ihren Einfallsreichtum. In der Tat war mir die verzweifelte Lage der Bauern in Sóller nicht ganz klar. Ich habe die Sache etwas aus den Augen verloren.«

»Dann werden Sie uns helfen?«, fragte Maria atemlos.

»Ich werde mich mit Señor Morell in Verbindung setzen«, versprach Maura y Montaner. »Und dann sehen wir weiter.«

Kapitel 8

Magdalena, Sóller 1978

Die Sonne steht mittlerweile hoch am Himmel, als Magdalena mit Javier durch die engen Straßen von Sóller geht. Magdalena ist furchtbar nervös – gleich wird sie das Herrenhaus sehen, das sie geerbt hat. Was wird sie dort erwarten? Trotz ihrer Aufregung nimmt sie den Charme der Stadt wahr. Wie aus der Zeit gefallen, denkt sie, als sie durch die Einkaufsstraße gehen, die von dem großen Marktplatz abzweigt. Sie ist gesäumt von kleinen Lädchen rechts und links der Straße. Orangen. Überall. Wieder und wieder Orangen, deren Duft sich mit dem von frischem Gebäck und warmem, sonnenbeschienenem Stein mischt. Die Geräusche der Stadt – das Klappern von Geschirr, das gedämpfte Murmeln der Menschen, das entfernte Kreischen einer Möwe – vermischen sich zu einer sanften Melodie des Alltags.

»Gleich sind wir da«, sagt Javier in ihre Gedanken hinein, und Magdalena spürt ihr Herz heftig in ihrer Brust schlagen.

»Da vorn ist es«, verkündet Javier schließlich, während sie eine schmale, ansteigende Gasse hinaufgehen.

Magdalena hebt den Blick – und ihr Atem stockt.

Das Herrenhaus.

Es thront auf einem kleinen Hügel, umgeben von Orangenbäumen, die im Wind rauschen. Die Fassade ist aus hellem Sandstein, die Fensterläden einst grün, doch von der Sonne ausgeblichen und an manchen Stellen morsch. An den Mauern klettert leuchtende Bougainvillea empor.

Magdalena spürt eine seltsame Mischung aus Ehrfurcht und Nervosität.

»Das ist also mein Erbe«, murmelt sie.

Javier streckt die Hand aus, um das schmiedeeiserne Gartentor zu öffnen, hinter dem eine lange, kiesbedeckte Einfahrt beginnt, die auf einen direkt vor dem Herrenhaus stehenden Brunnen zuläuft. Jetzt sieht Magdalena, dass rechts und links des Hauses zwei weitere Gebäude liegen. Sind sie ebenfalls Teil des Erbes? Wohnt dort noch jemand?

Javier zieht einen Schlüssel aus seiner Tasche und reicht ihn ihr.

»Sind Sie bereit?«

Magdalenas Finger zittern leicht, als sie ihn entgegennimmt. Dann steckt sie ihn ins Schloss.

Er passt genau. Mit einem lauten Knirschen dreht sie ihn um, und das Tor springt auf.

Ein Schwall abgestandener Luft strömt ihr entgegen – Staub, altes Holz, vielleicht ein Hauch von Verfall.

Magdalena tritt vorsichtig ein.

Das Foyer ist riesig, mit hohen Decken und dunklen

Holzbalken. Die Kühle der Steinfliesen unter ihren Füßen dringt durch die dünnen Sohlen ihrer Sandalen. Eine breite Holztreppe führt in das obere Stockwerk, an den Wänden hängen alte Gemälde. Ihre Blicke huschen durch den Raum, nehmen jedes Detail in sich auf. Trotz der offensichtlichen Vernachlässigung liegt eine Eleganz über dem Haus, eine stille Würde, die selbst der Zahn der Zeit nicht gänzlich zerstören konnte.

Ihre Schritte hallen, als sie weitergeht, die Treppe hinauf.

Sie kann sich nicht erinnern, jemals so viele Gefühle gleichzeitig empfunden zu haben.

Ehrfurcht. Neugier. Ein Hauch von Angst.

Javier bleibt hinter ihr, lässt ihr Zeit, sich umzusehen.

Magdalenas Blick fällt auf ein großes Gemälde an der Wand, und sie bleibt abrupt stehen. Es zeigt eine junge Frau mit dunklem Haar, das in eleganten Wellen über ihre Schultern fließt. Ihre Augen sind tief und klug, ihre Haltung aufrecht und stolz.

»Das ist sie«, flüstert sie. »Das muss sie sein.«

Javier tritt näher. »Ja«, sagt er. »Ja, ich glaube auch. Und das war ihr Zuhause.«

Magdalenas Herz schlägt schneller. Die Frau auf dem Bild kommt ihr so vertraut vor, als hätte sie sie schon einmal getroffen. Ihre Züge sind sanft, aber entschlossen – eine Frau, die weiß, was sie will.

Sie hebt die Hand und streicht mit den Fingerspitzen über den Rahmen des Gemäldes. Das Holz ist rau und warm.

Lange betrachtet sie das Bild, dann wendet sie sich ab und geht weiter.

Die Räume sind groß. Staub liegt auf den Möbeln, Spinnweben ziehen sich über hohe Fenstersimse. In der Ferne hört sie ein leises Knarren – vielleicht ein Fensterladen, der im Wind schwingt. Die Atmosphäre ist seltsam zeitlos, als wäre die Vergangenheit noch immer hier, lauernd hinter jeder Ecke. Schließlich erreicht sie eine Tür am Ende des Korridors. Sie ist aus dunklem Holz und mit einem alten Messinggriff versehen. Magdalena drückt ihn herunter, und die Tür gibt nach, schwingt nach innen auf. Sie tritt ein – und findet sich in einem Büro wieder. Es sieht aus, als wäre hier vor Jahrzehnten jemand mitten in der Arbeit unterbrochen worden. Die Papiere auf dem Tisch sind vergilbt, ein Tintenglas, ein Federhalter.

Ein altes Tagebuch.

Der Ledereinband ist rissig, die Seiten vergilbt. Ihre Finger zittern, als sie es aufschlägt.

Sóller, 1907. Ich habe die Eisenbahnlinie gerettet. In wenigen Jahren werden die ersten Züge nach Palma fahren. Ich hätte nie gedacht, dass es mir gelingen würde, aber nun ist es wahr geworden. Die Zukunft unseres Landes beginnt heute.

Das ist Maria Lourdes' Tagebuch! Staunend hebt Magdalena den Blick. »Sie schreibt, sie habe die Eisenbahnlinie gerettet. Die, mit der wir vorhin gefahren sind, wie es scheint.«

»Was?«

Javier scheint verblüfft. »Wie …«

»Hier.« Magdalena schiebt ihm das Tagebuch zu.

»Tatsächlich«, murmelt er, nachdem er die Seiten überflogen hat. »Das war 1907. Fünf Jahre, bevor die Strecke eingeweiht wurde.«

»Warum dauerte das so lange?«

»Na ja«, hat Javier gleich eine Erklärung. »Es war nicht ganz einfach, die Bahn zu bauen. Allein den Tunnel zu graben. Ein paar Jahre gehen da leicht ins Land.«

»Dann könnte Maria Lourdes also wirklich die Initiatorin gewesen sein?«

»Es scheint so«, sagt Javier. »Wobei Frauen damals in Spanien nicht unbedingt viel zu sagen hatten. Wenn das hier wirklich stimmt, muss Maria Lourdes eine erstaunliche Frau gewesen sein. Wie Sie auch.« Das Kompliment kommt so plötzlich und unerwartet, dass Magdalena gar nicht weiß, was sie erwidern soll. Unsicher sieht sie ihn an.

Ihre Blicke verhaken sich für einen Moment. Eine seltsame, anrührende Nähe ist da zwischen ihnen. Rasch sieht sie wieder zur Seite. Er fragt, und seine Stimme ist dabei ein wenig rau: »Das hier ist Spanisch. Sie verstehen das alles?«

»Ja, ich …«, setzt sie an und wagt nicht, ihn wieder anzusehen. »Ich habe schon immer so eine merkwürdige Verbindung zu Spanien verspürt und nie begriffen, wo sie herkommt. Deshalb habe ich die Sprache gelernt. Außerhalb meines Sprachkurses habe ich es allerdings noch nie wirklich gesprochen. Aber jetzt hilft es mir. Durch dieses Tagebuch werde ich vielleicht Antworten auf all meine Fragen finden. Eine direkte Verbindung in die Vergangenheit.«

Er nickt und macht Anstalten, sich zu erheben.

»Ich lasse Sie ein wenig allein.«

»Nein«, sagt sie rasch. »Bleiben Sie.« Sie wagt es aufzusehen, doch sein Blick ist so eindringlich, dass sie wieder ausweichen muss. »Bitte«, fügt sie hinzu.

»Gern«, erwidert er leise. »Aber wenn ich einen Vorschlag machen dürfte?«

»Jeden.«

»Hinter dem Haus gibt es eine Terrasse, wie ich durch das Fenster gesehen habe. Lassen Sie uns hinuntergehen und ein wenig die Sonne genießen.«

»Gut.« Sie erhebt sich, greift nach dem Tagebuch und geht dann vor ihm wieder hinunter ins Foyer. Jetzt erst entdeckt sie die vielen Türen, die von hier aus abgehen. Wie merkwürdig, dass sie, wie von Zauberhand geleitet, direkt in den Raum gegangen ist, in dem sich das Tagebuch befindet.

Auf gut Glück öffnet sie die mittlere der Türen und stößt einen leisen Ruf des Entzückens aus. Vor ihr liegt ein heller und sonnendurchfluteter Raum. Bodentiefe Fenster eröffnen einen zauberhaften Blick auf die umliegenden Orangenplantagen und die Hügelkette des Tramuntana-Gebirges dahinter. Das mittlere der Fenster erweist sich als Tür, und als sie hinaustreten, finden sie sich auf der großen Steinterrasse wieder, die Javier vom Fenster aus gesehen hat. Sogar eine sehr alte schmiedeeiserne Sitzgarnitur steht hier, die allerdings sehr schmutzig ist.

»Warten Sie.«

Javier zieht eine Packung Taschentücher heraus und beginnt, Tisch und Stühle zu säubern.

Magdalena sieht ihm gerührt zu. Wie umsichtig er ist! Und wieder denkt sie: Wie gut er aussieht.

»Bitte sehr«, sagt er, als er sein Werk vollendet hat, und rückt ihr den Stuhl zurecht.

»Danke.«

Erneut trifft sein Blick den ihren. Wieder beschleunigt sich ihr Herzschlag. Hastig senkt sie die Augen, um weiter in Marias Tagebuch zu blättern.

Sie liest über Hoffnungen, Ängste, Verluste. Jede Zeile zieht sie tiefer in eine längst vergangene Zeit. Es fühlt sich an, als würde sie durch Marias Augen sehen, ihre Gedanken spüren.

Sie sagten, eine Frau könne so etwas nicht vollbringen. Sie lagen falsch.

»Sie hatten wohl recht: Maria musste gegen Widerstände kämpfen.« Sie schiebt ihm das Tagebuch zu und deutet auf die Stelle.

»Es scheint ganz so«, bestätigt er. »Aber es wäre auch merkwürdig, wenn es anders wäre. Wie gesagt: Frauen hatten wenig zu sagen in dieser Zeit.«

Magdalena nickt. Nimmt einen tiefen Atemzug. Und liest weiter.

Kapitel 9

Maria Lourdes, Sóller 1905

Die Mittagssonne brannte auf die großen Steinplatten, während Maria Lourdes auf der breiten Terrasse stand und über die Orangenhaine auf die Hügelkette der Tramuntana blickte.

Die Hitze des Nachmittags lastete schwer auf den Feldern, doch es gab noch etwas anderes, das auf ihr Gemüt drückte: Sie hatte sich vorgenommen, heute ihren Vater darüber zu informieren, dass sie Morell und den einstigen Ministerpräsidenten aufgesucht hatte, um mit ihnen über den Bau der Eisenbahn zu sprechen. Und sie hatte ja noch viel mehr getan: In den vergangenen Wochen war sie regelrecht hausieren gegangen, jedem, der es hören oder auch nicht hören wollte, hatte sie erzählt, wie bedeutsam die Bahn für die Region sei. Sie hatte Bürgermeister und Händler, Obstbauern und andere Bürger angesprochen, eifrig unterstützt von Elena und Alejandro. Auch wenn José ihr streng genommen die Erlaubnis erteilt hatte: Dass sie so handeln würde, damit hatte er sicher nicht gerechnet. Er würde es nicht gutheißen. Er würde sich hintergangen fühlen – das wusste sie.

Mit einem Seufzen wandte sie sich dem Haus zu, um hineinzugehen. Es hatte keinen Sinn, die Sache noch weiter vor sich herzuschieben. Sie musste es hinter sich bringen. Maria durchquerte den riesigen Salon, in dem sie bei jedem Wetter so gerne saß und hinaussah, ging ins Foyer und wollte gerade über die Holztreppe nach oben steigen, als ihr Blick auf die Kommode fiel, auf der auf einem silbernen Tablett die Post lag. Obenauf befand sich ein Brief, der an sie adressiert war. Sie griff nach dem Umschlag, und ihr Blick glitt über die elegante Handschrift. Wer mochte ihr wohl schreiben? Sie drehte das Kuvert um – und schnappte nach Luft.

Juan Morell. Was für ein Glück, dass ihr Vater die Post nicht vor ihr gefunden hatte. Es wäre alles aufgeflogen, bevor sie die Gelegenheit gehabt hätte, ihm davon zu berichten.

Mit zitternden Fingern nahm sie den Brief an sich und eilte die Treppe hinauf in ihr Appartement, das aus einem Schlaf- und einem kleinen Wohn- und Arbeitszimmer bestand. Sie setzte sich an ihren zierlichen Sekretär und schlitzte das Kuvert auf.

Verehrte Señorita Sánchez,

zunächst möchte ich Ihnen meinen aufrichtigen Dank aussprechen. Ihre Hartnäckigkeit und Ihr Mut haben mich inspiriert, die Angelegenheit der Eisenbahnlinie noch engagierter anzugehen.

Ich habe mich mit Señor Maura y Montaner beraten, den Sie ja ebenfalls aufsuchten, und wir sind übereingekommen, dass wir einen neuen Versuch unternehmen werden, Investoren zu finden – diesmal in Barcelona, wo die Händler ein deutliches Interesse an Früchten aus Sóller haben. Señor Maura y Montaner wird sich außerdem in Madrid für unsere Sache einsetzen.

Mit größtem Respekt und Dankbarkeit,

Juan Morell

Sie presste das Schreiben an ihre Brust und stieß einen tiefen Seufzer aus. Sie hatte es geschafft. Was es umso wichtiger machte, ihren Vater umgehend zu informieren. Eilends erhob sie sich und stieg die Treppe wieder hinab. Sie überquerte den Hof und betrat das Gebäude, das links des Herrenhauses gelegen war und in dem sich das Kontor ihres Vaters befand. Ihr Herz raste, als sie die Tür öffnete, um einzutreten.

Don José Sánchez saß hinter seinem Mahagonischreibtisch. Er hob kaum den Blick von den Papieren, die vor ihm lagen.

»Was gibt es, *mi hija?*«

Sie holte tief Luft.

»Ich habe Neuigkeiten, Vater.«

Jetzt sah er doch auf.

Sie legte ihm Morells Brief auf den Tisch.

»Die Eisenbahnlinie nach Sóller könnte doch schneller gebaut werden, als wir alle denken.«

Er runzelte die Stirn und griff nach dem Papier. Während er las, veränderte sich sein Gesichtsausdruck. Die erste Überraschung wich Ärger, dann Unverständnis – und schließlich Zorn.

Langsam legte er das Schreiben auf den Tisch und stand auf.

»Was hast du getan?« Seine Stimme war gefährlich ruhig.

Maria Lourdes schluckte. »Ich habe mit Morell gesprochen. Ich habe ihm erklärt, warum die Bahn für Sóller lebenswichtig ist. Ich habe …«

»Du hast dich in Männersachen eingemischt! Und sogar den ehemaligen Ministerpräsidenten aufgesucht?« Don José schlug mit der Faust heftig auf den Tisch. »Ohne mein Wissen! Ohne meine Erlaubnis!«

»Weil du dich geweigert hast, es selbst zu tun!«, erwiderte Maria hitzig. »Weil du aufgeben wolltest. Das …«, sie machte eine weit ausholende Bewegung, »das alles hier. Und außerdem habe ich dich um Erlaubnis gebeten, und du hast sie mir gegeben.«

Er funkelte sie an. »Was sollen die Leute denken, wenn sie erfahren, dass meine Tochter hinter meinem Rücken mit Geschäftsleuten verhandelt? Dass eine Frau es wagt, sich in Wirtschaftsfragen einzumischen?«

»Ich habe es für unsere Familie getan!«, rief sie.

Don José packte den Brief wieder, hielt ihn hoch. »Morell bedankt sich bei dir. Bei *dir*, Maria! Was bedeutet das für mich? Dass man mich für einen alten Mann hält, der nicht mehr in der Lage ist, für sein eigenes Gut zu kämpfen?«

»Es bedeutet, dass du eine Tochter hast, die für das kämpft, woran sie glaubt!«, hielt sie dagegen. »Du könntest stolz auf mich sein. Anstatt mir immer nur vorzuwerfen, dass ich kein Junge bin. Dafür kann ich nämlich nichts.«

»Du hast mich hintergangen!« Sein lauter Ton ließ sie zusammenzucken, aber sie wich keinen Schritt zurück.

»Wenn ich es nicht getan hätte, dann hätte niemand etwas getan, Vater!«

Er presste die Lippen zusammen, sein Atem ging schwer.

Dann wandte er sich abrupt von ihr ab.

»Geh. Sofort.«

Sein Rücken war steif, sein Blick zur Wand gerichtet.

Maria Lourdes' Kehle schnürte sich zu. Aber sie gehorchte nicht. Stattdessen trat sie einen Schritt nach vorn. »Ich habe möglicherweise unsere Zukunft gesichert.«

Keine Antwort. Nur Stille. Dann ertönte plötzlich, von der Tür her, eine dritte Stimme.

»Sie hat recht, Don José.«

Maria Lourdes fuhr auf. Juan Morell stand in der Tür.

Auch ihr Vater wirbelte herum.

»Morell! Was … was tun Sie hier?«

Der Geschäftsmann trat ein, zog seinen Hut und nickte Maria Lourdes anerkennend zu.

»Ich komme, um Ihnen persönlich mitzuteilen, dass sich die Ereignisse überschlagen haben. Nachdem ich in Barcelona einen Vorstoß gewagt habe und sich Señor Maura y Montaner in Madrid starkgemacht hat, haben sich schlussendlich doch mehr Investoren als erwartet bereit erklärt, das Projekt zu finanzieren. Selbst die, die zuvor zögerlich waren. Es war … eine Kettenreaktion. Im positiven Sinne.«

Don José blinzelte. »Investoren …?«

Morell nickte. »Ja. Händler aus Barcelona, Plantagenbesitzer aus Inca, selbst einige Reedereien, die ein Interesse an einem schnelleren Export haben. Die Eisenbahn ist nicht mehr nur ein Traum, Don José. Sie wird zur Realität – jetzt.«

Don José ließ sich langsam in seinen Stuhl sinken.

»Das ist … unerwartet.«

Morell musterte ihn. Dann richtete er sich zu voller Größe auf und sagte mit fester Stimme: »Und das ist Ihrer Tochter zu verdanken.«

Don José hob den Kopf.

»Señor Sánchez, Ihre Tochter hat etwas erreicht, woran viele von uns gescheitert sind«, fuhr Morell fort. »Sie hat Menschen dazu gebracht, ihr zuzuhören, und von ihren Ideen überzeugt. Sie hat Hoffnung geweckt, wo Resignation herrschte. Sie ist vielleicht die Retterin der Orangenbauern von Mallorca – einschließlich Ihnen.«

Maria Lourdes hielt den Atem an. Sie ließ ihren Vater nicht aus den Augen und wartete auf eine Regung auf seinem Gesicht.

Don José sah von ihr zu Morell, dann wieder zu ihr.

Sein Blick war noch immer streng – aber er war nicht mehr wütend. Er war nachdenklich. Und dann – ganz langsam – nickte er. Es war keine Entschuldigung. Keine herzliche Umarmung. Aber es war ein Anfang. Maria Lourdes spürte, wie ihre Kehle brannte. Sie hatte gesiegt. Doch er hatte nach wie vor kein Wort gesagt, und eine angespannte Stille lag über dem Raum.

Don José saß an seinem Schreibtisch, die Hände gefaltet, den Blick gesenkt.

Juan Morell war derjenige, der schließlich die Spannung löste.

»Señor Sánchez«, sagte er ruhig, »ich verstehe, dass das alles sehr überraschend für Sie ist. Aber wir haben nicht mehr die Zeit, uns lange mit Stolz oder Eitelkeit aufzuhalten.«

»Und was erwarten Sie von mir?« Seine Stimme war rau, aber nicht mehr feindselig.

Morell zuckte kaum merklich mit den Schultern. »Sie sind einer der größten Plantagenbesitzer Mallorcas, Señor Sánchez. Ihr Wort wiegt schwer. Wenn Sie sich offen zu dem Projekt bekennen, werden sich noch mehr Menschen anschließen. Und wir brauchen jede Unterstützung.«

Don José lehnte sich in seinem Stuhl zurück und rieb sich mit Daumen und Zeigefinger über das Kinn.

Die Sekunden verstrichen, fühlten sich an wie Minuten. Dann sah Don José auf und blickte Morell ins Gesicht. Maria ignorierte er immer noch. »Was sind die nächsten Schritte?«

»Wir werden eine Gesellschaft gründen. Wir haben auch schon einen Namen: Ferrocarril de Sóller S.A. Ein Präsident steht auch schon fest.«

»Donnerwetter«, sagte Maria. »Das ging aber schnell.«

»Das ist Ihnen zu verdanken. Und Verzögerungen hat es bisher ja genug gegeben«, sagte Morell.

»Wer wird denn Präsident?«, fragte Maria.

»Jerónimo Estades i Llabrés«, sagte Morell, und Maria bemerkte zu ihrem Erstaunen, dass ihr Vater beeindruckt schien und sein Widerstand bröckelte. »Ein guter Mann«, sagte er.

Morell nickte. »Antonio Maura y Montaner hat ihn ins Spiel gebracht. Er ist ein enger Vertrauter unseres einstigen Ministerpräsidenten und spielt eine zentrale Rolle in der wirtschaftlichen Entwicklung der Region.«

Marias Herz schlug schneller. Was hatte sie da ins Rollen gebracht?

»Estades war auch bisher eine treibende Kraft in dem Projekt«, sagte Morell. »Bei ihm ist es in guten Händen. Die Investoren werden zufrieden sein.«

Don José brummte. »Das hört sich ja alles ganz gut an, und niemand würde sich über einen solchen Bau mehr freuen als ich. Aber die Großhändler in Palma werden alles tun, um die Bahn zu verhindern.«

»Das weiß ich«, sagte Morell. »Das wissen wir alle. Aber wir haben Verbündete. Es gibt viele kleine Plantagenbesitzer, die dringend auf eine Verbesserung der Transportwege hoffen. Viele von ihnen sind hoch verschuldet, weil der Eselskarren-Transport nach Palma so teuer ist. Wenn wir sie überzeugen können, sich öffentlich für das Projekt auszusprechen, kann der Druck groß genug werden, um den Widerstand zu brechen.«

Maria Lourdes sah zwischen den beiden Männern hin und her.

»Und wer erstellt die Pläne?«, fragte sie schließlich.

Morell lächelte leicht. »Der Ingenieur Pedro Garau Cañellas. Er hat viel Erfahrung. Außerdem dachten wir an einen Ingenieur aus Deutschland, der sich auf Tunnelbau in schwierigem Gelände spezialisiert hat. Er kam ursprünglich nach Palma, um an der Straßenbahn zu arbeiten, aber er könnte auch uns helfen. Ich werde ihn heute noch aufsuchen und fragen.«

»Wie heißt er?«, fragte Don José.

»Johann Sonnbichler.«

Maria Lourdes nickte. »Ich begleite Sie«, sagte sie und fügte dann rasch hinzu: »Natürlich nur, wenn du einverstanden bist, Vater.«

Nun sah Don José sie erstmals nach ihrem Wortgefecht wieder an, sein Blick forschend, aber nicht mehr zornig. Vielleicht lag sogar so etwas wie Dankbarkeit darin, weil sie ihn gefragt und damit nicht vor Morell blamiert hatte.

Er hatte begriffen, dass er ihre Entschlossenheit nicht brechen konnte. »Dann wirst du das tun«, sagte er und fügte noch hinzu: »Du hast meinen Segen.«

Kapitel 10

Maria Lourdes, Sóller 1905

Die Kutsche ruckelte über die steilen Wege des Coll de Sóller, und Maria Lourdes hielt sich am ledernen Griff fest, während Morell neben ihr saß und mit nachdenklicher Miene in die Ferne starrte.

»Erzählen Sie mir etwas über Johann Sonnbichler«, bat sie ihn.

Morell zuckte mit den Achseln. »Viel mehr, als ich vorhin über ihn sagte, weiß ich auch nicht. Er hat am Bahnbau in Tirol und der Schweiz mitgewirkt. Er kennt sich mit Tunneln und schwierigen Strecken aus – genau das, was wir brauchen. Er hat einen hervorragenden Ruf.«

»Wer die Alpen besiegt, besiegt auch das Tramuntana-Gebirge«, versetzte Maria. »Zumindest vermute ich das. Ich habe die Alpen ja noch nie gesehen.«

»Sie vermuten richtig«, bestätigte Morell.

»Kennen Sie ihn persönlich?«

»Ja«, sagte Morell. »Er ist sehr … direkt. Rau wie die Berge, die er durchbrechen muss. Technisch versiert. Und nicht gerade ein Diplomat. Aber das macht ihn umso wertvoller.«

Maria Lourdes hob eine Augenbraue. »Weshalb?«

»Sagen wir, er hält nicht viel von Politik und Intrigen. Er redet, wenn es nötig ist, aber vor allem arbeitet er.«

Maria Lourdes schmunzelte.

»Dann sollten wir uns gut verstehen.«

Morell sah sie amüsiert an. »Oder aneinandergeraten.«

Maria Lourdes zuckte mit den Schultern. Das wäre nicht das erste Mal, dass mir ein Mann erklären will, was ich kann und was nicht, dachte sie, aber sie schluckte die Worte gerade noch herunter.

Als die Kutsche Palma erreichte, führte Morell sie durch das Labyrinth der Straßen bis zu einem unscheinbaren Gebäude nahe der Baustelle der Straßenbahn.

»Er arbeitet hier«, erklärte Morell.

Maria Lourdes trat ein und war sofort von dem Geruch nach Öl, Holz und Metall umgeben. In der Mitte des Raums stand ein großer Arbeitstisch, bedeckt mit Karten, Skizzen und technischen Berechnungen.

An ihm saß ein Mann.

Er war groß, vielleicht Anfang dreißig, mit kantigen Zügen, blondem Haar und wachem Blick. Seine Ärmel hatte er hochgekrempelt, und ein Tuschestift klemmte hinter seinem Ohr.

Als Morell und Maria eintraten, hob er kurz den Kopf, bevor er sich weiter in seine Skizzen vertiefte. Seine Besucher wechselten einen irritierten Blick, dann trat Morell entschlossen nach vorn. Maria folgte ihm rasch.

»Herr Sonnbichler«, sagte er.

Der Ingenieur murmelte etwas auf Deutsch, bevor er sich erhob und Maria Lourdes musterte.

»Sie sind also die berühmte Señorita Sánchez.«

Maria Lourdes hob eine Augenbraue.

»Berühmt?«, fragte sie. »Und woher wissen Sie, dass ich Señorita Sánchez bin?«

Sonnbichler grinste schief. »Ich vermute, dass Sie es sind. Weshalb sollte Señor Morell«, er nickte ihm zu, »sonst eine junge Dame mit in mein Büro bringen? Ich habe von Ihnen gehört. Man sagt, Sie seien eine Frau mit ungewöhnlichen Vorstellungen. Ich nehme an, Sie sind wegen der Eisenbahn hier.«

»Das ist richtig. Und was Señorita Sánchez angeht: Niemand ist so überzeugend wie sie«, bestätigte Morell.

Sonnbichler nickte. »Das kann ich mir vorstellen«, sagte er und sah sie dabei so eindringlich an, dass sie sich zwingen musste, den Blick nicht abzuwenden. Es gelang ihr. Da jedoch auch er nicht wegsah, starrten sie einander eine gefühlte Ewigkeit in die Augen.

»Würden Sie die Planung des Tunnelbaus übernehmen?«, fragte Morell.

Und ohne seinen Gesprächspartner anzusehen, ohne den Blick von ihrem zu lösen, sagte Sonnbichler schlicht: »Ja. Ja, das würde ich. Sie hat mich überzeugt.« Dann erst blickte er zu Morell und ergänzte: »Ich hoffe, Sie wissen, worauf Sie sich einlassen. Ich kenne das Gelände und fürchte, diese Strecke wird eine der schwierigsten, die ich je geplant habe.«

Er erhob sich, holte eine Karte der Insel hervor und rollte sie aus. Maria kam nicht umhin zu bemerken, wie groß und schlank er war.

Johann Sonnbichler beschwerte die Karte an ihren Ecken mit vier Gläsern und zeigte auf den Nordwesten.

»Wir müssen durch die Serra de Tramuntana, und das bedeutet, dass wir Tunnel bauen müssen.«

»Wie lange wird es dauern?«, fragte Maria und bemühte sich, ihn dabei nicht anzusehen.

»Mindestens vier Jahre.«

Maria Lourdes erschrak. Vier Jahre waren eine lange Zeit. Sie war nicht sicher, ob die Orangenbauern so lange durchhalten würden. Aber wenn ein Ende und eine Besserung in Sicht waren, ließ sich die Durststrecke ja vielleicht überwinden.

»Was brauchen Sie, um zu beginnen?«, fragte Morell.

Johann schmunzelte. »Sprengstoff, Presslufthämmer, Loren auf Schienen – und Männer, die nicht bei der ersten Felswand das Weite suchen. Und natürlich Geld. Viel Geld. Und Pferde für den Materialtransport – außerhalb des Tunnels. Drinnen braucht es starke Arme und präzise Technik.«

»Ich will alles tun, damit Sie erhalten, was Sie brauchen, Señor Sonnbichler«, versprach Morell.

Johann grinste. »Dann sind wir Partner.«

Morell schlug ein. Ein neues Kapitel hatte begonnen.

• • •

Der Hafen von Palma de Mallorca glich einem Bienenstock: Kutschen ratterten über das Pflaster, Händler priesen ihre Waren an, Schiffe wurden entladen. Maria Lourdes war in Begleitung von Juan Morell, Elena und Johann Sonnbichler auf dem Weg zu einem Treffen, das über die Zukunft der Bahn entscheiden konnte.

Sie waren mit einem der mächtigsten Kaufleute Palmas verabredet – Vicente Ferragut, einem der größten Orangenexporteure der Insel und gleichzeitig einem der schärfsten Gegner der Bahn.

»Ferragut hält die Händler in Palma zusammen«, erklärte Morell, während sie durch die engen Gassen der Altstadt schritten. »Er ist gegen die Bahn, weil er befürchtet, dass sie seinen Einfluss schmälert. Der Transport der Orangen erfolgt bisher über seine Verträge mit Spediteuren und Hafenbetreibern. Wenn die Plantagenbesitzer in Sóller selbst ihre Ware nach Palma bringen können, verlieren er und seinesgleichen die Kontrolle über den Handel.«

Maria Lourdes schürzte die Lippen. »Dann muss er verstehen, dass die Zeiten sich ändern.«

Morell warf ihr einen skeptischen Blick zu. »Das wird nicht einfach. Ferragut ist nicht nur reich, er hat auch politischen Einfluss. Sein Schwager sitzt im Stadtrat von Palma. Wir müssen vorsichtig vorgehen.«

Maria Lourdes schwieg. Sie wusste, dass dies der nächste große Kampf war. Und sie war bereit dafür.

Das Büro von Vicente Ferragut befand sich in einem prächtigen Gebäude am Hafen, mit hohen Fenstern, die einen Blick auf die geschäftige Bucht von Palma boten.

Als sie eintraten, war Ferragut in seine Papiere vertieft, umgeben von goldgerahmten Porträts seiner Vorfahren.

Er blickte auf und musterte sie mit scharfem Blick.

»Caballeros«, sagte er zur Begrüßung. »Und die Señoritas. Sie müssen Maria Lourdes Sánchez sein, von der ich so viel gehört habe.«

»Ja«, sagte sie mit fester Stimme.

Er lehnte sich zurück, schlug die Beine übereinander und betrachtete sie mit einem abwägenden Lächeln.

»Ich bin beeindruckt, Señorita. Es ist selten, dass eine Frau sich in wirtschaftliche Fragen einmischt.«

»Ich halte es für eine Frage der Zukunft«, entgegnete sie kühl.

Ferragut schnaubte leise und richtete seinen Blick auf Morell.

»Ich verstehe, warum Sie daran interessiert sind, eine Eisenbahn zu bauen. Aber sagen Sie mir, Morell – warum sollte ich diesem Wahnsinn zustimmen? Die Händler von Palma haben über Jahrzehnte hinweg ein erfolgreiches System aufgebaut. Die Orangen aus Sóller kommen über unsere Hände auf die Märkte Europas. Diese Bahn wird nichts anderes bewirken, als unser Geschäft zu untergraben.«

Morell beugte sich vor. »Oder sie könnte es erweitern. Die Nachfrage nach mallorquinischen Orangen steigt. Mit einer besseren Transportmöglichkeit könnten Sie Ihren Export verdoppeln.«

Ferragut winkte ab. »Lächerlich. Die Bahn wird die Preise ruinieren.«

Maria Lourdes zog eine Augenbraue hoch. »Sie fürchten also, dass sich der Markt öffnet?«

»Ich fürchte, dass wir eine Flut von schlechter Qualität und chaotischen Lieferungen bekommen. Wenn jede kleine Plantage direkt mit den Großhändlern verhandelt, gibt es keine einheitlichen Preise mehr. Unsere Exporteure verhandeln im großen Stil mit europäischen Märkten. Glauben Sie wirklich, ein Orangenbauer aus Sóller kann das allein?«

Maria war empört über seine Überheblichkeit, doch sie schluckte ihren Zorn hinunter.

Johann Sonnbichler, der bis dahin geschwiegen hatte, räusperte sich.

»Ich habe ähnliche Widerstände erlebt, als die Bahn durch das Inntal in Tirol gebaut wurde. Die lokalen Händler glaubten, sie würden die Kontrolle verlieren. In Wirklichkeit eröffnete die Eisenbahn ganz neue Märkte – nicht nur für die Produzenten, sondern auch für die Händler selbst.«

Maria Lourdes nickte. »Was ist, wenn wir eine Lösung finden, die sowohl den Plantagenbesitzern als auch den Händlern nützt?«

Ferragut verschränkte die Arme. »Welche Lösung sollte das sein?«

Sie sah ihm direkt in die Augen. »Ein Vertrag. Die Händler von Palma könnten die Erstzugriffsrechte für bestimmte Mengen der Orangen erhalten. Wir sorgen für bessere Transportwege, und Sie behalten Ihre Position als Hauptakteur im Export.«

Ferragut musterte sie. »Sie sind klüger, als ich dachte.«

»Ich bin nicht hier, um Sie zu beeindrucken. Ich bin hier, um eine Lösung zu finden.«

Er schwieg einen Moment. Dann erhob er sich.

»Ich werde darüber nachdenken. Aber glauben Sie mir, Señorita Sánchez – die Bahn wird nicht nur Freunde haben. Der Widerstand in Palma ist groß. Und nicht jeder wird bereit sein, sich auf Kompromisse einzulassen.«

Maria ließ sich nicht beirren. »Das ist mir bewusst. Aber wenn wir es nicht versuchen, wird Sóller wirtschaftlich untergehen. Und das werden Sie ebenso wenig wollen wie wir.«

Ferragut schüttelte leicht den Kopf, dann reichte er ihr die Hand. »Wir werden sehen.«

Sie schlug ein.

Als sie das Büro verließen, drehte sich Morell zu ihr um. »Das war beeindruckend, Señorita Sánchez. Sie haben ihn in die Enge getrieben, ohne ihn zu verärgern. Das ist selten.«

Maria Lourdes atmete tief durch.

Es war ein erster Schritt.

Aber der eigentliche Kampf lag noch vor ihnen.

Kapitel 11

Magdalena, Sóller 1978

»Magdalena?«, sagt Javier und sieht sie ganz merkwürdig an. Magdalenas Herz schlägt ein wenig schneller. Die Spannung zwischen ihnen ist mit Händen zu greifen. Die Nacht hat sich über das Herrenhaus und die Plantage gesenkt. Sie sitzen wieder auf der Terrasse, nachdem sie in den vergangenen Stunden jeden Winkel des Hauses erkundet haben. »Ist es in Ordnung, wenn ich Magdalena sage?«, fragt er.

»Ja, sicher«, murmelt sie. Den Ausdruck seiner Augen kann sie nicht erkennen, dazu ist es inzwischen zu dunkel geworden. Aber das muss sie auch nicht, um zu spüren, wie eindringlich er ist.

»Ich muss Ihnen noch etwas sagen«, tönt nun seine tiefe Stimme durch die Dunkelheit.

Ihr Herzschlag beschleunigt sich. Will er benennen, was zwischen ihnen ist? Sie kommt sich albern dabei vor. Er ist doch nur hier, um sie zu unterstützen … als Anwalt? Trotzdem ist sie fast enttäuscht, als er hinzufügt: »Es geht um Ihr Erbe.«

Doch im nächsten Moment verfliegt die Enttäuschung und weicht brennender Neugierde.

»Ja?«, fragt sie.

Er räuspert sich. »Das Rezept. Ich habe Anweisung erhalten, es Ihnen auszuhändigen, sobald Sie sich mit diesem Haus hier vertraut gemacht haben. Und ich denke, das haben Sie nun.«

»Wo ist es?«, fragt sie aufgeregt.

»Vielleicht gehen wir besser hinein«, sagt der Anwalt. »Hier draußen ist es zu dunkel.«

»Gut.«

Durch die hohen Glastüren treten sie ins Wohnzimmer. Javier betätigt den Lichtschalter, und wie sich herausstellt, ist die Hälfte der Birnen an dem großen Kronleuchter, der an der Decke hängt, noch intakt, sodass der Raum in helles Licht getaucht wird. Sie blinzelt.

Javier deutet auf den hölzernen Esstisch, der in der Mitte des Raumes unter dem Kronleuchter steht, stellt seine Aktentasche darauf und öffnet sie. »Bitte, setzen Sie sich.«

Gespannt leistet Magdalena seiner Aufforderung Folge.

Javier zieht eine kleine Kiste heraus und stellt sie vor Magdalena auf den Tisch.

Sie hebt eine zitternde Hand, berührt den Deckel, fährt über die feinen Schnitzereien und klappt ihn dann auf. Da ist es. Das Rezept. Ein sauber zusammengerolltes Blatt Papier.

Vorsichtig hebt sie es heraus. Magdalena sieht sofort, dass das Papier sehr alt ist, bereits vergilbt und mit kunstvoller Handschrift beschrieben – einer Handschrift, die sie schon kennt. Sie gehört Maria.

Mermelada de naranja. Receta original, 1905

Orangenmarmelade, liest sie. Originalrezept.

Sie überfliegt die Zeilen.

Die Orangen müssen den perfekten Reifegrad haben – nicht zu süß, nicht zu sauer. Sie müssen bis kurz vor der zweiten Blüte im Frühjahr an den Bäumen hängen bleiben. Erst dann entwickeln sie ihr volles Aroma und die perfekte Balance zwischen Süße und Säure. Die Marmelade darf nur bei niedriger Temperatur gekocht werden, um die ätherischen Öle der Schale zu bewahren …

In diesem Moment klopft jemand mit dem eisernen Klopfer gegen die große Eingangstür. Laut und vernehmlich hallen die Geräusche durch das Haus. Magdalena zuckt zusammen.

Javier runzelt die Stirn. »Bleiben Sie hier«, sagt er bestimmt und steht auf. »Ich gehe nachsehen.«

Magdalena bleibt allein zurück.

Ein leises Geräusch von der Terrasse her lässt Magdalena hochschrecken. Ein Klacken. Sie erstarrt und hat auf einmal schreckliche Angst.

Kapitel 12

Maria Lourdes, Sóller 1905

Maria Lourdes eilte durch die Straßen von Sóller. Sie war auf dem Weg zu Johann Sonnbichler, der inzwischen gemeinsam mit dem für die Streckenplanung zuständigen Pedro Garau Cañellas im Herzen der Stadt ein Planungskontor angemietet hatte.

Manchmal konnte Maria es gar nicht glauben: Sie hatte es tatsächlich geschafft. Der Bau der Eisenbahn von Palma nach Sóller war beschlossene Sache. Doch so wirklich freuen konnte Maria sich darüber nicht, dazu hielten sie die zahlreichen Probleme, die damit einhergingen, viel zu sehr in Atem. Auch jetzt schien es neue Schwierigkeiten zu geben: Vorhin war ein Bote auf die Plantage gekommen und hatte ihr mitgeteilt, sie möge so schnell wie möglich in Sonnbichlers Büro kommen.

Immerhin, dachte Maria, stellte mittlerweile keiner mehr ihre Kompetenz infrage – und auch nicht ihre Berechtigung mitzureden. Auch wenn sie keine offizielle Position in der neu gegründeten Firma Ferrocarril de Sóller hatte, wurde sie doch über jeden Schritt informiert, und man behandelte sie mit größter Wertschätzung. Zu Recht, wie sie fand, schließlich – und das war wirklich jedem klar – wären die Pläne hinsichtlich einer Eisenbahn zwischen Sóller und Palma ohne sie nur Schall und Rauch.

Inzwischen hatte sie das Vermessungsbüro erreicht und trat durch die geöffnete Glastür ein.

Johann Sonnbichler und Juan Morell saßen am Tisch und waren offensichtlich in ein ernstes Gespräch vertieft. Sie sahen besorgt aus.

»Ah, Señorita Sánchez, gut, dass Sie kommen«, sagte Morell, und Johann nickte ihr zur Begrüßung zu.

»Ich vermute, es gibt wieder Probleme?«, fragte Maria und setzte sich zu den Männern an den Tisch. »Oder haben Sie mich ausnahmsweise aus einem erfreulichen Anlass hergebeten?«

Morell seufzte und schüttelte den Kopf. »Ich wünschte, es wäre so. Aber leider bringe ich keine guten Nachrichten aus Palma. Dort haben sich nun all jene Händler zusammengeschlossen, die wir nicht überzeugen konnten. Sie haben, angeführt von Ferragut, eine formelle Petition eingereicht, um den Bau der Eisenbahn zu stoppen.«

Maria Lourdes spürte, wie sich ihr Magen zusammenzog. Dass es ihr nicht gelungen war, Ferragut zu überzeugen, hatte ihr eine Menge schlafloser Nächte bereitet. Sie hatte sich nach ihrem gemeinsamen Termin so große Hoffnungen gemacht und war überzeugt gewesen, dass der Großhändler in ihrem Sinne handeln würde. Doch Ferragut hatte nichts mehr von sich hören und sich bei jeglichem weiteren Versuch der Kontaktaufnahme verleugnen lassen. Maria war klar gewesen, dass das nichts Gutes verhieß, sie hatte den Gedanken aber lieber weit von sich geschoben.

»Verdammt«, murmelte sie nun. »Ich hätte wissen müssen, dass Ferragut uns noch Probleme bereiten wird. Sein Ziel ist es, Sóller weiterhin abhängig von den Kaufleuten in Palma zu halten.«

Morell nickte grimmig. »Ja. Und das Problem ist: Einige der Investoren haben auf diese Nachricht sehr nervös reagiert. Sie haben Angst, dass sie ihr Geld verlieren, wenn die Händler genug politischen Druck ausüben und es ihnen vielleicht gelingt, den Bau zu stoppen. Denn die Investitionen sind dann weg, zumindest teilweise, schließlich sind ja bereits etliche Kosten entstanden.«

Maria Lourdes hob das Kinn. »Dann müssen wir die Investoren eben beruhigen. Ihnen beweisen, dass dieses Projekt durchführbar ist, selbst wenn einige Ewiggestrige querschießen. Und dass die meisten Menschen auf der Insel dahinterstehen.«

Der Ingenieur seufzte und fuhr sich durchs Haar. Entschuldigend sah er sie an. »Das waren leider nicht die einzigen schlechten Nachrichten. Ich habe auch noch welche.«

Maria zwang sich zu einem Lächeln. »Nur zu. Was soll mich denn jetzt noch erschrecken?«

Sonnbichler erwiderte ihr Lächeln nicht, sondern starrte sie nur mit seinem irritierend klaren Blick an. »Wir haben die geologischen Analysen für den Tunnel abgeschlossen. Und die Nachrichten sind … gemischt.«

Maria Lourdes runzelte die Stirn. »Was heißt das?«

Er deutete auf eine Karte, die auf dem Tisch ausgebreitet lag. »Der Alfabia-Tunnel, den wir graben müssen, um die Strecke effizient zu führen, wird technisch noch herausfordernder als gedacht. Der Untergrund besteht nicht nur aus festem Fels, sondern auch aus lockeren Erdschichten, was das Risiko von Einstürzen erhöht.«

Maria Lourdes betrachtete die Karte. Der Tunnel war die wichtigste Verbindung zwischen Palma und Sóller – ohne ihn wäre die Eisenbahn nicht rentabel.

»Kann man den Tunnel trotzdem bauen?«, fragte sie.

Johann nickte langsam. »Ja. Aber wir müssen aufwendig absichern und möglicherweise Teile mit Ziegeln verstärken. Das bedeutet zusätzliche Arbeiter, mehr Zeit – und vor allem mehr Geld.«

Morell stieß einen Fluch aus. »Und das ausgerechnet jetzt. Wenn die Investoren das erfahren, sehe ich schwarz. Wir brauchen dringend neue Finanzquellen. Und mehr Unterstützung von den Landbesitzern hier in Sóller.«

Maria Lourdes dachte einen Moment nach. Dann hob sie den Blick. »Vielleicht gibt es eine Lösung.«

Am nächsten Morgen versammelten sich die wichtigsten Landbesitzer Sóllers im großen Herrenhaus der Familie Sánchez.

Maria Lourdes trat, Seite an Seite mit ihrem Vater, in den Saal. Seit ihrer Auseinandersetzung, deren Zeuge Morell geworden war, hatte José Sánchez sich, wenn auch etwas widerwillig, entschieden, mit ihr an einem Strang zu ziehen.

»Er will sich nicht die Blöße geben, dass sich seine Tochter in aller Öffentlichkeit gegen ihn auflehnt«, hatte Maria Lourdes Elena gegenüber vermutet. »Da tut er lieber so, als fände er es gut.«

Inzwischen hatte Maria allerdings manchmal sogar das Gefühl, dass er auf seine geschäftstüchtige Tochter richtig stolz war. Auch jetzt spürte sie seinen anerkennenden Blick auf sich. Ihnen folgten Morell und Sonnbichler, und auch Estades, ein so distinguiert wie engagiert wirkender Mann, war gekommen.

Sie musterte die Gesichter der Orangenbauern – einige skeptisch, andere feindselig, manche freundlich. Vorn in der ersten Reihe standen Alejandro und sein Vater Miguel und sahen ihnen freundlich entgegen. Alejandro zwinkerte ihr sogar verschwörerisch zu.

Wie gut, dass er da war, dachte Maria. In seiner Gegenwart fühlte sich irgendwie alles so leicht an. So, als könne nichts schiefgehen. Sie schenkte ihrem Jugendfreund ein Lächeln, bemerkte aber, dass er sie gar nicht mehr ansah, sondern stattdessen Johann Sonnbichler an ihrer Seite anstarrte. Der starrte zurück. Es erschien ihr abschätzig, beinahe feindselig.

Maria war verwirrt. Was sollte das? Die beiden kannten sich doch kaum. Sie beschloss, nicht weiter darüber nachzudenken, sondern sich auf die vor ihr liegende Veranstaltung zu konzentrieren.

Sie wusste, dass von denen, die gekommen waren, nicht alle ihre Freunde waren, es stand ihr ein hartes Stück Arbeit bevor. Ihr Blick fiel auf Señor Bartomeu Ferrer, einen der einflussreichsten Plantagenbesitzer, der sie mit unverhohlener Ablehnung im Blick musterte.

Ihr Vater ergriff das Wort.

»Meine Herren«, begann er. »Ich danke Ihnen, dass Sie alle gekommen sind, und übergebe das Wort nun an Johann Sonnbichler, der Ihnen über die Gesteinsprobe in Sachen Tunnelbau berichten wird.«

Der Ingenieur trat einen Schritt nach vorn und wiederholte seine Worte über zusätzliche Probleme und höhere Kosten vom Vortag.

Maria stöhnte innerlich auf. Johann war wirklich alles andere als ein Diplomat. Weshalb hatte sie ihn nicht gebeten, ihr das Reden zu überlassen?

Seine Worte zeigten sofort Wirkung. Ferrer stieß ein triumphierendes Schnauben aus. »Dann haben all die Gegner aus Palma ja doch recht. Dieser Bau ist eine Schnapsidee.«

Maria Lourdes beschloss, ihm nicht die Bühne zu überlassen. »Die Händler in Palma wollen uns kleinhalten und auf unsere Kosten ein gutes Geschäft machen, und dafür gibt es nur einen einzigen Grund: Sie fürchten uns und unsere Konkurrenz, denn wir alle hier liefern hervorragende Qualität. Doch lieber Señor Ferrer, wie lange können Sie es sich noch leisten, auf den langsamen und teuren Transport per Karren und Maultier zu setzen, um Ihre Orangen an den Mann zu bringen? Wenn wir alle hier weiter wirtschaftlich arbeiten wollen, haben wir keine andere Alternative, als die Eisenbahn zu bauen.«

Ein Murmeln ging durch den Raum.

Da ergriff ihr Vater das Wort. »Jahr für Jahr steigen die

Kosten für den Transport. Ihr Land bringt reiche Ernten hervor – aber was nützt das, wenn Sie Ihre Orangen nicht rechtzeitig in die Städte oder sogar nach Frankreich und England verkaufen können, bevor sie verfaulen und ungenießbar werden? Jeder von Ihnen hat schon Verluste durch verdorbene Waren erlitten. Mit der Bahn wird sich das ändern. Und auch wenn die Kosten für den Bau nun steigen – es besteht kein Zweifel daran, dass wir alle miteinander am Ende jede Menge Kosten sparen werden.«

Nun mischte sich Morell ins Gespräch ein. »Wenn wir die Bahn nicht bauen, wird Sóller weiter stagnieren, während andere Regionen aufholen. Aber das darf nicht geschehen! Ich schlage also vor, dass wir es gemeinsam angehen.«

Die Landbesitzer starrten ihn an.

»Wie genau?«, fragte einer von ihnen.

Morell lächelte. »Ich schlage vor, dass jeder von uns einen Teil seines Landes als Sicherheit für weitere Investoren stellt. Eine Garantie, dass wir gemeinsam hinter diesem Projekt stehen. Keiner von Ihnen wird also finanziell belastet, Sie geben nur Sicherheiten.«

»Und wenn es nicht klappt, ist unser Land weg!«, rief Ferrer. »Ohne mich.«

»Aber mit mir«, sagte José Sánchez. »Ich unterschreibe als Erster.«

Ferrer hob eine Augenbraue. »Sie setzen Ihr eigenes Vermögen aufs Spiel?«

»Ja«, sagte Sánchez fest. »Weil ich, wie meine Tochter, an diese Bahn glaube. Und an Sóller.«

Gemurmel wurde in den Reihen der Bauern laut. Maria konnte nun vereinzeltes Nicken erkennen.

Da trat Alejandro aus der Menge und neben Sánchez. »Und ich als Zweiter«, sagte er.

Das löste den Knoten. Fasziniert beobachtete Maria, wie einer nach dem anderen nach vorn und neben ihren Vater trat. Und am Ende brummte sogar Ferrer: »Na gut. Ich bin dabei.«

Maria lächelte. Am Ende würden sie siegen.

Kapitel 13

Magdalena, Sóller 1978

Langsam hebt Magdalena den Kopf, ihre Augen fixieren die dunklen Fensterscheiben, die mit einem Mal bedrohlich wirken. Ihr Atem geht flach, während sie horcht. War das der Wind, der durch die halb offene Terrassentür pfeift? Oder ist jemand dort draußen?

Javier ist in genau die entgegengesetzte Richtung verschwunden. Er kann es nicht gewesen sein. Sie ist ganz allein. Nein, korrigiert sie sich. Sie ist nicht allein. Jemand ist da. Sie spürt es. Ein Fremder, einer, der es nicht gut mit ihr meint. Ihr Herz hämmert. Warum ist sie ganz allein hier?

War da ein Schatten? Panik ergreift sie. Unsinn, versucht sie sich einzureden, doch es ist vergebens.

Ihr Blick jagt durch den Raum, aber sie sieht nichts. Stattdessen vernimmt sie ein Knarren. Es kommt aus Richtung der halb offenen Verandatür. Sie wagt kaum zu atmen. Versucht, eine logische Erklärung zu finden.

Das Haus ist alt, es könnte das Holz sein, das sich durch

die abendliche Feuchtigkeit ausdehnt. Vielleicht ein Zugwind, der durch die Ritzen der alten Fensterläden dringt.

Aber sie weiß, dass es das nicht ist. Da ist jemand, sie spürt es.

Magdalenas Puls dröhnt in ihren Ohren. Sie hat das Gefühl, als würde jemandes Blick auf ihr ruhen.

Wo bleibt Javier nur? Weshalb ist er so lange fort? Ob ihm etwas zugestoßen ist? Der Gedanke jagt ihr einen eisigen Schauer über den Rücken.

»Javier!«, brüllt sie, einem Impuls folgend – und das Geräusch ihrer eigenen Stimme erschreckt sie fast noch mehr.

Sie reißt die Tür auf und stürmt hinaus in die Halle.

Dort kommt er ihr entgegen.

»Dir ist nichts passiert, Gott sei Dank!«, ruft sie, noch bevor sie denken kann. Die Erleichterung ist so überwältigend, dass sie sich ihm instinktiv in die Arme wirft und auch vergisst, dass sie eigentlich nicht per Du sind.

Erschrocken fängt er sie auf, sein Körper warm und sicher. Er hält sie fest, wiegt sie sachte wie ein Kind. Wie gut sich seine Arme anfühlen. Wie geborgen sie hier ist.

In Sicherheit. Es hämmert in ihrem Kopf. Sie ist in Sicherheit. Javier küsst ihren Scheitel. Eine intime Geste – und doch so richtig, so vertraut.

»Schschsch«, macht er leise. »Ganz ruhig, Magdalena. Was ist denn?«

Sie löst sich ein Stück von ihm, blickt ihm in die Augen.

»Javier«, stammelt sie, ihr Atem noch immer hektisch. »Wer war an der Tür? Da war jemand im Wohnzimmer, ich …«

Er schüttelt leicht den Kopf, seine hellen Augen mustern sie besorgt.

»Schschsch«, macht er wieder und zieht sie sanft mit sich zu dem Sofa in der Eingangshalle.

»Es ist wirklich alles gut. Das war nur ein Nachbar, der Licht gesehen hat und sich vergewissern wollte, dass alles in Ordnung ist. Schließlich steht das Haus seit einer ganzen Weile leer.«

Magdalenas Lippen öffnen sich, um zu widersprechen – um ihm zu sagen, dass es mehr war als das. Dass sie es gespürt hat.

Doch dann hält sie inne. Wie hysterisch muss sie klingen? Und vielleicht ist sie das ja auch. Geht hier nur ihre Fantasie mit ihr durch? War es wirklich nur der Wind?

Javier sieht sie an, wartet. »Wieder gut?«, fragt er schließlich.

Magdalena nickt. Sie kommt sich furchtbar albern vor. Natürlich. Nur Einbildung. Wie um sie weiter zu beruhigen, streicht Javier ihr eine Haarsträhne aus dem Gesicht. Seine Finger berühren kurz ihre Wange. Magdalena spürt, wie sich ihr Atem beschleunigt. Er wird sich jetzt vorbeugen und sie küssen, denkt sie. Und sie wird es zulassen.

Da ertönt ein Knall aus dem Wohnzimmer.

Magdalena zuckt zusammen, und auch Javier fährt erschrocken hoch. Sie sehen sich an. Dann springt Javier auf und stürzt zur Tür. Magdalena folgt ihm. Er reißt die Tür auf.

Der Raum ist leer. Einen Moment lang stehen sie regungslos da, ihre Blicke huschen durch das Halbdunkel. Alles sieht aus wie zuvor, bis Magdalenas Blick auf den Tisch fällt. Nicht nur das Zimmer, auch der Tisch ist leer. Sie braucht keine zwei Sekunden, um zu begreifen, was geschehen ist. Das Rezept ist verschwunden.

»Nein«, keucht sie. Sie stürzt vor, sucht den Boden ab, hebt die Kiste hoch, in der es noch vor wenigen Minuten gelegen hat. Nichts. Immerhin ist das Tagebuch noch da.

Javier flucht leise. Er tritt ans Fenster, reißt es weiter auf, späht in die Nacht hinaus.

Magdalena kann kaum klar denken. Ihr Magen verkrampft sich.

»Es war also doch jemand hier«, flüstert sie.

Javier dreht sich langsam zu ihr um. »Und derjenige wollte genau eine Sache haben.«

»Das Rezept.«

Javier nickt. Er ballt die Fäuste. »Wir müssen es zurückholen.«

Magdalena atmet tief durch.

Der Schock sitzt ihr noch immer in den Knochen, doch sie weiß, dass Javier recht hat.

Dieses Rezept ist nicht nur ein Stück Papier. Es ist der Schlüssel zu ihrer Vergangenheit, da ist sie sich ganz sicher. Und jemand wollte mit aller Macht verhindern, dass es in ihre Hände gelangt. »Aber wer? Und vor allem – warum?«

Ohne es zu merken, hat sie die letzten Worte laut ausgesprochen.

Javier starrt in die Dunkelheit. »Dieses Rezept ist mehr als nur ein Rezept. Und offenbar gibt es jemanden, der sicherstellen will, dass du es nicht bekommst«, wiederholt er ihre Gedanken.

»Aber es ist doch nur Marmelade …?«

Javier sieht sie ernst an. »Wenn es wirklich nur Marmelade wäre, warum hätte Maria dir das Rezept dann explizit vererben sollen? Und warum sollte es jemand stehlen?«

Magdalenas Gedanken überschlagen sich. »Gibt es eine Kopie?«

»Ich weiß es nicht. Falls es eine gibt, dann vielleicht hier im Haus.«

Magdalena fühlt eine Mischung aus Panik und Entschlossenheit in sich aufsteigen. »Dann müssen wir nachsehen. Sofort.«

Javier nickt langsam. »Wir fangen am besten in der Bibliothek an. Und du blätterst das Tagebuch durch. Vielleicht entdeckst du da auch noch etwas.«

Die Bibliothek ist der einzige Raum des Hauses, den Magdalena noch nicht richtig erkundet hat. Sie enthält unzählige Bücher in dunklen Holzregalen, die bis zur Decke reichen.

Javier zündet eine Lampe an, und das warme Licht wirft tanzende Schatten an die Wände.

Javier beginnt, an den Regalen entlangzugehen, sucht die Buchrücken ab, zieht immer wieder ein Buch heraus, blättert kurz durch die Seiten. Magdalena setzt sich auf einen Sessel und liest weiter in dem Tagebuch.

Dann bleibt ihr Blick an einem Satz hängen.

Ich habe es endlich perfektioniert. Die Zutat, die ich gefunden habe, macht die Marmelade einzigartig.

Ihr Herz schlägt schneller. Die nächste Spur zu ihrem Marmeladenrezept!

Kapitel 14

Maria Lourdes, Sóller 1905

Maria Lourdes Sánchez saß auf der Veranda des Haupthauses und ließ den Blick über die Plantage schweifen. Die Orangenbäume standen in voller Blüte, doch zwischen den Reihen türmten sich auch Körbe voller geernteter Früchte. Das Meer aus leuchtendem Orange, das ihr sonst Freude bereitete, wirkte heute bedrückend auf sie. Am Morgen hatte ihr Vater beim Frühstück laut geklagt: »Was sollen wir nur mit all den Früchten tun, Maria? Wir können sie nicht alle verkaufen. Die Preise sind schlecht, und ohne die Eisenbahn kommen wir kaum an größere Abnehmer. Wie sollen wir diese Zeit überstehen, bis der Bau abgeschlossen ist?«

Seine Worte hallten noch in ihrem Kopf nach. Wenn sie sie nicht bald verkauften, würden die Früchte verderben. Es musste doch einen Weg geben, die Orangen haltbar zu machen!

Plötzlich hatte sie eine Eingebung. Marmelade.

Marias Herz begann, schneller zu schlagen. Könnte das

die Lösung sein? Sie sprang auf und eilte ins Haus, durchquerte die Diele und nahm die Treppe nach unten ins Souterrain. Die Küche war erfüllt vom Duft von Kräutern und frisch gebackenem Brot, als Maria eintrat. Am großen Tisch stand Doña Estrella, die Köchin der Familie, eine Frau mit rötlichen Wangen und draller Figur.

»Estrella, ich brauche deine Hilfe!« Maria stützte sich atemlos auf den Tisch.

Die Köchin strahlte, wie immer, wenn sie Maria sah. Sie liebte ihre junge Herrin, die sie schon von deren Kindesbeinen an kannte – täglich war Maria nach unten geschlichen, um bei Estrella einen Keks oder eine heiße Schokolade abzustauben.

»Ich nehme an, es geht nicht um einen Keks?«, fragte die Köchin, und Maria schüttelte den Kopf. »Die Zeiten sind vorbei. Nein, es geht um Orangen. Ich möchte versuchen, Marmelade zu kochen.«

Estrella lachte auf. »Das sollte kein Problem sein, Señorita. Kommen Sie, ich zeige es Ihnen.«

Sie griff nach einigen reifen Früchten, die in einem großen Korb auf dem blank gescheuerten Tisch standen. »Sie sind bereits gewaschen«, sagte die Köchin und reichte Maria ein scharfes Messer. »Nun schälen Sie die Früchte. Aber Sie müssen darauf achten, nur die dünne orangefarbene Schicht und nicht das bittere Weiße darunter zu erwischen. Das entfernen und entsorgen wir anschließend.«

Maria machte sich konzentriert ans Werk. »Das ist gar nicht so einfach«, beschwerte sie sich.

»Wie bei so vielem macht auch hier die Übung den Meister. Aber Sie haben noch nie bei etwas aufgegeben, Señorita Maria«, sagte Estrella. »Schon, als Sie noch ein kleines Mädchen waren. Allerdings hat man es Ihnen damals angesehen, wenn der Ehrgeiz Sie gepackt hat«, sagte sie schmunzelnd.

»Ja?«, fragte Maria.

»Nun, damals haben Sie stets Ihre Zungenspitze zwischen die Zähne geschoben, und ich habe mich immer gesorgt, dass Sie draufbeißen könnten.«

Maria lachte. »Stimmt! Das habe ich mir abgewöhnt«, sagte sie und blickte zufrieden auf die Orangenschalen. »Was jetzt?«

»Jetzt geben wir die Orangenschalen ins Wasser, damit sie weich werden und einen Teil der Bitterstoffe abgeben«, sagte Estrella und goss Wasser in den Topf. »Wenn wir sie aufkochen, öffnet sich die Zellstruktur – dann nehmen sie später den Zucker und das Aroma besser auf. Und ganz nebenbei: Die Marmelade wird dadurch milder und feiner.«

»Sie hätten Kochlehrerin werden sollen«, murmelte Maria beeindruckt.

»Rühren«, sagte Estrella und drückte ihr einen Löffel in die Hand.

»Wie lange müssen die Schalen kochen?«

»Nur etwa zwei Minuten«, sagte Estrella und warf immer wieder prüfende Blicke über Marias Schulter. »Jetzt schütten Sie sie in ein Sieb und schrecken sie mit kaltem Wasser ab.«

Maria tat wie ihr geheißen.

»Und jetzt?«

»Jetzt überlassen wir die Orangenschalen sich selbst und kümmern uns um das Fruchtfleisch.«

Die Köchin wies Maria an, die geschälten Orangen sorgsam von ihrer weißen Haut zu befreien und sie dann in Stücke zu schneiden. »Machen Sie sie ruhig sehr klein«, sagte die Köchin. »Dann können sie sich gut mit dem Zucker verbinden. Wichtig ist, dass Sie alle Kerne entfernen, dabei aber möglichst viel von dem Saft auffangen.«

Maria nickte und ging konzentriert ans Werk. »Und jetzt?«

»Jetzt geben Sie die Schalen und das Fruchtfleisch zusammen in den Topf und stellen ihn zurück auf den Herd«, wies Estrella an und entzündete erneut die Flamme. »Und nun geben wir noch den Zucker und Zitronensaft dazu und kochen die Marmelade so lange ein, bis sie dickflüssig ist.« Maria rührte und beobachtete, wie sich die Masse langsam verwandelte. Der Duft, der sich dabei in der Küche ausbreitete, war herrlich. Er war nicht vergleichbar mit dem Duft der Blüten in den Plantagen und doch so ähnlich, dass Maria sich in Gedanken zwischen den Bäumen umherstreifen sah. Als Doña Estrella ihr schließlich ein kleines Löffelchen reichte, um zu probieren, nahm sie es voller Erwartung entgegen.

Als sie kostete, fiel ihr Lächeln in sich zusammen.

»Es ist gut, aber …« Sie runzelte die Stirn. »Irgendetwas fehlt. Sie ist … langweilig.«

Estrella sah sie amüsiert an. »Was haben Sie erwartet? Das Geheimnis einer außergewöhnlichen Marmelade offenbart sich nicht so leicht. Vielleicht müssen Sie noch weiter experimentieren. Das hier ist nur die Grundlage.«

Maria nickte, doch ihre Enttäuschung blieb. Ja, so würde sie die Orangen haltbar machen können, aber würde sie sie auch verkauft bekommen? Marmeladen wie diese gab es zuhauf. Sie hatte es sich einfacher vorgestellt.

Es war etwa eine Woche her, seit Maria in der Gutsküche die erste Marmelade gekocht hatte, und seitdem hatte sie vermutlich mehr Zeit dort verbracht als während ihres ganzen bisherigen Lebens. Doch die Frage nach dem richtigen Geschmack ließ ihr keine Ruhe. Stundenlang hatte sie kleine Mengen der Grundmarmelade gekocht und mit etlichen weiteren Zutaten angereichert. Von karamellisierten Orangenschalen – die waren definitiv ein Zugewinn, aber es war noch nicht das gewisse Etwas, wonach sie suchte – über Vanilleschoten bis hin zu Nelken, Zimt oder Minze hatte sie alles ausprobiert. Nichts hatte sie überzeugt. Es war zum Verzweifeln.

Deshalb zog sie sich heute auf die Plantage zurück. Sie musste nachdenken. Was hatte die Köchin neulich gesagt? Dass Maria schon als Kind nie aufgegeben hatte? Es stimmte – und jetzt hatte sie sich eben vorgenommen, eine perfekte Marmelade zu kreieren, und das würde ihr auch gelingen. Denn es war ohne Frage die Lösung für all ihre Probleme mit den Früchten. Sie musste nur das perfekte Rezept finden.

Der Duft der Orangenblüten hing in der Luft, der Boden unter ihren Füßen war warm. Sie ließ ihren Blick über die endlosen Reihen der Bäume schweifen, als sie plötzlich eine vertraute Gestalt ausmachte. Alejandro Fuentes.

»Maria!«, rief er überrascht und erfreut. »Was machst du hier draußen ganz allein?«

»Alejandro!«, erwiderte sie und umarmte ihn zur Begrüßung. »Wir haben uns ja ewig nicht gesehen. Seit der Versammlung der Landbesitzer …«

»Leider«, erwiderte er. »Ich muss sagen, ich vermisse die Zeiten, als wir von morgens bis abends durch die Plantagen gestreunt sind.«

»Ich auch!« Sie seufzte. »Vor allem, weil sie so sorglos waren.«

»Die Eisenbahn?«, fragte er. »Oder was macht dir sonst Kummer?«

Sie zuckte mit den Schultern. »Ja. Auch. Ich denke darüber nach, was wir mit all unseren Früchten machen können, bis die Eisenbahn gebaut ist.«

»Saft«, schlug Alejandro vor.

»Auch gut«, erwiderte sie. »Aber dessen Transport wird auch nicht ganz einfach sein. Ich bin bei Marmelade. Ich habe sogar schon welche gekocht.«

Er lachte laut auf. »Du hast Marmelade gekocht?«

»Na, hör mal!«, rief sie empört. »Traust du mir das etwa nicht zu?«

»Doch«, sagte er mit einem Mal ganz ernst und sah sie so eindringlich an, dass ihr unbehaglich wurde. »Ich traue dir alles zu, Maria. Du bist eine erstaunliche Frau. Und obendrein wunderschön.«

Hastig wandte sie den Blick ab. Worte wie diese passten nicht zu ihm. Sie fühlten sich falsch an. Plötzlich musste sie an Johann Sonnbichler denken und daran, wie es wäre, wenn er so etwas zu ihr sagen würde. Aber dem rauen Mann aus

Bayern käme Derartiges wohl nie über die Lippen. Bedauerlicherweise.

Zu ihrer Erleichterung fügte Alejandro nun wieder in unbefangenerem Ton hinzu: »Ich kann mir dich nur nicht beim Marmeladekochen vorstellen.«

»Es ist mir auch nicht wirklich geglückt«, gestand sie und erzählte von ihrem ersten Marmeladenversuch und von ihrem Gefühl, dass etwas fehlte.

Alejandro hörte geduldig zu. Dann sagte er: »Warum fragst du nicht meine Mutter? Mir fehlt der Sinn für solche Dinge zwar vollkommen, aber sie hat ein Händchen dafür.«

Maria blickte ihn überrascht an. »Wirklich?«

»Weißt du das nicht mehr? Als Kinder waren wir doch oft in ihrer Versuchsküche.«

»Stimmt!«, rief Maria. »Das ist ewig her.«

»Dann komm doch gleich mit«, schlug er vor. »Mutter wird sich freuen.«

Sie folgte Alejandro über einen gewundenen Pfad durch die Orangenhaine bis zum Anwesen von Alejandros Familie. Genau wie das ihrer Familie war es aus dem für die Gegend typischen hellen Stein gebaut, mit kunstvollen Balkonen und breiten Fenstern, die die Nachmittagssonne reflektierten. Eine mit Kies bestreute Auffahrt führte zu einem großen schmiedeeisernen Tor. Der Garten war eine Oase aus Orangenbäumen, Jasmin und kunstvoll geschnittenen Hecken. In der Mitte plätscherte in einem runden Marmorbassin ein kleiner Brunnen.

»Es ist schon beeindruckend, wie großartig ihr lebt.«

»Du warst lange nicht mehr hier«, sagte er leise und sah

sie wieder mit diesem eindringlichen Blick an, um dann hinzuzufügen: »Zu lange.«

Wieder sah sie hastig weg und fragte etwas zu laut: »Wo ist denn deine Mutter?«

»Wahrscheinlich im Haus.«

Tatsächlich trafen sie Doña Isabela, eine elegante Dame mit dunklen, zu einem Knoten gebundenen Haaren und einer warmen Ausstrahlung, in ihrem Wohnzimmer an. Sie erhob sich, als Alejandro und Maria eintraten.

»Maria Lourdes! Welch angenehme Überraschung«, sagte sie und küsste die Kinderfreundin ihres Sohnes auf beide Wangen. »Was führt dich zu mir?«

Maria erklärte ihr Anliegen, und Isabela nickte verständnisvoll.

»Marmelade, sagst du? Nun, vielleicht kann ich dir helfen. Komm mit mir.«

»Ich verabschiede mich dann«, sagte Alejandro. »Und wenn es klappt, will ich das erste Glas Marmelade.«

»Versprochen«, sagte Maria erleichtert. Die Unbefangenheit war zurück.

Doña Isabela nahm zwei Weidenkörbe und führte Maria auf die Plantage.

»Was machen wir?«, fragte Maria überrascht.

»Wir sammeln Orangenblüten. Ich habe nämlich eine ganz besondere Idee für deine Marmelade.«

»Welche denn?«, wollte Maria wissen, doch Isabela lächelte nur.

»Das wirst du gleich sehen«, sagte sie und pflückte die

erste Blüte. »Wichtig ist, dass du darauf achtest, wirklich nur ganz frische Blüten zu sammeln.«

»Gut.« Maria machte sich an die Arbeit. Als beide Körbe bis zum Rand gefüllt waren, gingen die Frauen zurück zum Haus. Doña Isabela führte Maria durch einen schattigen Innenhof, an dessen Rändern sich üppige Zitronenbäume und duftender Jasmin rankten. Die Sandsteinmauern des Anwesens hielten die Hitze des Nachmittags fern, und die Luft war erfüllt von dem süßen Aroma der Orangenbäume.

Sie öffnete eine dunkle Holztür, die in einen kühlen Raum führte. Er war schlicht, aber funktional eingerichtet. Entlang der Wände standen Regale mit Glasflaschen, gefüllt mit goldenem Öl, dunklen Tinkturen und klaren Flüssigkeiten. Es duftete nach Lavendel, Rosmarin und Zitrone. In der Mitte stand eine große kupferne Destille mit einer gewölbten Kuppel und einer langen, geschwungenen Leitung, die zu einer kühlen Wasserkammer führte.

»Das hier ist mein kleines Laboratorium«, sagte Isabela mit einem Lächeln. »Hier stelle ich meine Pflanzenextrakte her. Und heute werde ich dir zeigen, wie wir aus den zarten Blüten der Orangenbäume ein wertvolles Elixier gewinnen.«

Maria sah sich beeindruckt um und folgte Isabela zu dem großen Holztisch, der die Mitte des Raumes einnahm.

Vorsichtig schüttete Isabela ihren Korb mit den Blüten aus, und Maria tat es ihr nach.

»Und jetzt?«, fragte sie.

»Jetzt müssen wir ganz sorgsam alle Unreinheiten entfernen«, sagte Isabela. »Anschließend geben wir die Blüten hier hinein.« Sie deutete auf die Destille. »Jede Blüte, die sauber ist, kann in den Kupferkessel.«

Maria beobachtete aufmerksam, wie Doña Isabela die ersten Blüten vorsichtig in den Kupferkessel legte.

»Warum müssen wir so vorsichtig sein?«, fragte sie, während sie ebenfalls Blüten in das glänzende Metall gleiten ließ.

»Weil Orangenblüten sehr empfindlich sind«, erklärte Isabela mit ruhiger Stimme. »Jede Verunreinigung könnte den Duft verfälschen. Und der Duft ist es, den wir einfangen wollen.«

Maria nickte und achtete darauf, keine zerdrückten oder beschädigten Blüten in die Destille zu geben. Als der Kessel schließlich gefüllt war, nahm Isabela eine schwere Tonkaraffe mit klarem Quellwasser und goss es langsam über die Blüten, bis sie vollständig bedeckt waren.

»Jetzt schließen wir den Deckel«, sagte Isabela und befestigte die große, gewölbte Kuppel der Destille sorgfältig. »Das Wasser wird erhitzt, aber nur ganz sanft, damit die Blüten nicht verbrennen.«

Maria beobachtete fasziniert, wie Isabela die Flamme unter dem Destillierkessel entzündete, die langsam das Wasser zum Kochen brachte.

»Und was passiert jetzt?«, fragte Maria gespannt.

Isabela deutete auf das geschwungene Kupferrohr, das sich von der Destille bis zu einem Glasgefäß zog. »Der Dampf wird aufsteigen und dabei die ätherischen Öle aus den Blüten lösen. Diese winzigen Duftmoleküle sind so flüchtig, dass sie sich mit dem Wasserdampf verbinden und durch das Rohr wandern.«

Nach einigen Minuten konnte Maria sehen, wie sich feine, durchsichtige Dampfschwaden in der Destille sammelten. Sie strich sich eine Haarsträhne aus dem Gesicht, ihre Augen glänzten.

»Und jetzt?«, fragte sie leise.

»In diesem Abschnitt der Destille kühlt der Dampf ab, hier in der Wasserkammer, die mit kaltem Quellwasser gefüllt ist. Durch die Abkühlung verflüssigt sich der Dampf wieder – und das, was wir erhalten, ist das Orangenblütenwasser.«

Maria trat einen Schritt näher und sah, wie die ersten Tropfen der klaren Flüssigkeit langsam aus einem dünnen Rohr in ein Glasgefäß tropften.

»Es beginnt!«, rief sie aufgeregt.

Isabela lachte leise. »Ja, das ist der erste Teil. Das Blütenwasser ist kostbar. Ein duftendes Hydrolat, das in der Parfümerie und in feinen Süßspeisen verwendet wird. Aber was wir wirklich wollen, ist das reine ätherische Öl.«

Maria beugte sich vor und betrachtete die klare Flüssigkeit. Nach einer Weile bemerkte sie, dass sich eine feine goldene Schicht bildete – kaum sichtbar, aber dennoch deutlich.

»Was ist das?«

»Das ist das reine Orangenblütenöl, das, was wir wollen«, erklärte Isabela. Sie nahm vorsichtig eine kleine Glasflasche mit einer schmalen Öffnung und einen speziellen Trichter.

»Da das Öl leichter als Wasser ist, setzt es sich an der Oberfläche ab«, erklärte sie. »Jetzt müssen wir es vorsichtig abschöpfen.«

Mit ruhiger Hand zog sie mit einer Pipette einige Tropfen

des goldenen Öls ab und ließ sie in das winzige Fläschchen tropfen.

»Dieses Öl ist extrem konzentriert«, sagte sie. »Ein oder zwei Tropfen genügen, um eine ganze Parfümflasche zu aromatisieren. Und es hat heilende Eigenschaften – es beruhigt die Nerven und entspannt den Geist.«

Der Duft, der sich in der Luft ausbreitete, war betörend. Süß, zart, blumig, mit einer feinen, frischen Note, die an einen Spaziergang durch blühende Orangenhaine erinnerte.

»Das ist unglaublich«, flüsterte Maria ehrfürchtig.

Isabela reichte ihr das Fläschchen. »Nimm es«, sagte sie. »Das ist die Seele der Orangenblüte. Ein paar Tropfen genügen, um deine Marmelade einzigartig zu machen. Probiere es aus.«

»Danke, Doña Isabela.« Strahlend beugte sie sich vor, um die andere auf die Wange zu küssen. »Das erste Glas Orangenmarmelade gehört Ihnen.«

Doch Isabela schüttelte lachend den Kopf. »Nein, mein Kind«, widersprach sie. »Das hast du schon meinem Sohn versprochen.«

Kapitel 15

Magdalena, Sóller 1978

»Diese Marmelade muss Maria wirklich viel bedeutet haben«, sagt Magdalena und zeigt auf die Stelle, die sie in dem Tagebuch entdeckt hat. Javier setzt sich neben sie auf das zierliche Sofa, und seine Nähe ist beunruhigend und aufregend zugleich.

»Das erklärt aber nicht, weshalb uns jetzt das Rezept gestohlen wurde.«

Magdalena fährt sich mit einer Hand durchs Haar. Ihre Gedanken überschlagen sich. »Das ist für mich fast so rätselhaft wie der ganze Rest dieser Erbschaft. Und ehrlich gesagt, Javier, habe ich ziemliche Angst.«

»Wegen des Einbruchs?«, fragt er verständnisvoll.

»Nicht nur. Das war doch ganz offensichtlich ein abgekartetes Spiel. Jemand hat geklingelt, ein anderer das Rezept geklaut. Das bedeutet … jemand wusste genau, wo es war, dass ich jetzt hier bin, und hat uns beobachtet und den richtigen Moment abgepasst.«

»Du hast recht. Das ist der beunruhigendste Teil. So viele Fragen! Und so wenige Antworten.«

»Vielleicht finden wir doch noch irgendwo hier einen Hinweis«, sagt Magdalena und macht eine ausholende Geste. »Wir haben ein ganzes Haus. Wir können suchen. Briefe, Tagebücher.«

Javier nickt. »Wir sehen uns alles noch einmal ganz genau an.«

Magdalena blättert weiter in dem Tagebuch – und stößt auf eine Notiz:

Ich habe Angst, dass es entdeckt wird. Sie wissen, dass ich ein Geheimnis bewahre. Ich kann es nicht mehr lange verstecken.

Magdalenas Hände zittern. Sie blickt auf. »Javier … Sie wusste, dass jemand es stehlen wollte – damals schon.«

Er nimmt ihr das Notizbuch aus den Händen, um selbst zu lesen, seine Stirn in Falten gelegt. »Du meinst, das bezieht sich auf die Marmelade?«

»Das weiß ich nicht«, muss Magdalena eingestehen. »Es kann natürlich auch alles andere bedeuten. Aber irgendwie trägt es nicht dazu bei, mich zu beruhigen. Mir wird immer unheimlicher zumute.«

»Das kann ich verstehen«, sagt er. »Und ich verspreche dir, dass ich dich nicht allein lasse.«

»Aber musst du nicht zurück nach Palma?«, fragt sie.

»Wenn ja, würde ich dich mitnehmen, falls du dich hier allein unwohl fühlst. Aber eigentlich muss ich nur für meine Mandantentermine in Palma sein, und die habe ich ohnehin so gelegt, dass sie nur an ein- oder zwei Tagen in der Woche stattfinden, damit ich mich in der restlichen Zeit richtig tief in meine Akten graben kann. Und das mache ich jetzt einfach von hier aus.«

»Danke«, flüstert Magdalena. »Ich weiß nicht, was ich ohne dich machen würde.«

Wieder sieht er sie unverwandt an, wieder hebt er die Hand, um ihr eine Haarsträhne aus dem Gesicht zu streichen.

»Lass dich nicht einschüchtern«, sagt er. »Du bist Maria Sánchez' Erbin. Und nach allem, was ich bisher weiß, war das eine sehr mutige Frau.«

»Es scheint so«, erwidert Magdalena lächelnd. »Und außerdem bist du ja bei mir.«

»Ja.« Javier nimmt ihre Hand und drückt sie an seine Lippen, ganz selbstverständlich. »Ja, ich bin bei dir. Wir geben nicht auf, aber wir sind auch vorsichtig.«

Plötzlich ertönt von draußen ein lautes Scheppern. Magdalena schreit leise auf. »Was war das?«

Javier steht auf und tritt an die große Fensterfront, legt die Hände rechts und links seines Gesichts an die Scheibe, um besser sehen zu können. Magdalena weiß, dass er von hier aus auch auf die Terrasse blicken kann, die über die ganze Längsseite des Hauses verläuft: Die Bibliothek befindet sich direkt neben dem großen Salon.

»Ich gehe nachsehen«, sagt er und schickt sich an, in die Diele und von dort aus über den Salon auf die Terrasse zu gehen.

»Nein!«, flüstert Magdalena hastig. »Ich habe kein gutes Gefühl dabei. Wenn jemand hier ist, ist er vielleicht gefährlich.«

Javier überlegt kurz und greift dann nach einem schweren silbernen Kerzenständer, der auf dem Tisch steht.

»Und ich weiß mich zu wehren. Hab keine Angst.«

»Ich komme mit.«

»Das …«, setzt er zu einem Widerspruch an, doch sie ergänzt: »Und wenn ich mich an dir festklammern muss.«

»Du darfst dich gern an mir festklammern«, sagt er und gibt dann nach: »Also gut. Lass uns zusammen gehen.«

Inzwischen haben sie die Diele und den Salon durchquert. Gemeinsam treten sie auf die Veranda. Die Nacht ist schwarz und still, nur das überlaute Zirpen der Grillen ist zu hören. Doch dann – ein Knacken, ein Rascheln in den Orangenfeldern.

Javier schiebt Magdalena hinter sich. »Wer ist da?«, ruft er laut in die Nacht.

Keine Antwort. Aber dann – ein Lichtschein in der Ferne. Ein Auto fährt langsam die Schotterstraße entlang und verschwindet zwischen den Bäumen.

Magdalenas Herz rast so schnell, dass ihr beinahe schlecht wird.

»Sie sind weg«, sagt Javier beruhigend, wendet sich zu ihr um und zieht sie fest in seine Arme. Wie gut es sich anfühlt. Wie beruhigend sein Herzschlag ist. Wie geborgen sie sich in seinen Armen fühlt.

Liebevoll streicht er ihr übers Haar, dann sagt er: »Lass uns wegfahren.«

Sie sieht auf. »Hast du Angst, dass sie zurückkommen?«

Er schüttelt den Kopf. »Das nicht«, sagt er. »Aber es ist spät. Wir sind müde und hungrig. Und ich gehe nicht davon aus, dass du hier übernachten möchtest?«

»Oh nein, ganz sicher nicht, nach allem, was wir heute erlebt haben.«

Er lächelt. »Dann fahren wir nach Port de Sóller. Ich kenne ein Hotel dort – *Los Geranios*. Wir sind dort sicherer als hier.«

»Eine gute Idee«, sagt sie. »Ich muss auch dringend meine Großmutter anrufen, das wollte ich eigentlich schon heute Morgen tun. Wie kommen wir hin? Mit der Straßenbahn?«

Er schüttelt den Kopf. »Die fährt um diese Zeit nicht mehr. Ich rufe uns ein Taxi. Und ich rufe im Hotel an und frage, ob sie noch ein Zimmer frei haben. Ich hoffe nur, dass der Telefonanschluss nicht abgemeldet ist.«

Seite an Seite gehen sie in die Diele. Jetzt entdeckt Magdalena, dass dort ein großes schwarzes Telefon mit Drehscheibe steht. Javier hebt ab, wählt eine Nummer, die er anscheinend auswendig kann, und zum ersten Mal hört sie ihn Spanisch sprechen. Wie wunderbar diese von ihr so geliebte Sprache aus seinem Mund klingt. Er spricht so schnell, dass sie nicht alles versteht, aber immerhin etwa zwei Drittel, und darauf ist sie stolz. Er legt auf und wählt noch einmal, spricht erneut.

»Gute Nachrichten«, sagt er. »Das Hotel *Los Geranios* hat noch zwei Zimmer frei. Sogar mit Meerblick. Und das Taxi ist gleich da.«

»Gut«, sagt Magdalena. Sie ist erleichtert, dass sie sich

heute Nacht eine Auszeit nehmen kann von all den Entdeckungen und der Aufregung. »Vielleicht könnte ich dann gleich meine Großmutter anrufen?«

»Sicher«, sagt Javier. »Lass dir Zeit. Falls das Taxi schon kommen sollte, sage ich dem Fahrer, er soll warten. Ich lasse dich allein.«

Er greift nach ihrem Koffer, doch sie hält ihn zurück. »Javier.«

»Ja?«

»Bitte lass mich nicht allein. Bitte warte hier mit mir.«

»Gut.« Er lächelt ihr zu. »Ich wollte nur nicht stören.«

»Das tust du nicht.«

Während er sich auf das Sofa setzt, wählt Magdalena die altbekannte Nummer in Deutschland.

»Meine Liebe!«, ruft Sophia durch den Hörer, kaum dass Magdalena sich gemeldet hat. »Ich dachte schon, du hättest deine alte Ia vergessen.«

»Wie könnte ich?«, erwidert Magdalena lachend. »Es war nur so viel los.«

»Sei vorsichtig, mein Kind!«, erwidert Sophia, und Magdalena hört echte Sorge aus ihren Worten. »In zwei Tagen bin ich bei dir. Ich lande übermorgen um zehn Minuten vor zwölf Uhr mittags in Palma de Mallorca.«

»Gut«, erwidert Magdalena. »Ich hole dich ab und warte am Ausgang auf dich.«

»Sehr schön, mein Kind«, sagt Sophia. »Pass auf dich auf.«

»Das werde ich, Ia.«

Als Magdalena den Hörer auflegt, liegt ein Lächeln auf ihren Lippen, und sie fühlt sich ungemein erleichtert.

»Meine Großmutter kommt nach Palma«, verkündet sie und dreht sich zu Javier um.

»Das habe ich mitbekommen«, sagt er. »Ich nehme an, sie macht sich Sorgen um dich.«

»Ja, sie findet es merkwürdig, dass ich von jemand völlig Fremdem ein derartiges Erbe bekommen habe. Ich glaube, sie hat immer noch nicht begriffen, dass ich erwachsen bin und solche Dinge inzwischen auch allein regeln kann.«

Javier lacht und steht auf. »Das haben Großmütter so an sich. Meine ist genauso. Ich freue mich schon darauf, wenn du sie eines Tages kennenlernst.«

Verblüfft sieht sie ihn an. Ein warmes Gefühl macht sich in ihr breit. Die Ebene Anwalt und Klientin haben sie längst verlassen, auch wenn sie nicht ganz sicher ist, wie und wann das in dieser kurzen Zeit passieren konnte. Aber dass er nun davon ausgeht, sie würde eines Tages seine Großmutter kennenlernen, überrascht sie dann doch.

In diesem Moment hupt es draußen vor der Tür. Das Taxi ist da. Javier greift nach ihrem Koffer, und sie folgt ihm hinaus in die dunkle Nacht. Kaum sitzen sie nebeneinander auf dem Rücksitz, nimmt Javier ganz selbstverständlich ihre Hand. Wie gut sich das anfühlt. Vertraut und aufregend zugleich. Die Taxifahrerin hat ihre kleine Tochter dabei. Magdalena findet das sympathisch, es gibt ihr ein warmes Gefühl der Sicherheit. Sie fahren aus der kleinen Stadt hinaus Richtung Meer, ein Stück über Land, und wenig später tauchen die ersten Häuser auf, und die Straßen werden immer kleiner und verwinkelter.

Javier bezahlt die Taxifahrerin und steckt der Tochter zu Magdalenas Entzücken eine Münze zu.

Sie steigen aus, und Magdalena atmet tief die warme Nachtluft ein. Es riecht nach Meer.

»Komm.« Wieder nimmt Javier ganz selbstverständlich ihre Hand und mit der anderen ihren Koffer. »Du musst unbedingt das Meer sehen. Lass uns deinen Koffer im Hotel abgeben und dann einen kleinen Abendspaziergang machen. Ich glaube, wir können beide ein bisschen entspanntes Sommergefühl gebrauchen. Und vielleicht noch etwas essen gehen? Hier gibt es den besten Italiener der Welt.«

»Den besten Italiener der Welt am schönsten Ort der Welt.« Sie lacht.

»Und das mit der schönsten Frau der Welt«, sagt er und sieht sie fragend an. »War das jetzt kitschig?«

Sie lacht und errötet. »Ja. Aber wunderschön.«

Inzwischen haben sie das Hotel erreicht. Javier tritt durch die Glastür und wird gleich von einer sehr freundlichen Frau mit Namen begrüßt.

»Schön, dass Sie wieder einmal hier sind, Señor del Bosque«, sagt sie. »Ihre Zimmer sind schon fertig.« Lachend fügt sie hinzu: »Natürlich sind sie das – um diese Uhrzeit.«

Javier nickt und sagt: »Wir würden gern gleich noch etwas essen gehen. Dürfen wir unser Gepäck hierlassen?«

»Aber natürlich. Ich lasse es gleich auf die Zimmer bringen.«

Nachdem sie die Anmeldebögen ausgefüllt haben, verlassen Javier und Magdalena das Hotel – diesmal durch den

Haupteingang. Sie gehen wenige Schritte, dann schnappt Magdalena nach Luft.

»Das ist das Schönste, das ich je gesehen habe!«, ruft sie. Sie stehen an einer langen Strandpromenade. Die Bucht von Port de Sóller ist rund, nur ganz vorn, zwischen den beiden Felsen, lässt sich das offene Meer erkennen. Sie ist gesäumt von einem breiten weißen Sandstrand, hinter dem sich die palmenbestandene Uferpromenade erstreckt. Die Lichter spiegeln sich im Meer, in dem etwas weiter hinten verschiedene Boote schaukeln.

»Es ist magisch«, flüstert sie.

»Nicht wahr?« Wieder nimmt er ihre Hand, und sie verschränkt ihre Finger mit seinen. Es fühlt sich gut an. So schlendern sie weiter die Promenade entlang. »Dort vorn ist der Italiener«, sagt er. Sie überqueren eine kleine Brücke und stehen vor einer Pizzeria. Mehrere Tische laden zum Verweilen ein, aber alle sind besetzt. Da kommt ein Mann auf Javier zugeeilt und begrüßt ihn herzlich, um dann auch Magdalena die Hand zu schütteln. Er hat wache, helle Augen und ein offenes Lächeln.

»Mein Freund hier ist vor fünf Jahren aus Deutschland nach Mallorca gekommen«, sagt er. »Und er macht es immer möglich, dass ich einen Platz bekomme, auch wenn seine Pizzeria noch so voll ist. Christof, das ist Magdalena. Sie ist ebenfalls Deutsche.«

Der Mann lacht ihr fröhlich zu. »Natürlich mache ich es möglich«, sagt er. »Besonders, wenn ich eine Landsmännin vor mir habe. Und ich habe sogar einen besonders schönen Tisch für euch.« Er führt sie von den zahlreichen Tischen weg in einen Bereich, an dem wenige kleinere Tische in einer Reihe entlang der Mauer und mit direktem Blick auf das Meer stehen. »Bitte sehr«, sagt er. »Hier seid ihr ein bisschen für euch.«

»Es ist wundervoll.«

Magdalena lehnt sich mit dem Rücken an die warme Mauer und genießt den Blick auf die malerische Bucht. »Einfach wundervoll«, bekräftigt sie. »Ich will hier nie wieder weg.«

»Das musst du auch nicht«, sagt Javier zärtlich. »Du hast ein Gut geerbt.«

»Ich will ja nicht drängeln«, meldet sich Christof zu Wort, »aber ich wäre euch dankbar, wenn ich eure Bestellung bald aufnehmen dürfte. Unsere Küche schließt demnächst.«

»Klar«, ruft Magdalena und wirft einen Blick auf die Karte. »Die Pizza mit Honig, Walnüssen und Schafskäse klingt fantastisch.«

»Gute Wahl«, sagt Christof. »Und du, Javier?«

»Ich nehme eine Pizza Salami«, sagt er. Dann wendet er sich fragend an Magdalena. »Was trinkst du? Christof hat einen fabelhaften Rotwein.«

Sie lacht. »Dann trinke ich den.«

Mit einem Grinsen verschwindet Christof, um gleich darauf mit zwei Gläsern Rotwein wieder aufzutauchen. Javier nimmt ihre Hände in die seinen und streicht mit seinem Daumen über ihre Handrücken. Wie selbstverständlich sich das anfühlt. Dabei haben sie sich noch nicht einmal geküsst.

Als Christof kurz darauf mit einem riesigen Brett vor ihnen steht, ist Magdalena verwirrt. »Was ist das?«

Javier lacht. »Auf diese Reaktion habe ich mich gefreut«, sagt er. »So servieren sie die Pizza hier. Eckig, auf Holzbrettern und in kleine Stücke geschnitten.«

»Und vor allem zusammen«, sagt Christof und stellt das riesige Brett vor ihnen auf den Tisch, sodass die Salami-Seite zu Javier zeigt und die mit dem Schafskäse zu ihr.

Sie probiert. Ihre Augen weiten sich. »Es schmeckt köstlich!«, ruft sie.

»Darauf kannst du dir was einbilden«, sagt Javier zu Christof. »Sie ist vom Fach.«

»Wirklich?«, fragt Christof interessiert, und seine hellen Augen leuchten. »Bist du Köchin?«

»Bewahre!«, wehrt Magdalena ab. »Ich habe ein kleines Café in London.«

»Beneidenswert«, sagt Christof. »Und was machst du hier? Urlaub?«

Sie schüttelt den Kopf. »Nein, ich …« Unsicher sieht sie Javier an. Der nickt ihr zu. Du kannst ihm vertrauen, soll das bedeuten. »Ich habe hier ein Haus geerbt«, fährt sie fort.

»Hier in Port de Sóller? Das musst du mir näher erklären«, sagt Christof kopfschüttelnd und fügt rasch hinzu: »Also, wenn du magst.«

»Gern«, erwidert sie. Mit einem Blick in den Raum erkennt sie, dass die meisten Gäste das Lokal inzwischen verlassen haben. »Ich hole uns noch etwas Wein«, sagt Christof und verschwindet.

»Ihm kannst du vertrauen«, sagt Javier nun laut. »Wenn ich mal nicht da sein sollte …«

»Ich wünsche mir, dass du immer da bist«, sagt sie. Dieses Gefühl, dieser Drang, ihn bei sich zu halten, erscheint ihr so irrational, und doch kann sie nicht anders, als ihn auszusprechen. Wieder hebt er ihre ineinander verschlungenen Hände an und küsst die ihre. Gerade als Christof mit einem dritten Glas und der Weinflasche grinsend zurückkehrt, lässt er sie wieder auf den Tisch sinken.

»Ich bin gespannt«, gesteht Christof.

Und Magdalena beginnt zu erzählen.

Kapitel 16

Maria Lourdes, Sóller 1905

Maria Lourdes rührte mit konzentriertem Blick in einem kupfernen Topf. Der Duft von karamellisiertem Zucker und frisch geriebener Orangenschale erfüllte den Raum, vermischt mit dem rauchigen Aroma des offenen Kamins. Die Hitze ließ eine Strähne ihres dunklen Haars an ihrer Stirn kleben, doch sie ignorierte es. Sie war ganz in ihre Arbeit vertieft. Heute würde sie das Orangenblütenextrakt der Marmelade hinzufügen – und sie betete, dass das der Durchbruch war, denn wie es aussah, gab es hinsichtlich der Eisenbahn erneut weitere Verzögerungen: Die Planungen zum Bau der Eisenbahnlinie gingen zwar voran, und das gemeinsame Votum der Orangenbauern aus Sóller, mit ihrem Land zu bürgen, hatte den Investoren Mut gemacht. Doch nun gab es einige Landbauern, die auf den letzten Metern noch Widerstand leisteten und doch nicht bereit waren, ihre Grundstücke für den Streckenverlauf zur Verfügung zu stellen – gegen gutes Geld, wohlgemerkt. Die langwierigen Verhandlungen hatten zur Folge, dass der Bau stockte. Was Maria unfassbar wütend machte: Es handelte sich meist um Land, das die Bauern ohnehin nicht nutzen konnten, weil es in zu unwegsamem und schlecht zu bearbeitendem Gelände lag. Aus purer Sturheit schadeten sie sich und anderen. Manchmal hatte sie das Gefühl, wahnsinnig zu werden. Kaum schien ein Problem gelöst, tat sich das nächste auf.

Ja, dachte Maria jetzt, ihre Marmelade musste einzigartig werden. Vorsichtig schöpfte sie etwas von der süßen Masse ab, die sie soeben gekocht hatte, öffnete das Fläschchen mit dem Orangenblütenextrakt und sog den betörend blumigen Duft ein. Dann ließ sie zwei Tropfen in die Schüssel gleiten und rührte langsam um. Der Duft veränderte sich sofort – wurde runder, sanfter, harmonischer. Maria Lourdes nahm einen Löffel, pustete und kostete schließlich.

Sie hielt den Atem an.

Die Marmelade hatte sich verwandelt – sie war nicht mehr nur süß, nicht mehr nur fruchtig. Sie hatte eine Tiefe und eine zarte, fast geheimnisvolle Note.

»Also sind Sie nicht nur Eisenbahn-Strategin, sondern auch eine Alchemistin in der Küche«, drang eine tiefe Stimme in ihre Gedanken.

Maria schrak zusammen und drehte sich abrupt um. In der Tür lehnte Johann Sonnbichler, die Arme verschränkt, ein belustigtes Lächeln auf den Lippen.

»Johann!«, rief sie überrascht. »Was machen Sie hier?«

Er trat näher, seine wachen blauen Augen musterten neugierig den dampfenden Kupfertopf. »Ich bin gekommen, um mit Ihnen über die neuesten Planungen für den Tunnel zu sprechen. Zu meiner Überraschung hat man mich in die Küche geschickt.«

Maria Lourdes lachte leise. »Dann sind Sie gerade Zeuge einer kleinen Revolution geworden.«

Johann zog eine Augenbraue hoch. »Eine Revolution? Weil Sie in der Küche stehen?«

Sie nahm einen sauberen Löffel, tauchte ihn in die goldene Marmelade und hielt ihn ihm hin. »Probieren Sie!«

Er nahm die Kostprobe entgegen, pustete kurz und ließ die warme Masse langsam auf seine Zunge gleiten. Für einen Moment sagte er nichts. Dann sah er sie an – und in seinem Blick lag … Überraschung. Anerkennung.

»Maria … das ist … unglaublich«, sagte er schließlich.

Sie lächelte stolz. »Ich habe lange daran gearbeitet. Aber erst jetzt ist es perfekt.«

Johann legte den Löffel zur Seite und trat näher. »Wissen Sie, was ich an Ihnen bewundere, Maria?«

Sie schluckte, ihr Herz klopfte plötzlich schneller. »Nein, was denn?«

»Ihre Entschlossenheit. Sie sehen Hindernisse nicht als Grenzen, sondern als Herausforderung. Erst die Eisenbahn, jetzt das hier. Sie hören nicht auf, solange Sie nicht das Beste erreicht haben.«

Marias Finger spielten nervös mit dem Rand ihrer Schürze. »Das Leben ist zu kurz für Mittelmäßigkeit.«

Johann lächelte schief. »Dann haben Sie recht – diese Marmelade ist eine Revolution. Und ich hoffe, dass Sie sie nicht nur für sich selbst kochen?«

»Nein«, erwiderte Maria. »Für mich selbst hätte ich mir all

die Mühe nicht gemacht. Es wird noch viele Jahre dauern, bis die Eisenbahn gebaut ist. Und bis dahin muss ich meinem Vater etwas unter die Arme greifen, damit er die Durststrecke übersteht.«

»Sie produzieren diese Marmelade für den Verkauf?«

Es klang überrascht.

Beinahe trotzig sah sie ihn an und nickte. »Ja«, sagte sie. »Und …«

»Und was?«

»Ach, ich habe mich gefragt, ob ich mit meiner Marmelade vielleicht auch etwas zum Eisenbahnbau beitragen kann. Wenn die Erträge gut genug sind, dass nicht alles in das Gut und die Produktion fließen muss. Aber das ist vermutlich albern.«

»Ich kann daran nichts Albernes finden. Falls Sie es vergessen haben: Ohne Sie gäbe es gar keinen Eisenbahnbau. Wie könnte also eine Ihrer Ideen albern sein?«

»Na ja«, sagte Maria. »Aus den Einnahmen lässt sich wahrscheinlich nicht mal ein Stück Schiene finanzieren.«

»Aber eine Kiste Nägel«, erwiderte er lächelnd. »Nein, Maria, im Ernst, ich finde Ihre Idee wunderbar und sehr inspirierend. Sie können damit vielleicht zum Vorbild für andere werden – noch mehr als ohnehin schon. Wer weiß, wer sich Ihrer Initiative sonst noch anschließt und ebenfalls etwas beisteuert.«

Maria Lourdes nickte langsam. »Also gut«, sagte sie. »Schaden kann es zumindest nicht. Dann koche ich mal weiter Marmelade.«

»Ihr Vater kann wirklich stolz auf Sie sein«, sagte Johann. Und ganz leise fügte er hinzu: »Ich bin es jedenfalls.«

• • •

Maria Lourdes stand auf einem kleinen Hügel ihrer Plantage und sah sich suchend um. Sie war mit Johann Sonnbichler verabredet. Nachdem er sie gestern in der Küche besucht hatte, hatte er ihr heute Morgen eine Nachricht zukommen lassen: Er habe Neuigkeiten für sie und ob sie ihn mittags treffen könne. Maria hatte einen Boten zurückgeschickt: Sie erwarte ihn auf der kleinen Bank auf dem Hügel oberhalb ihrer Plantage.

Ihr Herz klopfte schneller, was nicht an dem raschen Aufstieg lag, den sie hinter sich hatte. Seit ihrem Zusammentreffen gestern in der Küche ließ es sich nicht mehr leugnen: Es gab eine seltsame Faszination zwischen ihnen.

Da sah sie ihn den Hügel heraufkommen. Schlank, muskulös, lächelnd.

»Johann.« Sie trat ihm entgegen.

»Maria.« Ohne ein weiteres Wort hob er sie hoch und wirbelte sie einmal im Kreis herum. Leise schrie sie auf und lachte. »Johann.« Diesmal klang es leicht tadelnd.

»Maria.« Er stellte sie wieder auf die Füße und sah sie eindringlich an. Wie blau seine Augen waren.

»Meine liebe, schöne Maria. Du machst der Eisenbahn Konkurrenz.«

Verblüfft sah sie ihn an. »Ich mache der Eisenbahn Konkurrenz? Inwiefern?«

»Weil ich immer an dich denken muss. Was bedeutet, dass ich nicht mehr an die Eisenbahn denken kann.«

Sie lachte. »Da geht es mir ganz ähnlich«, gab sie zu.

Sie ließ sich auf die Bank sinken und zog ihn neben sich. Da saßen sie, unter einem großen alten Orangenbaum, der ihnen Schatten spendete. Sie streckte die Hand nach ihm aus, und er nahm sie. Es gab nicht viel zu reden. Was zwischen ihnen war, bedurfte keiner Worte. Es war einfach da, und sie genossen es hier, an diesem wunderschönen Ort.

»Ich habe gute Nachrichten für dich. Zwei der Landbesitzer, über deren Grundstück die Bahn führen soll und die sich bisher sträubten zu kooperieren, Señor Montoya und Señor Lorenzo, haben dem Verkauf ihres Grundstücks zugestimmt.«

»Was?«, rief Maria. »Das ist ja fantastisch!« Dann fragte sie: »Ist das der Grund, warum du mich so herumgewirbelt hast?«

»Das ist höchstens die Ausrede dafür«, sagte er. »Der Grund ist ein anderer.« Auf einmal war er sehr ernst.

»Maria«, begann er. »Maria, ich habe mich in dich verliebt. Schon in dem Moment, in dem du zum allerersten Mal in mein Büro gekommen bist. Am liebsten hätte ich dich schon an diesem ersten Tag gefragt, ob du mit mir ausgehen möchtest. Doch es gibt einen Haken …«

Sie legte eine Hand auf seine Lippen. »Ich will den Haken nicht hören.«

»Nun«, setzte er an, doch sie schüttelte energisch den Kopf. Und dann beugte sie sich vor, um ihn zu küssen. Sie fühlte sich mutig und verwegen – noch mehr als bei ihrem Besuch bei Morell.

Heftig zog Johann sie an sich und erwiderte den Kuss fordernd und doch liebevoll.

Schweren Herzens zwang sie sich irgendwann, sich von ihm zu lösen. Sie durften nicht zu weit gehen. Still und schwer atmend sahen sie einander an.

Er nahm ihre Hände in die seinen, zog sie an sich und legte ihr einen Arm um die Schultern. Wieder blickten sie schweigend ins Tal hinab, bis er wieder zu sprechen begann: »Wir müssen auch Delgado überreden, uns sein Grundstück zu verkaufen. Dann ist die Planung gesichert.«

»Und der weigert sich nach wie vor?«, hakte Maria nach.

Johann nickte. »Und ausgerechnet sein Land ist der Schlüssel. Wenn er es nicht verkauft, wird der Umweg riesig und die Kosten wieder deutlich höher.«

Nachdenklich sah Maria Johann an. »Weißt du was?«, fragte sie. »Wir statten ihm einen Besuch ab. Immerhin haben zwei Landbesitzer bereits zugestimmt, vielleicht spornt ihn das an. Wir werden doch jetzt nicht an einem Einzelnen scheitern.«

»Schon gar nicht, wenn du die Verhandlungen führst«, sagte Johann mit einem Lächeln auf den Lippen. »Wer kann dir schon widerstehen?«

»Du nimmst mich nicht ernst«, beschwerte sich Maria lachend.

»Oh doch«, erwiderte Johann. »Ich nehme dich sogar sehr ernst. Alle tun das.«

»Mittlerweile magst du damit sogar recht haben«, gab sie

zu und hörte selbst den Stolz, der in ihrer Stimme mitschwang.

Wenig später saßen sie nebeneinander in der Kutsche. Das Gefährt ruckelte über den staubigen Weg, die Luft war warm, der Himmel strahlend blau, nur am Horizont zeichneten sich zarte Schleierwolken ab. Rechts von ihnen fielen die Hügel steil zur Küste hin ab, wo das Mittelmeer in der Nachmittagssonne glitzerte. Links erstreckten sich Olivenhaine und Weingärten, die sich bis ins Landesinnere zogen. Als sie Banyalbufar, das kleine Dorf hoch in den Bergen, erreichten, fiel Maria auf, dass sie schon lange nicht mehr hier gewesen war. Ihre Wege führten sie einfach nicht hierher. Wenn sie Sóller verließ, dann eher in Richtung Deià oder Valdemossa – oder natürlich Palma.

Johann sah sie von der Seite an, als die Kutsche die Einfahrt zu Señor Delgados kleinem Anwesen nahm. »Hast du ihn jemals persönlich getroffen?«

Sie schüttelte den Kopf. »Nein. Nur von ihm gehört. Angeblich ist er ein kluger Mann, aber eigenbrötlerisch. Und stur.«

»Das haben wir bereits festgestellt«, bemerkte Johann trocken.

Die Kutsche verlangsamte ihr Tempo, und wenig später kam sie vor Delgados Haus zum Stehen. Es handelte sich um eine beeindruckende Finca aus dem üblichen hellen Sandstein, mit dunkelgrünen Fensterläden und einer weitläufigen Terrasse. Doch so beeindruckend das Gebäude einerseits war, so heruntergekommen wirkte es andererseits. Weinranken kletterten an den Mauern empor, Unkraut wucherte aus dem Kies, von den Fensterläden blätterte die Farbe ab. Eine der Scheiben im oberen Stockwerk war zerbrochen und mit einem Brett notdürftig vernagelt worden.

»Also, es sieht ja schon so aus, als könnte Delgado eine Finanzspritze gebrauchen«, ließ sich Johann vernehmen.

»Allerdings«, murmelte Maria, während sie aus der Kutsche kletterte. Johann stieg die beiden Steinstufen empor und betätigte den eisernen Türklopfer.

Nichts regte sich. Enttäuscht sahen sie einander an. Dann versuchte es Johann erneut. Eine unwillige Stimme rief etwas, und schlurfende Schritte näherten sich. Gleich darauf öffnete ein recht alter Mann die Tür. Sein Gesicht war regelrecht zerknittert, seine Augen wässrig.

»Was wollen Sie?«, fragte er unfreundlich.

»Señor Delgado«, begrüßte Johann ihn. »Ich bin Johann Sonnbichler, das ist Maria Lourdes Sánchez. Wir sind gekommen, um mit Ihnen noch einmal über den Verkauf des Grundstücks an die Eisenbahngesellschaft zu sprechen.«

Die Miene des Mannes wurde noch unfreundlicher. »Ich habe doch schon mehrfach gesagt, dass ich nicht verkaufen möchte«, zeterte er sofort und versuchte, ihnen die Tür vor der Nase zuzuschlagen. »Lassen Sie mich endlich in Ruhe.«

Doch Johann war schneller. Er schob seinen Fuß in den Spalt.

»Lassen Sie mich in Ruhe!«, wiederholte der Mann.

Nun trat Maria einen Schritt vor. »Señor Delgado«, sagte sie. »Ich bin die Tochter eines Orangenbauern aus Sóller. Ich liebe die Stadt und unsere Plantage. Den Duft der Orangenblüten und den fruchtigen Geschmack der reifen Früchte auf der Zunge. Das hier ist meine Heimat, mein Leben, und ich war überzeugt, dass ich hier für immer glücklich sein würde. Bis mein Vater mir eines Abends mitteilte, dass er unsere Plantage verkaufen müsse, weil der Anbau aufgrund der immer höher werdenden Transportkosten nicht mehr lukrativ genug sei. Wir erwirtschaften nicht mehr ausreichend Gewinn, um die Plantage zu halten. Schon so lange wartet er auf die Fertigstellung der Bahn, hangelt sich von Jahr zu Jahr und war kurz davor aufzugeben. Wenn Sie nicht bereit sind, einen Teil Ihres Landes abzugeben, werde ich, und mit mir etliche andere aus dieser Gegend, mein Zuhause verlieren. Ich habe dafür gekämpft, dass die Pläne wieder aufgenommen werden – mit Erfolg. Aber wenn Sie uns Ihr Grundstück nicht verkaufen, dann war alles umsonst.«

Delgado sah sie zum ersten Mal an. »Und damit Sie Ihr Zuhause nicht verlieren, soll ich nun das meine verlieren?«

»Was?«, rief Maria. »Aber wer sagt denn so was?«

»Diese Männer aus Palma«, murmelte Delgado und wirkte mit einem Mal eingeschüchtert. »Sie haben mir gesagt, dass die Eisenbahn mitten durch mein Land führen soll. Direkt an meinem Haus vorbei. Dann kehrt hier doch nie wieder Ruhe ein.«

»Aber das stimmt doch nicht!«, rief Johann. »Man hat Sie angelogen! Ich bin der Planer und einer der leitenden Ingenieure dieser Eisenbahnlinie. Lassen Sie uns eintreten, und wir besprechen in Ruhe, um welches Teilstück es geht, wie die Konditionen sind und was Sie davon haben, wenn die Bahn gebaut wird.«

Delgado blieb misstrauisch. »Man hat mich vor Ihnen gewarnt. Und mir angeboten, mir ein Stück Land für gutes Geld abzukaufen, ohne eine Eisenbahn darüber verlaufen zu lassen, damit ich mein Haus sanieren und weiterhin die Ruhe genießen kann.«

Maria und Johann wechselten einen empörten Blick.

»Bitte, lassen Sie uns rein«, sagte Maria. »Die Männer, die mit Ihnen verhandeln, wollen den Bau der Eisenbahn verhindern, weil sie Angst vor der wachsenden Macht der Orangenbauern aus Sóller haben, und zerstören dabei Menschen wie meinem Vater die Existenz.«

Delgado sah sie nachdenklich an. »Und woher weiß ich, dass Sie die Wahrheit sagen?«

»Ich bin mir recht sicher zu wissen, wer Ihnen das Angebot gemacht hat: Señor Ferragut. Denn dieser Mann ist unser größter Widersacher und schreckt, wie es aussieht, vor nichts zurück, um unseren Bau zu boykottieren. Vielleicht reicht Ihnen das ja schon, und wenn nicht, schenken Sie uns etwas von Ihrer Zeit, und lassen uns alles genau erklären.«

Delgado nickte langsam. »Sie haben recht. So hieß der Mann, der hier war. Na gut, ich gebe Ihnen eine Chance«, sagte er. »Aber ich möchte, dass Sie die Stelle genau umreißen, um die es gehen wird. Und ich möchte schriftlich zugesichert haben, dass die Bahn nur dort gebaut wird.«

»Das ist kein Problem«, sagte Johann, und Maria merkte ihm an, wie aufgeregt er war, auch wenn er versuchte, es zu verbergen. Sie waren ihrem Traum ein großes Stück näher gekommen!

»Wie bei jedem anderen Bauprojekt auch dürfen wir nur

das Land nutzen, für das wir bezahlt haben. Ohne die Besitzurkunde für einen Landstrich würden wir gar keine Baugenehmigung bekommen«, sagte Johann.

»Es wird nicht zu Ihrem Nachteil sein. Das geben wir Ihnen schriftlich«, sagte Maria rasch.

Zum ersten Mal zeigte sich der Hauch eines Lächelns auf Delgados Gesicht. »Sie sind eine entschlossene junge Dame, Señorita Sánchez«, sagte er. »Dann lassen Sie uns mal das Grundstück ansehen.«

• • •

Maria Lourdes saß aufrecht neben Johann, die Hände in den Schoß gelegt. Ihre Lippen waren zu einer schmalen Linie gepresst, ihre dunklen Augen funkelten vor Entschlossenheit.

»Du bist still«, bemerkte Johann.

»Ich bin wütend«, erwiderte sie kühl.

Johann verzog den Mund zu einem schiefen Lächeln. »Das sehe ich.«

»Dieser Mann glaubt wirklich, er könnte uns auf diese Weise loswerden«, fuhr Maria fort. »Er hat versucht, Delgado zu bestechen. Ich werde Señor Ferragut klarmachen, dass er sich mit den Falschen angelegt hat.«

Johann lehnte sich zurück und betrachtete sie amüsiert. »Ich freue mich schon darauf. Aber ehrlich gesagt bin ich nicht so sicher, ob das wirklich klug ist.«

»Wie meinst du das?«

»Delgado hat uns zugesichert, dass er an uns verkauft. Die beiden anderen Herren haben ebenfalls zugestimmt.

Wäre es nicht besser, wir würden genießen und schweigen, anstatt ihn aufzustacheln?«

»Er wird es ohnehin bald erfahren«, sagte Maria. »Und dann weiter intrigieren. Außerdem bin ich derart wütend – ich muss ihm das einfach sagen. Sonst platze ich.«

»Ich hoffe, dass sich deine Wut nicht eines Tages gegen mich richtet«, sagte er, und obgleich Maria wusste, dass es humorvoll gemeint war, glaubte sie doch, einen Hauch von Sorge in seiner Stimme zu hören.

»Wie kommst du darauf?«, fragte sie überrascht, doch Johann wurde einer Antwort enthoben, denn in diesem Moment kam die Kutsche vor Ferraguts mächtigem Kontor zum Stehen. Maria stieg aus und eilte, gefolgt von Johann, auf die Fabrikhalle zu. Mittlerweile kannte sie den Weg. Wie schon bei ihrem letzten Besuch hob Ferragut den Kopf und sah ihnen entgegen.

»Señorita Sánchez, Herr Sonnbichler«, begrüßte er sie, als hätte er sie längst erwartet. »Welch Ehre, Sie hier zu sehen.« Es klang spöttisch.

Maria verschränkte die Arme vor der Brust. »Sparen Sie sich die Höflichkeiten, Señor Ferragut. Wir wissen, dass Sie Señor Delgado Geld angeboten haben, damit er nicht an uns verkauft. Und dass Sie ihm Unwahrheiten über den Streckenverlauf erzählt haben. Wahrscheinlich haben Sie das auch mit den anderen Herren so gemacht.«

Ferragut hob belustigt eine Braue. »So direkt? Ich schätze Ihren Stil, Señorita Sánchez.«

Seine Überheblichkeit fachte ihren Zorn weiter an.

»Dann schätzen Sie vermutlich auch, dass ich keine Geduld für Spielchen habe.« Sie trat einen Schritt näher. »Warum tun Sie das?«

Ferragut musterte sie einen Moment, dann sagte er: »Ihre Argumente konnten mich einfach nicht überzeugen. Sie kennen meine Gründe.«

»Als wir das erste Mal aufeinandertrafen, habe ich Sie als fairen Mann erlebt«, sagte Maria. »Und es steht Ihnen natürlich vollkommen frei, von dem Projekt nichts zu halten und Ihre Meinung dagegen kundzutun. Dennoch müssen Sie es nicht sabotieren.«

»Sabotage ist ein hartes Wort. Ich würde es eher als strategische Weichenstellung bezeichnen.«

Johann verschränkte die Arme. »Nennen Sie es, wie Sie wollen. Im Grunde haben Sie doch nur Angst.«

Ferragut lachte leise. »Angst? Nein. Aber ich sehe, was passieren wird. Die Eisenbahn wird das Land verändern. Sie wird neue Handelswege schaffen, neuen Wohlstand – und neuen Wettbewerb.« Er stellte sein Glas auf den Tisch. »Ich besitze einige der größten Transportunternehmen dieser Insel. Meine Kutschen bringen Waren in die Städte, meine Schiffe liefern sie nach Barcelona und darüber hinaus. Wenn eine Eisenbahn kommt, die schneller und günstiger ist … Nun, das könnte mir gewisse … Unannehmlichkeiten bereiten.«

Maria ballte die Fäuste. »Also geht es Ihnen nur ums Geld?«

Ferragut zuckte mit den Schultern. »Worum geht es denn sonst?«

»Uns geht es um Fortschritt! Um die Zukunft dieser Insel!

Um die Existenz von Familien.« Marias Stimme war scharf. »Aber Sie? Sie denken nur an Ihre eigenen Gewinne und versuchen, ein ganzes Projekt zu verhindern, nur weil es Ihre Taschen nicht füllt.«

Ferragut lächelte dünn. »Das nennt man Geschäftssinn, Señorita.«

Maria atmete tief durch. »Dann hören Sie mir gut zu, Señor Ferragut.« Ihre Stimme war leise, aber voller Autorität. »Sie mögen Geld haben. Einfluss. Beziehungen. Aber ich verspreche Ihnen – wenn Sie weiter versuchen, uns Steine in den Weg zu legen, werden Sie es bereuen. Die Eisenbahn wird gebaut, ob Sie es wollen oder nicht. Und wenn Sie klug sind, dann finden Sie einen Weg, mit uns zu arbeiten, statt gegen uns.«

Ferragut lehnte sich mit einem zufriedenen Gesichtsausdruck in seinem Sessel zurück, während Maria und Johann vor seinem Schreibtisch standen.

»Sie sind beeindruckend, Señorita Sánchez. Das habe ich schon bei unserer ersten Begegnung erkannt. Ich verstehe jetzt noch besser, warum man sagt, Sie seien eine Frau, mit der man rechnen muss.«

Maria ließ sich nicht beirren. »Werden Sie sich zurückziehen?« Es war eine rhetorische Frage, sie wusste, dass er es nicht tun würde. Und wirklich: Ein amüsierter Glanz trat in Ferraguts Augen. Aber er sagte nicht Nein.

»Wir werden sehen, Señorita.«

Maria sah ihn scharf an, doch sie wusste, dass sie nicht mehr aus ihm herausbekommen würde. Also drehte sie sich abrupt um und verließ den Raum. Johann folgte ihr mit einem anerkennenden Schmunzeln.

»Du hast ihm die Meinung gesagt, das kann man nicht bestreiten.«

Maria sah entschlossen geradeaus. »Das war erst der Anfang.«

Kapitel 17

Magdalena, Port de Sóller 1978

Magdalena versucht, kein Geräusch zu machen, als sie sich aus ihrem Hotelbett erhebt. Sie wirft einen Blick auf Javier, der neben ihr liegt und friedlich schlummert. Sie lächelt. Wir hätten keine zwei Hotelzimmer gebraucht, hat er ihr zugeflüstert, kurz bevor er eingeschlafen ist.

Auf dem kurzen Weg vom Restaurant zum Hotel hat er sie endlich geküsst, und sie waren unfähig gewesen, sich wieder voneinander zu lösen. Wie Ertrinkende haben sie sich aneinandergeklammert und sind dann in ihrem Hotelzimmer gelandet. Voller Leidenschaft haben sie sich geliebt, anschließend hat Javier sie lange und zärtlich im Arm gehalten. Wie geborgen sie sich gefühlt hat! Dann ist er eingeschlafen, doch sie, sie kann keinen Schlaf und keine Ruhe finden, unaufhörlich kreisen ihre Gedanken. So viel ist passiert in den letzten zwei Tagen. So unendlich viel. Und nun auch noch Javier.

Es gelingt ihr aufzustehen, ohne ihn zu wecken. Leise öffnet sie die Balkontür und tritt hinaus.

Die Lichter des Hafens spiegeln sich im dunklen Wasser, während eine leichte Brise den salzigen Duft des Meeres herüberweht. Wie friedlich es ist.

Still setzt sie sich auf ihren Stuhl und blickt über das Meer.

»Kannst du nicht schlafen?«, tönt eine leise Stimme hinter ihr.

Sie wendet sich um, lächelt. »Nein«, sagt sie. »Es ist alles so viel.«

Er nickt, setzt sich zu ihr und sieht sie aufmerksam an.

»Die Erbschaft, das Rezept, der Einbruch … Es gibt so viele ungelöste Fragen. Und dann wir …«

»Wobei dieses Wir sich besser anfühlt als der Einbruch, wie ich hoffe?«

»Auf jeden Fall.« Sie lacht. »Sehr viel besser.«

Er nimmt ihre Hand.

»Was ich nicht verstehe …«, sie bricht ab.

Aufmerksam sieht er sie an. »Ja?«

»Nun, was ich nicht verstehe, ist, warum sie mir das Rezept stehlen mussten? Wozu der ganze Aufwand? Sie hätten mich doch einfach fragen können.«

Javier schüttelt den Kopf. »Erstens würden sie dann nicht anonym bleiben, und ich habe das Gefühl, das ist ihnen wichtig. Und zweitens – sie konnten ja nicht davon ausgehen, dass du es ihnen so einfach gibst.«

»Aber woher wussten sie überhaupt, dass ich es habe?«

Javier hebt die Schultern. »Das kann ich dir leider auch nicht sagen.« Er streichelt ihre Hand. »Was ich dir aber sagen kann, ist, dass du gut daran tun würdest, etwas zu schlafen.

Wenn wir das Rätsel lösen wollen, brauchen wir unsere Konzentration und unsere Kraft. Und die Voraussetzung dafür ist ausreichender Schlaf.

»Also gut.« Als er sich erhebt, steht auch sie auf. Wieder im Bett, zieht er sie eng in seine Arme, und wieder genießt sie das Gefühl der Geborgenheit. Und diesmal kann sie tatsächlich einschlafen.

Magdalena erwacht vom Klingeln eines Telefons. Orientierungslos blickt sie sich um, sieht Javier, der sich ebenfalls hochrappelt und nach dem Apparat auf seinem Nachttisch greift.

»Sí?«, nuschelt er auf Spanisch in den Hörer. Magdalena hört eine spanische Frauenstimme, Javier antwortet einsilbig, doch sie kann seinem Tonfall entnehmen, dass das Gespräch nicht unbedingt erfreulich verläuft. »Also gut«, sagt er schließlich. »Ich bin in zwei Stunden da.«

Er legt auf, wendet sich an Magdalena, die ihn fragend ansieht, und gibt ihr einen Kuss. »Das war meine Sekretärin«, sagt er bedauernd. »Ein Klient von mir hat ein großes Problem. Ich muss sofort nach Palma zurück.«

»Oh«, sagt sie, »das … ist überraschend. Und woher weiß sie, dass du hier bist?«

»Sie wusste ja, dass ich gestern mit dir nach Sóller gefahren bin. Und ich bin immer in diesem Hotel, wenn ich hier in der Gegend zu tun habe«, erklärt er. »Es tut mir so leid«, fügt er hinzu. »Ich habe das Gefühl, dass ich dich im Stich lasse. Möchtest du mitkommen?«

Doch sie schüttelt den Kopf. »Nein«, sagt sie. »Ich möchte

versuchen, diese Frau zu finden, von der Christof erzählt hat. Elena.«

Der Restaurantbesitzer hat ihnen gestern Abend berichtet, dass er Maria Lourdes Sánchez gut kannte. Die alte Dame sei regelmäßig mit der Straßenbahn nach Port de Sóller gekommen und habe sich bei ihnen eine Pizza gegönnt – gemeinsam mit ihrer besten Freundin Elena, die in Port de Sóller lebe. »Die beiden haben mir mal erzählt, dass sie einander ihr ganzes Leben lang kennen«, hat Christof gesagt. »Wenn jemand weiß, warum sie ausgerechnet dir das Gut vererbt hat, dann ist es Elena.«

Javier nickt. »Ich wäre so gern dabei. Aber ich bin heute Abend wieder da.« Grinsend fährt er fort. »Ich schlage vor, dass ich dein Zimmer verlängere.«

»Und deins nicht«, begreift sie sofort. »Wir brauchen wirklich nur eins.«

»Genau.« Er küsst sie und steht dann auf, um sich anzuziehen. Fragend blickt er sie an. »Wirst du heute ins Herrenhaus gehen?«

»Ich weiß nicht«, sagt sie zögernd. »Ein wenig mulmig ist mir schon bei dem Gedanken.«

»Mir auch«, sagt er. »Es wäre mir sehr viel lieber, wenn du warten würdest, bis ich wieder da bin.«

»Und wenn ich Elena wirklich ausfindig machen sollte, bin ich ja genug beschäftigt.«

»Richtig.« Er schlüpft in sein Sakko. Dann sieht er sie bedauernd an. »Es tut mir wirklich unendlich leid, dass ich sogar noch vor dem Frühstück wegmuss.«

»Wir können morgen zusammen frühstücken.«

Ein letzter Kuss, dann ist er fort.

Glücklich lächelnd dreht Magdalena sich im Bett um, sie will versuchen, noch ein wenig zu schlafen. Die Bettwäsche duftet nach ihm, also gräbt sie ihr Gesicht tief hinein und verliert sich in ihren Träumen.

Sie schreckt wieder hoch, als erneut das Telefon klingelt. Ob es wieder seine Sekretärin ist, die etwas vergessen hat? Was würde sie sagen, wenn nun sie ans Telefon geht? In diesem Moment wird ihr etwas klar: Es ist ja gar nicht sein Telefon, sondern ihres, in ihrem Hotelzimmer. Woher wusste die Sekretärin …?

Sie hebt ab. »Sí?«

Am anderen Ende meldet sich eine männliche Stimme. »Vertrauen Sie Javier nicht. Er ist nicht Ihr Freund und nicht der, für den er sich ausgibt. Sie sollten hier ganz schnell verschwinden. Sie sind hier nicht sicher«, sagt der Mann auf Spanisch.

Ihr Herz rast, die Kehle schnürt sich ihr zu. »Wer ist da?«, fragt sie mit erstickter Stimme.

»Jemand, der es gut mit Ihnen meint. Und ein Freund von Maria«, sagt der Mann noch, bevor er auflegt.

Magdalena schnappt nach Luft. Sie weiß nicht, was sie mehr beunruhigt: die erneute Bestätigung, dass sie beobachtet wird – und derjenige, der sie beobachtet, offensichtlich auch Javiers Identität kennt –, oder der Inhalt dieser Nachricht. Sie sei hier nicht sicher. Und was heißt das – ein Freund von Maria? Javier sei nicht der, für den er sich ausgebe? Aber wer sollte er denn sonst sein? Schließlich hat sie seine Adresse und seinen Namen von dem englischen Anwalt erhalten und sich in sein offizielles Büro begeben. Außerdem war er sowohl im Besitz des Schlüssels als auch des Rezepts. Beides hätte er ihr doch nicht ausgehändigt, wenn … Und dann die letzte Nacht … Er hätte doch nicht … Er würde doch nicht … Oder doch?

Plötzlich hat Magdalena das Gefühl, dass sie nicht mehr weiß, wo oben und unten ist und wem oder was sie noch glauben kann. Sie will einfach nur noch weg. Nach Hause.

Kapitel 18

Maria Lourdes, Sóller 1907

Tagelang hatte Maria Lourdes die besten Orangen ausgewählt. Sie prüfte jede einzelne Frucht mit geübtem Blick, drückte vorsichtig ihre Schale, um die Frische und Saftigkeit zu testen. Nur die reifsten, aromatischsten Orangen fanden den Weg in ihren Korb. Anschließend hatte sie, unterstützt von ihrer treuen Freundin Elena und der Köchin der Familie, tagelang Marmelade gekocht. Und nun waren sie fertig. Andächtig betrachtete Maria die langen Reihen von Marmeladengläsern, die auf dem großen Holztisch in der Küche standen.

»Donnerwetter«, klang da eine Stimme von der Tür her. »Das sind ja Hunderte.«

»Johann.« Maria wandte sich ihm zu und genoss seinen zärtlichen Blick, versuchte aber, sich nichts anmerken zu lassen. Elena wusste zwar Bescheid über ihre Liebe, aber sonst keiner. Und das sollte auch so bleiben. Maria war sich vollkommen darüber im Klaren, dass ihr strenger Vater eine Ehe mit Johann niemals dulden würde. Natürlich würde sie für ihre Liebe kämpfen, aber sie wollte dem Vater nicht zu viel auf einmal zumuten. Er hatte gerade erst verdaut, dass sie härter und vehementer als mancher Mann in Sóller für die Eisenbahn kämpfte, und stand inzwischen sogar hinter ihr. Sie wollte die Geduld des Patriarchen nicht über Gebühr strapazieren. Eins nach dem anderen.

»Gut, dass du da bist«, sagte sie also nur und lächelte ihrem Liebsten zärtlich zu. »Irgendjemand muss all das zum Markt schaffen.« Sie deutete auf die Marmeladengläser.

»Und dieser Irgendjemand bin ich, schon verstanden«, sagte er lachend.

Maria fiel in sein Lachen ein. »Es ist ja nicht so, als seiest du nicht extra deshalb gekommen.« Schließlich hatte sie ihn am Vorabend, als sie sich wieder auf der Bank auf dem Hügel getroffen hatten, darum gebeten.

In diesem Moment betraten zwei Burschen die Küche, die bei den Sánchez in Lohn und Brot standen und sich nun daranmachten, gemeinsam mit Johann die Kisten mit den Marmeladen nach draußen zu schaffen. Dort stand Señor Sánchez bereit, um die Verladung in die Transporter zu überwachen, die sie normalerweise für die Lieferung der Orangen nutzten. Heute würden sie damit Maria Lourdes' süßes Gold zum Markt in Sóller bringen. Er sah ausgesprochen zufrieden aus.

»Ich habe das Gefühl, dass meinem Vater die Tatsache, dass seine Tochter Orangenmarmelade kocht, sehr viel besser gefällt, als wenn sie sich in Eisenbahndingen engagiert«, sagte Maria grinsend.

»Das passt besser in sein Rollenbild«, pflichtete Elena ihr kichernd bei, um dann flüsternd hinzuzufügen: »Aber deine Liebe zu Johann, die würde ihm ganz und gar nicht gefallen. Ihr müsst wirklich aufpassen, wie ihr euch anschaut. Jeder Blinde sieht, dass ihr ineinander verliebt seid, Marilu.«

»Wirklich?«, fragte Maria erschrocken. »Kann es nicht daran liegen, dass du Bescheid weißt und besonders darauf achtest?«

»Vielleicht«, gab Elena zu. »Aber ich glaube, ich hätte es auch bemerkt, wenn du mich nicht ins Vertrauen gezogen hättest. Du musst wirklich vorsichtig sein.«

»Ja«, Maria nickte. »Ich weiß. Und das werde ich auch. Auch wenn es mir unendlich schwerfällt. Ach, Elena, ich bin so glücklich, ich könnte die ganze Welt umarmen. Ich habe wirklich das Gefühl, dass alles gut wird. Auch mit der Eisenbahn läuft nun alles glatt, die Grundstücke sind alle gekauft, und Ferragut hat nichts mehr von sich hören lassen.« Ärgerlich runzelte sie die Stirn. »Wobei mir klar ist, dass wir wachsam bleiben müssen. Ein Mann wie Ferragut gibt nie auf.«

»Eine Frau wie Maria Lourdes Sánchez ebenfalls nicht«, entgegnete Elena und lenkte das Gespräch dann wieder auf das ursprüngliche Thema zurück.

»Aber irgendwann wirst du es deinem Vater sagen müssen, wenn ihr eine Zukunft haben wollt.«

»Genau das habe ich vorhin auch gedacht«, sagte Maria. »Und das werde ich auch tun. Aber so weit ist es noch lang nicht.«

»Glaubst du denn an eine gemeinsame Zukunft?«, fragte Elena. »Er ist so viel älter als du. Und wenn der Eisenbahnbau abgeschlossen ist, wird er sicherlich nach Deutschland zurückkehren.«

»Das glaube ich nicht«, erwiderte Maria. »Er liebt Spanien, er fühlt sich wohl hier, immerhin hat er davor schon die Straßenbahn in Palma gebaut. Warum sollte er nach so vielen Jahren ins kalte Deutschland zurückkehren? Und dass der Mann viel älter ist als die Frau, ist ja auch nicht ungewöhnlich.«

Sie hatte ihren Satz gerade noch zu Ende bringen können, als die Männer auch schon wieder die Küche betraten. Wieder schlug Marias Herz ein klein wenig schneller, als sie Johann sah. Er zwinkerte ihr zu.

Wenn in Sóller Markttag war, war stets die ganze Stadt auf den Beinen. Das galt auch für diesen schönen Frühlingsmorgen, an dem Maria zum ersten Mal ihre Marmelade einem größeren Publikum präsentierte. Auf dem großen Platz vor der Kathedrale reihte sich Marktstand an Marktstand, Händler boten Obst, Gemüse, Fisch und handgefertigte Waren feil, es duftete nach Brot und frisch geröstetem Kaffee. Und nach Orangenblüten. Das war der natürliche Duft von Sóller, schon immer gewesen.

Es war das erste Mal, dass Maria selbst auf dem Markt verkaufte. Sie hatte ihren Stand mit Elenas Hilfe mit einem weißen Leinentuch bedeckt und die Marmeladengläser ordentlich darauf drapiert. Zu Marias Bedauern hatte Johann sich bereits verabschiedet – mit der Begründung, er habe noch zu arbeiten. Und so blieb sie mit Elena allein zurück.

Hatte Maria insgeheim damit gerechnet, die Kunden würden ihr die Marmelade nur so aus den Händen reißen, so wurde sie enttäuscht. Zwar blieben viele am Stand stehen, um ein wenig zu plaudern – schließlich kannte jeder die Sánchez-Tochter, und durch ihr Engagement für die Eisenbahn war ihr Bekanntheitsgrad noch gestiegen –, aber Marmelade kaufen wollte keiner. Die Begründung war fast immer dieselbe: »Orangenmarmelade kann ich selbst kochen.« Und es stimmte ja: Zwar waren die wenigsten Marktbesucher Plantagenbesitzer, aber einen Orangenbaum hatte so ziemlich jeder im Garten.

»Vielleicht sollten wir den Kunden die Möglichkeit geben zu probieren«, überlegte Elena. »Wenn sie einmal deine Marmelade gekostet haben, werden sie begreifen, dass zwischen dem, was du anbietest, und dem, was sie selbst kochen, Welten liegen.«

Maria nickte nachdenklich. »Gar keine schlechte Idee«, murmelte sie. »Ich gehe rasch zum Bäcker herüber und besorge aufgeschnittenes Brot. Vielleicht überlässt er mir auch noch etwas Butter.«

Im Gehen griff sie noch nach einem Marmeladenglas – ein Geschenk für den Bäcker.

Fünf Minuten, nachdem sie den Stand verlassen hatte, kehrte Maria mit dem Brot, einem großen Holzbrett, Butter und einem Messer zurück und machte sich zusammen mit Elena mit Feuereifer daran, Brote zu schmieren.

Die Idee sollte sich als hervorragend erweisen.

Kaum gab es was zu probieren, zog es die Menschen an den Stand. Und jeder, wirklich jeder, der von der Marmelade gekostet hatte, war begeistert und erwarb anschließend mindestens ein Glas.

»Ich hatte doch recht«, flüsterte Maria Elena triumphierend zu. »Mittags sind wir ausverkauft.«

Da sprach sie ein gut gekleideter Herr an, der soeben ein Marmeladenbrot gekostet hatte.

»Señorita, Ihre Marmelade ist außergewöhnlich. Mein Name ist Ricardo Valverde. Ich bin Großhändler und vertreibe Spezialitäten aus Mallorca. Ich würde Ihre Marmelade gern in mein umfangreiches Sortiment aufnehmen.«

Maria blinzelte überrascht. »Sie wollen meine Marmelade verkaufen?«

Er nickte. »Und zwar nicht nur hier. In Palma, vielleicht sogar darüber hinaus.«

Ein professioneller Abnehmer. Wenn sie es schaffte, eine solche Bestellung zu bedienen, dann würde sie die Eisenbahn mehr als nur ein bisschen unterstützen können. Was für ein unglaubliches Gefühl! Im Kopf überschlug sie die Zutatenmengen, die sie benötigen würde, und schnappte nach Luft. Ja, sie würde die gesamte Ernte für die Marmelade brauchen. Und der Bau der Eisenbahn würde für den Erhalt ihrer Plantage überhaupt keine Rolle mehr spielen. Natürlich würde sie weiterhin dafür kämpfen, schließlich ging es dabei längst nicht mehr nur um die Rettung ihrer Plantage. Aber der Druck, der auf ihr lastete, würde an Gewicht verlieren.

Langsam, Maria, langsam, rief sie sich innerlich zur Ordnung. Noch hatte ihr der freundliche Herr kein Angebot gemacht – sie wusste nicht, ob der Auftrag tatsächlich zustande kommen und welche Mengen er wirklich abnehmen würde.

Sie lächelte Señor Valverde zu. Und dann sagte sie: »Das klingt sehr interessant. Lassen Sie uns bei Gelegenheit über die genauen Bedingungen sprechen.«

Er nickte anerkennend. »Wie ich sehe, sind Sie nicht nur eine gute Marmeladenköchin, sondern auch eine hervorragende Geschäftsfrau. Wann haben Sie Zeit für mich?«

Maria überlegte. »Wie wäre es mit morgen Nachmittag?«, sagte sie dann. »Besuchen Sie uns doch auf unserer Plantage. Dann kann ich Ihnen auch die Marmeladenküche zeigen.«

Señor Valverde nickte. »Gern.«

• • •

Der Nachmittag auf der Plantage war von emsiger Geschäftigkeit geprägt. Maria hatte Elena und die Köchin bereits angewiesen, alles für den bevorstehenden Besuch vorzubereiten. Die Küche war auf Hochglanz poliert, frische Orangen waren in Körben gestapelt, und ein silbernes Tablett mit Tee und Gebäck stand bereit.

Señor Ricardo Valverde hatte sein Kommen für den späten Nachmittag angekündigt. Maria hatte sich gemeinsam mit Elenas Mutter für ein schlichtes, aber geschmackvolles Kleid entschieden – nicht zu aufwendig, aber doch mit der nötigen Eleganz, um als ernst zu nehmende Geschäftsfrau aufzutreten.

Nun stand sie vor dem Haupthaus und blickte der sich nähernden Kutsche entgegen. Der Kutscher brachte die Pferde zum Stehen, sprang vom Bock, öffnete mit routinierter Bewegung die Tür, und Señor Ricardo Valverde stieg elegant aus. Sein Anzug war makellos, die polierten Stiefel glänzten, und sein dunkles Haar war mit Pomade zurückgekämmt. Er trug einen Spazierstock mit silbernem Knauf, den er jedoch mehr als Stilaccessoire denn als Stütze benutzte. Er war fast ein wenig zu fein, fand Maria, und sie bereute es einen Moment, kein eleganteres Kleid gewählt zu haben. Doch sie wollte ihn schließlich nicht mit ihrem Kleid überzeugen, sondern mit ihrer Marmelade, und das war ihr bereits gelungen. Mit einem selbstbewussten Lächeln trat sie vor.

»Señor Valverde, willkommen auf unserer Plantage.«

Er verneigte sich leicht. »Señorita Sánchez, es ist mir eine Freude.«

»Bitte, treten Sie ein.« Sie bat ihn in ihre Marmeladenküche, wo Elena wie verabredet an einem großen Topf stand und in der gelben Masse rührte. Maria wollte, dass Señor Valverde die Küche in Aktion erlebte.

Valverde nickte Elena zu und betrachtete dann mit fachmännischem Blick die Reihen von Gläsern. »Beeindruckend«, sagte er. »Ich habe viele Marmeladen probiert, aber Ihre … Ihre ist außergewöhnlich. Frisch, perfekt ausbalanciert. Kein Wunder, dass sie auf dem Markt so gut ankam.«

Maria nickte dankend, doch sie wollte nicht lange um den heißen Brei herumreden.

»Sie sagten, Sie könnten meine Marmelade in Ihr Sortiment aufnehmen. Erzählen Sie mir mehr darüber! Welche Mengen würden Sie abnehmen? Wie sehen die Konditionen aus? Wie wären die Liefer- und Transportbedingungen?« Bitte«, sie deutete auf den großen Holztisch, der am Rand der Küche stand. »Nehmen Sie Platz.«

Valverde ließ sich mit einer geschmeidigen Bewegung nieder. Elena überließ die Marmelade für einen Augenblick sich selbst und eilte herbei, um frisch gepressten Orangensaft einzuschenken.

»Ich vertreibe mallorquinische Spezialitäten nach Palma, Madrid und nach Barcelona«, setzte Valverde an. »Ihre Marmelade hätte durchaus das Potenzial, sich auch im Ausland größter Beliebtheit zu erfreuen. Natürlich müssten wir über Mengen, Preise und Lieferbedingungen sprechen.«

Maria nickte. »Dann tun wir das. Was genau stellen Sie sich vor?«

Er lächelte. »Ich würde gern mit einer ersten Lieferung von 2.000 Gläsern beginnen. Wenn die Nachfrage entsprechend hoch ist, können wir sie steigern.«

Maria konnte ihre Überraschung nicht verbergen. 2.000 Gläser? Das war eine enorme Menge. Es bedeutete, dass sie die Produktion deutlich steigern und mehr Arbeitskräfte einbinden musste. Aber es war auch eine Gelegenheit, die sie nicht verstreichen lassen durfte.

Sie hielt seinem Blick stand. »Und der Preis?«

Valverde lehnte sich zurück, musterte sie prüfend. »Ich zahle Ihnen … fünf Peseten pro Glas.«

Maria schüttelte sofort den Kopf. »Zu wenig. Sie verkaufen die Gläser in Palma für mindestens das Dreifache.«

Ein amüsiertes Glitzern trat in seine Augen. »Sie verhandeln hart, Señorita. Gut. Sagen Sie mir Ihren Preis. Aber bitte vergessen Sie nicht: Sie können mich nicht mit einem Endkunden vergleichen. Ich muss auch die Kosten für den Vertrieb, den Export und alles Weitere tragen. Und dabei auch noch etwas verdienen.«

Sie nickte. »Das verstehe ich. Ich schlage vor … acht Peseten pro Glas.«

Er hob leicht eine Braue. »Sie sind ehrgeizig. Aber …« Er ließ eine bedeutungsvolle Pause entstehen. »Ich mag ehrgeizige Frauen. Wir sind im Geschäft, Señorita Sánchez.«

Er streckte ihr die Hand entgegen. Maria zögerte keinen Moment und schlug ein.

Kapitel 19

Magdalena, Sóller 1978

»Magdalena! He! Magdalena!«

Verwundert dreht sie sich um. Wer ruft da ihren Namen? Hier kennt sie doch niemand!

Vor ihr steht Christof und grinst. Er trägt Trainingskleidung und absolviert offensichtlich seinen Morgenlauf.

»Was schaust du denn so nachdenklich drein?«, fragt er. »Und wo hast du Javier gelassen?«

»Er musste gleich heute Morgen zu einem Termin nach Palma fahren. Seine Sekretärin hat angerufen.« Ihre Stimme ist belegt. Sie ist noch immer wie benommen von dem merkwürdigen Anruf, der sie danach erreicht hat. Am meisten beschäftigt sie, was der Anrufer über Javier gesagt hat.

Christof nickt. »Ein viel beschäftigter Mann«, sagt er. »Er ist der Beste.«

Magdalenas Herz macht einen kleinen Sprung. »Was meinst du damit?«

»Na ja.« Christof zuckt mit den Achseln. »Der beste Anwalt der Insel eben. Es ist kein Wunder, dass Maria Lourdes ihn ausgewählt hat.«

Gott sei Dank, denkt Magdalena. Wenn Javier einen so guten Ruf hat, dann sinkt die Wahrscheinlichkeit, dass er ein falsches Spiel spielt. Andererseits … was, wenn das alles kein Zufall ist? Vielleicht steckt Christof mit ihm unter einer Decke?

Jetzt mach aber mal einen Punkt!, ruft Magdalena sich zur Ordnung. Wem willst du glauben? Einem anonymen Anrufer, der sich nicht einmal zu trauen scheint, sich zu erkennen zu geben, oder einem Mann, der ein angesehener Anwalt ist und von Anfang an an deiner Seite war? In den du dich Hals über Kopf verliebt hast und mit dem du im Bett warst. Und diesem freundlichen Gastronomen hier, der dir sogar den Kontakt zu der alten Freundin von Maria Lourdes hergestellt und die alte Dame kannte.

»Alles in Ordnung?«, fragt Christof verwirrt. »Warum starrst du mich so an?«

»Ach«, platzt es aus Magdalena heraus, »es ist nur, ich habe einen anonymen Anruf erhalten, nachdem Javier weg war.«

»Einen anonymen Anruf?«

»Ja. Der Anrufer sagt, ich solle Javier nicht trauen. Und besser wieder abreisen. Ich sei hier nicht sicher. Der Anrufer behauptete, ein Freund von Maria zu sein.«

Christof runzelt die Stirn. »Also, dass du Javier nicht trauen kannst, ist Unsinn. Ich kenne ihn schon lange. Mit diesem Anruf solltest du zur Polizei gehen.«

»Meinst du wirklich?«

»Absolut. Jemand scheint dir hinterherzuspionieren. Und du solltest mit Javier darüber sprechen, sobald er zurück ist.«

Sie nickt, ist sich aber noch nicht sicher, ob sie das wirklich tun will.

»Mach dir keine Sorgen«, fährt Christof fort. »Bei ihm bist du in guten Händen. Er weiß, was zu tun ist.«

»Gut.« Sie ist ein wenig beruhigt und froh darüber, ihm über den Weg gelaufen zu sein. Christof würde ihr doch nicht raten, zur Polizei zu gehen, wenn er und Javier ein falsches Spiel mit ihr spielen würden. Dass sie überhaupt auf den Gedanken gekommen ist! Sie schämt sich. Dann fragt sie spontan: »Ich wollte gerade zu Elena. Hättest du etwas dagegen, mich zu begleiten?«

Er schüttelt den Kopf. »Gar nicht«, stimmt er zu. »Das Restaurant öffnet erst mittags. Allerdings«, er sieht an sich herunter, »würde ich mich gern zunächst umziehen und eine Dusche nehmen.«

Sie nickt und deutet auf eins der zahlreichen Cafés. »Dann trinke ich noch einen Kaffee«, sagt sie. »Und du holst mich hier wieder ab.«

»So machen wir es.«

Ein Grinsen, dann setzt Christof seine Joggingrunde fort. Sie blickt ihm nach und sieht ihn im Restaurant verschwinden. Wahrscheinlich, denkt sie, wohnt er in der Wohnung darüber.

Sie bestellt ihren Kaffee und bezahlt ihn gleich, dann legt sie den Kopf in den Nacken und lässt die Sonnenstrahlen auf ihr Gesicht scheinen. Wie gut das tut. Und wie schön es hier ist!

Kurz darauf ist Christof zurück und grinst immer noch.

Er trägt weiße Shorts, ein weißes Hemd und weiße Sneaker. »Bereit?«, fragt er.

»Bereit«, bestätigt sie und steht auf.

Sie gehen die breite Uferpromenade entlang in Richtung Hafen. Plötzlich bleibt Christof stehen. »Wir müssen hier hoch«, sagt er und deutet auf eine enge Steintreppe, die zwischen zwei Häusern scheinbar endlos in die Höhe führt.

»Gut.« Magdalena geht ihm voraus. Sie hat erwartet, dass die Steintreppe zu einer Haustür führt, doch zu ihrer Überraschung finden sie sich kurz darauf an einer Straße wieder. »Und jetzt?«, fragt sie schnaufend. »Diese Treppen sind ganz schön anstrengend.«

Christof, der kein bisschen außer Atem ist, zeigt nach vorn. »Es geht noch ein gutes Stück weiter hinauf.«

»Oh nein«, ächzt sie. »Ich glaube, ich sollte noch ein wenig mehr an meiner Fitness arbeiten. Aber schön ist der Weg, das muss man sagen.«

Immer weiter führen die Stufen nach oben. Sie kreuzen erneut eine Straße, folgen ihr ein kurzes Stück und nehmen dann wieder mehrere Stufen. Dann geht es plötzlich nicht mehr weiter: Die Treppe endet an einem malerischen blauen Gartentor, hinter dem sich ein wunderschöner, ein wenig verwilderter mediterraner Garten erstreckt.

»Das ist ja zauberhaft«, flüstert Magdalena ergriffen.

»Dreh dich mal um. Dann weißt du, was besonders schön ist«, erwidert Christof.

Magdalena tut, wie ihr geheißen, und schnappt nach Luft. Die Bucht von Port de Sóller liegt unter ihnen, aber von diesem Standpunkt aus, hoch über dem kleinen Hafendorf, kann man über die Bucht hinaus auf das offene Meer blicken. Der Anblick ist atemberaubend.

»Wunderschön«, sagt sie.

»Nicht wahr?«, fragt Christof. »Und diesen Ausblick genießt Elena jeden Tag. Wobei sie, glaube ich, mittlerweile etwas kurzsichtig ist.«

»Wie alt ist Elena denn?«, erkundigt sich Magdalena.

»Ich weiß es nicht genau«, sagt Christof. »Aber ich glaube, fast hundert. Und Maria Lourdes war etwa in ihrem Alter. Aber die beiden Damen waren dennoch unglaublich fit.«

»Das ist wohl das, was man ein stattliches Alter nennt. Aber diese Treppen kommt sie nicht mehr hoch, oder?«

Christof lacht. »Oh«, sagt er. »Ich denke, Elena könnte, wenn sie wollte. Aber man erreicht das Haus von der Rückseite her auch mit dem Auto. Die Straße, die wir zweimal gequert haben, führt in Serpentinen den Berg hinauf.«

»Ach so.« Magdalena lacht über ihre eigene Naivität. »Ich bin jedenfalls froh, dass du mich begleitet hast. Ich hätte das allein nie gefunden. Vor allem hätte ich mich vermutlich nicht getraut. Ich bin furchtbar aufgeregt.«

»Musst du nicht«, versichert Christof. »Elena wird sich freuen, wenn sie Besuch bekommt.«

Mit diesen Worten schiebt er die blau lackierte Gartentür auf. Magdalena folgt ihm. Gleich darauf klopft Christof an eine Holztür und tritt ein.

»Können wir einfach so hineingehen?«, fragt Magdalena.

»Ja«, sagt Christof. »Sie hört das Klopfen ohnehin nicht.

Alle machen das. Die Leute, die ihr das Essen bringen, ihre Pfleger … Sie ist das gewohnt.«

»Dann bin ich jetzt doppelt froh, dass du mitgekommen bist«, sagt Magdalena. »Ich hätte es nie gewagt, einfach so hineinzugehen.«

Sie folgt Christof über einige weitere Steintreppenstufen ins darüberliegende Stockwerk. »Wir gehen jetzt sozusagen aus dem Keller ins Erdgeschoss«, sagt er. »Das Haus ist in den Hang gebaut.«

Sie nickt und betritt hinter ihm ein großes, geräumiges Wohnzimmer mit einer riesigen Fensterfront und der gleichen atemberaubenden Aussicht über Port de Sóller, seine Bucht und das Meer, die sie eben schon genossen hat.

Eine sehr alte Frau sitzt an einem Tisch vor dem Fenster und löst Kreuzworträtsel.

»Guten Tag, Elena!«, ruft Christof lautstark auf Spanisch. Sie blickt auf und lächelt.

»Ja, der Christof!«, ruft sie zurück. »Hast du mir deine leckere Pizza gebracht?«

Dann sieht sie Magdalena an. »Christof bäckt die beste Pizza auf ganz Mallorca, musst du wissen, mein Kind.«

Sie scheint sich nicht über Magdalenas Anwesenheit zu wundern und fragt nicht, wer sie ist.

»Das stimmt nicht ganz«, widerspricht Christof, während er zu der Alten geht, um sie auf die Wange zu küssen. »Ich bewirte nur meine Gäste. Pizzabäcker ist Alfredo. Und ich habe leider keine Pizza dabei.«

»Nicht?«, ruft Elena. »Jetzt bin ich aber enttäuscht.« Dann

fliegt ein Lächeln über ihr Gesicht. »Aber ich freue mich auch so, dass du mich besuchen kommst.«

»Ich habe dir jemanden mitgebracht«, sagt Christof und deutet auf Magdalena.

Kopfschüttelnd sieht Elena ihn an. »Ich mag zwar alt sein, aber ich bin nicht senil. Ich weiß, dass du mir jemanden mitgebracht hast. Immerhin habe ich mich bereits mit der jungen Dame unterhalten.«

Magdalena tritt nun vor, um Elena die Hand zu schütteln. »Ich bin Magdalena«, sagt sie lächelnd.

»Und ich bin hier, weil man mir sagte, Sie seien die beste Freundin von Maria Lourdes Fuentes gewesen.«

»Das will ich meinen«, sagt Elena. Auf einmal schimmert es feucht in ihren Augen.

»Maria Lourdes hat mir ihr Haus vererbt«, stößt Magdalena hervor.

Elena beugt sich ein wenig vor und nimmt Magdalenas Gesicht zwischen ihre papiernen Hände. »Dann musst du Sophias Enkelin sein. Meine kleine Sophia, das kleine Mädchen. Wie geht es ihr?«

Magdalenas Herz hämmert nun so laut, dass sie das Gefühl hat, ein jeder im Raum müsse es hören. Woher kennt Elena Sophia? Die Sache wird immer merkwürdiger.

»Meiner Großmutter geht es gut«, sagt sie. »Sie kommt morgen ebenfalls auf die Insel. Aber ich ... Ich verstehe gar nichts mehr. Warum hat Maria Lourdes mir dieses Haus vererbt? Und woher kennen Sie meine Großmutter?«

Auf einmal verändert sich Elenas Blick, scheint in weite

Ferne zu schweifen. Eine innere Ferne, zu der sie ihr nicht folgen können.

»Er hätte das nicht tun dürfen«, flüstert sie. »Er hätte das einfach nicht tun dürfen.«

»Wer?«, fragt Magdalena atemlos. »Wer ist er? Und was hat er getan?«

Doch ihre Worte scheinen nicht mehr zu der Alten durchzudringen. »Es ist eine Schande, was er ihr angetan hat«, murmelt sie. »Daran ist sie zerbrochen. Nie wieder war sie danach dieselbe. Wenn sie das gewusst hätte, sie hätte doch niemals … Aber als sie es endlich erfuhr, war es zu spät. Viel zu spät.«

Ihre letzten Worte sind nur noch ein Flüstern, und sie scheinen die alte Frau alle Kraft zu kosten. Elena ist leichenblass und beginnt, schrecklich zu zittern.

Entsetzt starrt Magdalena sie an. Was hat sie nur getan?

Sie wirft einen Hilfe suchenden Blick zu Christof. Er springt auf, stürzt ins Treppenhaus und ruft einen Namen: »Joanna!«

Sofort ertönen eilige Schritte auf der Treppe, und gleich darauf steht eine kräftige, schnaufende und sehr mütterlich wirkende Spanierin vor ihnen. Sie nickt Christof und Magdalena nur kurz zu und wendet sich dann an Elena. »Was machen Sie denn für Sachen, Señora?«, schimpft sie.

Dann dreht sie sich doch noch einmal zu den Besuchern um. »Am besten lassen Sie uns nun allein«, sagt sie, und ihre Worte sind von einem freundlichen Lächeln begleitet.

»Ja«, flüstert Magdalena beklommen. »Ja natürlich.«

Kapitel 20

Maria Lourdes, Sóller 1907

»Ich bin so unfassbar aufgeregt. Und ich kann es gar nicht glauben, dass es nun endlich so weit ist.«

Es war der 3. Juni 1907, und Maria saß in ihrem Zimmer im Herrenhaus und blickte nervös in den Spiegel. Ihre treue Juanita war gerade dabei, sie zu frisieren – dann würden sie alle zusammen nach Palma fahren. Heute war der Tag: Die Bauarbeiten an der Eisenbahn zwischen Sóller und Palma sollten beginnen. Sie hatten es endlich, endlich geschafft, die Kämpfe hatten ein Ende.

»Du kannst wirklich stolz auf dich sein«, sagte Elena, die auf Marias Bett saß und ihrer Mutter dabei zusah, wie sie Marias lange, glänzende Locken bürstete. »Ohne dich gäbe es diese festliche Schienenverlegung heute nicht.«

Maria nickte. Zwar war sie viel zu bescheiden, um sich damit zu brüsten, aber ihre beste Freundin hatte recht. Sie war es, die dafür gekämpft hatte, die Ferragut energisch die Stirn geboten hatte, obgleich dieser sowohl sie als auch die

Investoren bedroht hatte, und die ganz nebenbei in den letzten zwei Jahren eine Manufaktur für Orangenmarmelade aufgebaut hatte.

Nachdem sie den Vertrag mit Señor Ricardo Valverde unterschrieben hatte, hatte Maria sich mit Feuereifer in die Produktion gestürzt. Da Köchin Estrella Protest gegen die Dauerbelegung ihrer Küche eingelegt hatte, hatte Maria sich mit Erlaubnis ihres Vaters im Wirtschaftsgebäude, das dem Bürotrakt gegenüberlag – gemeinsam mit dem Herrenhaus umschlossen die drei Gebäude den Hof – eine professionelle Marmeladenküche eingerichtet und mehrere Frauen aus dem Dorf angestellt, von denen sie wusste, dass diese hervorragende Köchinnen waren. Die Orangen für ihre Marmelade bezog Maria ausschließlich von der elterlichen Plantage, deren Erhalt und Pflege sie inzwischen allein durch ihre Gewinne sicherte. Die Plantage und ihr Zuhause aufzugeben, stand nicht mehr zur Debatte. Sie würden für immer in Sóller bleiben können.

Ihre Arbeiterinnen schälten und kochten die Orangen, vermengten die Zutaten, pürierten, füllten ab. Maria hatte von morgens bis abends alle Hände voll zu tun. Deshalb war sie froh, dass mit der Eisenbahn nun alles in rechten Bahnen verlief.

Juanita besah sich ihr Werk und nickte zufrieden. Sie hatte das Haar im Nacken zu einem lockeren Knoten geschlungen und sorgfältig festgesteckt. Es wirkte schick und ordentlich und gleichzeitig nicht zu streng und edel.

Wohlgefällig betrachtete Maria sich im Spiegel. Doch, ihr gefiel, was sie sah. Ihr Gesicht war schmal und zugleich fraulich, und Juanita hatte ihr das Haar so gekämmt, dass es von einzelnen Locken umspielt wurde. Sie trug ein elegantes Kleid aus cremefarbener Seide mit feinen Stickereien. Der Rock fiel in sanften Falten bis zu ihren Knöcheln, während eine bestickte Schärpe ihre Taille betonte.

»Du siehst zauberhaft aus«, sagte Elena, die, wie Maria fand, in ihrem weißen, ein wenig schlichteren, aber dennoch prachtvollen Kleid ebenfalls wunderschön war. Nachdem Elena sich vergewissert hatte, dass ihre Mutter außer Hörweite war, flüsterte sie: »Johann wird Augen machen.«

Maria lächelte. Zwei Jahre währte ihr Glück mit Johann nun schon. Wobei – das stimmte nicht ganz: Das letzte halbe Jahr war ihr Liebster in Deutschland gewesen, um dort an einem Projekt mitzuwirken. Sie hatte ihn unendlich vermisst. Doch jetzt, zum Baubeginn, war er zurückgekehrt, und heute würde sie ihn endlich wiedersehen. Die Zeit der Trennung war endgültig vorbei!

Sie ging davon aus, dass sie nun bald über ihre gemeinsame Zukunft sprechen und überlegen würden, wie sie Marias Vater von einer Heirat überzeugen konnten. Denn der Patriarch hatte in der letzten Zeit mehrfach angedeutet, dass es nun so langsam Zeit für Maria Lourdes war, sich zu vermählen, und in der Tat gab es eine Handvoll junger Männer, die aus ihrer Zuneigung für sie keinen Hehl machten und um sie warben – allen voran natürlich nach wie vor ihr Jugendfreund Alejandro. Doch Maria wollte keinen von ihnen. Sie wollte nur Johann. Doch diese Liebe hatte sie bisher geheim halten müssen. Fast zwei lange Jahre.

Sie lächelte ihrem Spiegelbild nochmals zu, dann ging

sie, gefolgt von Elena, eilig nach unten, wo ihre Eltern schon auf sie warteten. Ihr Vater blickte ihr strahlend entgegen.

»Wie wunderschön du aussiehst, meine kleine, große Maria«, sagte er. »Ich werde heute der stolzeste Mann von allen sein.« Wie sehr er sich verändert hatte, dachte sie wieder einmal. Er wusste ihre Hilfe im Unternehmen inzwischen sehr zu schätzen und betonte immer wieder, wie stolz er war, mit seiner Tochter Hand in Hand arbeiten zu können. Ganz im Gegensatz zu ihrer Mutter, die, wie Maria bemerkte, missbilligend die Lippen zusammenkniff. Scheinbar widerwillig brachte sie schließlich doch noch ein »Oh ja, sehr hübsch« heraus. Innerlich rollte Maria die Augen. Hatte es sie früher verletzt, dass ihre Mutter ihr nie etwas gönnen wollte und sich immer in Konkurrenz mit ihr zu fühlen schien, so ging es ihr mittlerweile nur noch auf die Nerven.

Diese war eine erwachsene Frau, die es nicht fertigbrachte, ihrer eigenen Tochter ihr Glück zu gönnen. Maria ignorierte die missbilligende Frau, lächelte stattdessen ihrem Vater strahlend zu, hakte sich bei ihm unter und durchschritt mit ihm die Eingangshalle, um in den sonnigen Morgen hinauszutreten. Die Kutsche, die sie nach Palma bringen sollte, wartete bereits, und die Familie stieg gemeinsam mit Elena ein.

»Bald müssen wir nicht mehr mit der Kutsche fahren, wenn wir nach Palma wollen«, sagte Maria aufgeregt. »Ich freue mich so.«

Nach etwa dreistündiger Fahrt erreichte die Kutsche Palma, wo sich bereits eine große Anzahl gut gekleideter Herrschaften versammelt hatte: Hochrangige Politiker, Ingenieure, Arbeiter und Schaulustige waren gekommen, um den feierlichen Start der Bauarbeiten zu zelebrieren und das erste Schienenstück symbolisch zu verlegen.

Maria sah Antonio Maura y Montaner, die Bürgermeister von Palma und von Sóller und auch Johanns Kollegen Pedro Garau, einen der leitenden Ingenieure des Projekts. Nur Johann entdeckte sie nicht. In ihrem Magen machte sich ein unangenehmes Gefühl breit – konnte es sein, dass er nicht gekommen war? Das würde er sich doch nicht entgehen lassen. Oder war er noch gar nicht aus Deutschland zurückgekehrt? Sie hatte so lange nichts von ihm gehört!

Doch in diesem Moment hörte sie eine vertraute warme Stimme hinter sich. Eine *geliebte* Stimme.

»Señora y Señor Sánchez. Maria. Elena.«

Sie fuhr herum. Strahlte. Da stand er. Ihr Johann, und er erwiderte ihr Lächeln, küsste ihre Hand – Maria stutzte. In seinem Blick lag so etwas wie eine leise Ablehnung. Wie konnte das sein? Bestimmt bildete sie es sich nur ein, und es lag nur daran, dass er sich bemühte, seine Gefühle für sie vor ihren Eltern nicht zu zeigen. Sicher freute er sich doch ebenso wie sie auf diesen Moment.

Sie war beinah erleichtert, als der Bürgermeister auf sie zueilte, um sie zu begrüßen. Und dann begannen auch schon die Reden. Antonio Maura y Montaner, inzwischen wieder Ministerpräsident, sprach als Erster: »Meine sehr verehrten Damen und Herren, was ist das für ein Tag, was ist das für ein Ereignis! Heute errichten wir nicht nur eine Eisenbahnstrecke, sondern eine Brücke zwischen den Regionen Mallorcas, die über viele Generationen hinweg Bestand haben soll und Sóller und der ganzen Region eine vollkommen neue Bedeutung zukommen lassen wird.« Jubel folgte seinen Worten.

Nun ergriff der Bürgermeister von Palma das Wort. Er redete mit Leidenschaft über die Hoffnungen der Bevölkerung auf eine neue Ära des Handels und der Mobilität. Nach dem Bürgermeister sprachen Estades und Morell, und schließlich kam Johann an die Reihe. Magdalena platzte fast vor Stolz, als er an das kleine Rednerpult trat und begann, über die technischen Herausforderungen zu sprechen, die die Arbeit mit sich bringen würde.

»Es wird ganz sicher nicht einfach werden«, rief er besonders den Arbeitern zu, die im besten Sonntagsstaat in Reih und Glied standen und seinen Worten andächtig lauschten. »Aber ich kann Ihnen versichern, es lohnt sich. Und wer, wenn nicht wir«, dabei sah er sie direkt an, und ein Lächeln zog über sein Gesicht, als er endete: »Wer, wenn nicht wir, wird es schaffen?«

Jubel und Applaus folgten seinen Worten. Da wandte er sich ihr erneut zu und sagte: »Und nun möchte ich noch der Frau danken, ohne die wir hier nicht stünden. Ohne ihren eisernen Willen und ihren Mut wären wir nie so weit gekommen. Maria Lourdes Sánchez!«

Es folgte tosender Beifall, und auf Johanns Zeichen trat Maria nach kurzem Zögern näher und stieg zu ihm auf das Podest.

Strahlend sah sie in die Menge.

»Meine Damen und Herren«, begann sie mit fester Stimme, »es ist mir eine große Ehre, heute hier vor Ihnen stehen zu dürfen. Doch dieser Moment gehört nicht mir allein. Wenn wir heute hier stehen, dann nur, weil es viele Menschen gab, die an diesen Traum geglaubt haben – auch dann, als es schien, als sei alles verloren.«

Ihr Blick wanderte über die versammelten Gäste und suchte nach den vertrauten Gesichtern, die in den letzten Monaten so wichtig für sie geworden waren.

»Zuerst möchte ich meinem Vater danken, Señor Sánchez«, sagte sie, während sie ihm einen warmen Blick zuwarf. »Er hat sein ganzes Leben dieser Plantage und unserer Familie gewidmet. Und auch wenn er zunächst gezweifelt hat, ob eine Frau wie ich sich in die Geschäfte der Männer einmischen sollte, hat er mir letztendlich vertraut und den Rücken gestärkt. Er hat mir die Freiheit gegeben, meinen eigenen Weg zu gehen, und das werde ich ihm niemals vergessen.«

Applaus erklang, während der Vater ihr mit ernster Miene zunickte. In seinen Augen blitzte Stolz. Maria dankte auch Johann, Señor Estades, Señor Morell und ihrer treuen Wegbegleiterin Elena, dann spielte das Orchester, während der Ministerpräsident, die Bürgermeister von Palma und Sóller, Morell, Estades und Johann die ersten Spatenstiche taten und sogar noch ein symbolisches Schienenstück verlegten. Die Menschenmenge jubelte, als der erste Eisenbolzen mit einem goldenen Hammer eingeschlagen wurde. Es war Johann, der den Hammer hob, und als der Schlag das Metall traf, hallte das Geräusch weit über die Menge hinweg – ein symbolischer Startschuss für das ehrgeizige Projekt.

Jetzt, dachte Maria glücklich, würde endlich alles gut

werden. Sie hatten es geschafft. Und sie konnte es kaum erwarten, mit Johann allein zu sein.

Kapitel 21

Magdalena, Port de Sóller 1978

»Es tut mir so leid, dass Elena sich meinetwegen so aufgeregt hat«, sagt Magdalena bedrückt, als sie Seite an Seite mit Christof die Stufen wieder hinuntersteigt. »Ich habe ein ganz schlechtes Gewissen.«

»Das musst du nicht«, versichert Christof beruhigend. »Du konntest doch nicht wissen, dass dein Besuch sie so aufwühlen wird.«

»Stimmt«, bestätigt sie. »Aber wer ist der Mann, über den sie sich so aufgeregt hat? Und was hat er Maria angetan? Ob das mit dem zusammenhängt, was ich gerade erlebe?«

»Das kann ich dir leider nicht beantworten«, sagt Christof. »Aber mir fällt gerade etwas ein.«

»Und was?«

»In Sóller gibt es ein Archiv, in dem du vielleicht etwas mehr über Maria herausfinden könntest.«

»Das ist eine gute Idee. Kommst du mit?«

Doch Christof schüttelt bedauernd den Kopf. »Ich würde

dir wirklich gern helfen«, sagt er. »Aber es ist bald Mittag. Ich muss ins Restaurant.«

»Hab ich mir schon fast gedacht«, erwidert Magdalena. »Dann nutze ich mal die Gelegenheit, um mit der Straßenbahn zu fahren.«

Inzwischen sind sie wieder an der Uferpromenade angelangt, wo gerade die kleine Holzbahn zum Stehen gekommen ist.

»Lieber Himmel«, murmelt Magdalena, als sie sieht, wie voll das Verkehrsmittel ist. »Ich glaube, ich nehme die nächste.«

Doch Christof winkt ab. »Die sind immer so voll«, sagt er. »Und dabei unglaublich teuer. Ich kann dir nur raten: Fahr mit.«

Die Bahn macht Anstalten weiterzufahren, und Magdalena springt schnell auf. Dann fällt ihr noch etwas ein. Sie ruft: »Wo ist das Archiv?«

»Im Museu de Sóller in der Calle de Sa Mar.«

»Danke!« Sie winkt. »Bis heute Abend!«

Magdalena hat zwar keinen der hölzernen Sitzplätze ergattert, doch dafür steht sie auf einer der Plattformen und genießt den Fahrtwind. Es geht durch herrliche Orangenhaine, vorbei an liebevoll gepflegten Häusern. Ja, sie ist wirklich im Paradies gelandet!

Eine Schaffnerin in Uniform geht herum und verkauft Fahrscheine. Ihre Kasse, die sie um den Bauch trägt, sieht genauso altmodisch aus wie der Zug.

Schließlich erreichen sie Sóller. Zuerst hält die kleine Bahn an einer Straße, an der die große Piazza gelegen ist, auf der auch die Kathedrale steht, doch Magdalena, die am Vortag gesehen hat, dass die Straßenbahn bis zum Bahnhof fährt, überquert noch die Piazza. Die Bahn fährt mitten durch ein Straßencafé, wo kleine Kinder begeistert winken. Lächelnd winkt Magdalena zurück.

Sie tritt an der Endhaltestelle hinaus in das warme Sonnenlicht von Sóller und fragt Passanten nach dem Weg. Kurz darauf hat sie das Archiv erreicht.

Sie öffnet die Tür, steigt die knarrenden Holzstufen hinauf, erreicht eine weitere schwere Doppeltür aus dunklem Holz und klopft an.

»*Adelante!*«, erklingt eine tiefe Stimme von innen und bittet sie damit hinein. Sie öffnet die Tür und betritt einen großen kühlen Raum, der bis zur Decke mit alten Büchern, Akten und gerahmten historischen Fotografien gesäumt ist. Die Luft riecht nach Papier, Staub und Geschichte. Hölzerne Regale reihen sich aneinander, und in der Mitte des Raumes steht ein langer Holztisch mit mehreren Stühlen.

Hinter einem hohen antiken Schreibtisch sitzt ein Mann, vielleicht Ende fünfzig, mit schlohweißem Haar, einer halbrunden Brille und einem ordentlichen beigefarbenen Leinenhemd. Er mustert Magdalena neugierig, und sie hat das Gefühl, dass nicht oft jemand hierherkommt.

Magdalena tritt näher. »Guten Tag. Mein Name ist Magdalena Lechner. Ich suche Informationen über eine gewisse Maria Lourdes Fuentes. Sie lebte hier in Sóller und war wohl in den Eisenbahnbau involviert. Und …«

Über das Gesicht des Archivars zieht ein wissender Ausdruck.

»Maria Lourdes Fuentes«, wiederholt er langsam. Dann setzt er seine Brille ab und sieht sie durchdringend an. »Dieser Name ist mir nicht unbekannt. Tatsächlich gab es vor vielen Jahrzehnten eine Kontroverse um eine Frau, die so hieß.«

Magdalenas Herz schlägt schneller. »Könnten Sie mir dazu etwas zeigen? Vielleicht alte Zeitungsartikel?«

Er nickt und steht auf. »Ich sehe nach. Setzen Sie sich, Señorita Lechner.« Er verschwindet zwischen den hohen Regalen, zieht eine Leiter heran und klettert behände nach oben. Magdalena beobachtet ihn gespannt, während er eine schwere Kiste aus einem der oberen Fächer hebt. Er bringt sie zum Tisch, bläst eine kleine Staubwolke vom Deckel, öffnet sie und reicht Magdalena vorsichtig das oberste Blatt.

Magdalena nimmt das dünne Papier entgegen und liest:

Skandal um die Eisenbahn von Sóller – Drohungen gegen Investoren!

Sóller, 3. Juli 1907 – *In den letzten Monaten ist es zu mehreren Vorfällen gekommen, die mit dem geplanten Bau der Eisenbahnlinie zwischen Palma und Sóller in Verbindung stehen. Berichten zufolge wurden zahlreiche Investoren unter Druck gesetzt, ihr Engagement zurückzuziehen. Eine besonders mutige Unternehmerin, Maria Lourdes Sánchez, hat sich gegen alle Widrigkeiten dafür eingesetzt, das Projekt zu finanzieren – unter anderem mit dem Erlös ihrer eigenen Orangenmarmelade-Produktion.*

Magdalena lässt das Schreiben sinken. Eine Orangenmarmelade-Produktion! Deshalb also das Rezept. Ihr Herz rast. Sie ist der Lösung des Rätsels ein Stück näher gekommen. Dann liest sie weiter.

Doch nun wurde bekannt, dass Unbekannte versuchten, sie zum Schweigen zu bringen. Ihre Lieferungen wurden sabotiert, und sie erhielt Drohbriefe. Die Identität der Drahtzieher bleibt unklar, doch es gibt Gerüchte, dass einflussreiche Männer aus Palma hinter den Drohungen stecken.

Maria Lourdes Sánchez selbst blieb trotz alledem standhaft: »Ich werde mich nicht einschüchtern lassen. Die Eisenbahn wird gebaut – und niemand kann das verhindern!«

Magdalena blickt auf. »Sánchez?«, fragt sie.

»Ja«, erklärt der Archivar. »Das war ihr Mädchenname.«

»Das dachte ich mir«, sagt Magdalena und fügt dann hinzu: »Das ist unglaublich … Sie wurde bedroht.«

Sie spürt, wie sich eine neue Entschlossenheit in ihr regt. Maria Lourdes hat sich nicht einschüchtern lassen – und sie wird es auch nicht tun!

Kapitel 22

Maria Lourdes, Sóller 1907

Maria Lourdes betrat die Marmeladenküche, als die Dämmerung sich bereits über das Land legte. Wieder einmal war die Luft erfüllt vom süßen, frischen Duft der Orangen, und der Dampf der letzten Kochvorgänge hing noch schwer im Raum. Die großen, blank geputzten Kupferkessel glänzten im warmen Licht der Laternen, die an den Wänden hingen. Die alten Holzbalken knarrten leise, als Maria sich in dem Raum bewegte. Sie war bedrückt. Und wütend. Nachdem Ferragut lange nichts von sich hatte hören lassen, schlug er nun wieder zu.

Zahlreiche Investoren hatten in den letzten Monaten anonyme Drohungen erhalten, und gegen sie ging ihr Widersacher besonders heftig vor: Es hatte einen Unfall gegeben, bei dem 2.000 Marmeladengläser zu Bruch gegangen waren. Die Untersuchungen der Polizei hatten ergeben, dass die Räder der Kutsche sabotiert worden waren. Maria hatte gemeinsam mit den Investoren Anzeige erstattet. Sie würde sich nicht unterkriegen lassen.

Das war jedoch nicht ihr größtes Problem: Johann war seit seiner Rückkehr aus Deutschland vollkommen anders und wich ihr ganz offensichtlich aus. Es schmerzte sie, und sie verstand sein Verhalten nicht. Er redete nicht mit ihr.

Seufzend sah sie sich in ihrer Küche um. Die Arbeiterinnen waren bereits heimgegangen, ihre Stimmen und das geschäftige Klappern der Löffel und Kellen verklungen. Die langen Holztische waren gesäubert, doch die Reihen mit frisch abgefüllten Marmeladengläsern standen noch bereit. Die goldene Masse schimmerte träge in den Gläsern, während sie langsam auskühlte. Maria atmete tief ein und ließ die Ruhe auf sich wirken. Es tat ihr gut, hier zu sein. Ihre rasenden Gedanken wurden langsamer, ihre Sorgen verflüchtigten sich. Hier war sie zu Hause. Sie holte das Orangenblütenextrakt aus dem immer verschlossenen Schrank, zu dem nur sie den Schlüssel besaß, öffnete den Deckel, und das vertraute Aroma stieg ihr in die Nase. Ihre Geheimzutat.

Ein Geräusch an der Tür ließ sie aufhorchen. Ihr Herz hämmerte. Ein leises Knarren, ein Schatten. Die Ereignisse der letzten Tage steckten ihr noch in den Knochen. Ihr Nervenkostüm war dünn, und sie war schreckhafter geworden. Doch dann erkannte sie, wer die Tür geöffnet hatte, und atmete erleichtert aus, während sich zugleich ihr Herzschlag beschleunigte.

Johann.

Er stand im Türrahmen, die Arme verschränkt, seine

blauen Augen auf sie gerichtet. Sein Gesichtsausdruck war ernst, distanziert.

»Du hast mich erschreckt«, sagte Maria und zwang sich zu einem Lächeln, während sie das Fläschchen wieder zuschraubte.

»Es tut mir leid«, erwiderte Johann, doch seine Stimme klang müde. Er trat einen Schritt näher.

Maria sah ihm in die Augen. »Seit du aus Deutschland zurück bist, benimmst du dich … anders.«

Er wandte sich von ihr ab, fuhr sich mit einer Hand durchs Haar. »Ich habe viel nachzudenken.«

»Worüber?«, fragte Maria Lourdes. »Warum sprichst du nicht mit mir? Wir waren uns doch einmal so nah.«

Johann atmete tief durch. »Es ist nicht so einfach, Maria.«

Sie trat näher, berührte sanft seinen Arm. »Lass mich dir helfen.«

Er wich ihrer Berührung aus. »Vielleicht ist es besser, wenn du das nicht tust.«

Warum war er so kalt? So abweisend?

Es verletzte sie, dass er sie derart harsch zurückwies. Und zugleich weckte es ihren Kampfgeist. Sie hatte den Bau einer Eisenbahnstrecke erreicht und eine Marmeladenmanufaktur aus dem Boden gestampft, mit der sie nicht nur ihre Ernte gerettet, sondern zusätzlich einigen Frauen aus dem Ort einen Arbeitsplatz geschaffen hatte. Sie würde den Mann, den sie liebte, nicht so einfach aufgeben. Johann bedeutete ihr alles.

Sie wollte, sie *würde* ihn nicht verlieren. Nicht nach allem, was sie geteilt hatten.

»Johann … Was ist in Deutschland passiert?«, flüsterte sie.

Er sah sie kurz an, und in seinen Augen lag etwas, das sie nicht verstand. Ein Schatten. Ein Zögern. Er öffnete den Mund, wollte etwas sagen, doch dann schloss er ihn wieder und schüttelte den Kopf. »Du würdest es nicht verstehen.«

»Dann hilf mir dabei«, flüsterte sie. »Erkläre es mir.«

Johann wollte sich abwenden, doch sie legte eine Hand an seine Wange.

»Ich liebe dich, Johann.«

Er erstarrte. Doch dann war es, als würde eine unsichtbare Kraft in ihm nachgeben. Mit einem leisen Seufzen legte er seine Stirn an ihre. »Maria …«

Sie wusste nicht, wer sich zuerst bewegte, doch plötzlich waren ihre Lippen auf seinen, ihre Hände in seinem Haar, seine Arme um ihre Taille. Die Luft zwischen ihnen war elektrisch geladen, ihre Körper fanden wie von selbst zusammen.

Er hob sie hoch, trug sie auf die kühle Holzbank an der Wand, öffnete die Knöpfe ihres Kleides. Die Angst, die Distanz – sie verschmolzen zu etwas anderem, etwas Dringendem, Echtem.

In dieser Nacht gehörten sie einander ganz.

Kapitel 23

Magdalena, Sóller 1978

Magdalena blinzelt, als sie aus der staubigen Dunkelheit des Archivs hinaus ins gleißende Sonnenlicht tritt. In ihrem Kopf überschlagen sich die Gedanken. Ihr Besuch im Archiv war erhellend – und gleichzeitig hat er so viel mehr Fragen in ihr aufgeworfen. Ein Blick auf die Uhr sagt ihr, dass erst früher Nachmittag ist. Es wird noch eine Weile dauern, bis Javier zurückkehrt. Zeit, die sie nutzen kann.

Einem Impuls folgend nimmt sie den Weg zur Orangenplantage und dem Herrenhaus, ihrem Erbe. Als sie dort ankommt, erlebt sie eine Überraschung: Im Gegensatz zum Vorabend liegt die Plantage nicht verwaist da, sondern gleich mehrere Autos parken vor dem Haus, und auf dem Hof laufen Männer mit Schubkarren herum, in denen sich Orangen häufen. »Entschuldigung?«, spricht sie einen der Herren an. »Was machen Sie hier?«

Verwundert blickt er sie an. »Unsere Arbeit, Señorita«, erklärt er.

»Und was ist Ihre Arbeit?«

»Das sehen Sie doch. Orangen pflücken. Und was machen *Sie* hier?«

»Ich …«, sie deutet ein wenig hilflos auf das mittlere der drei Gebäude. »Ich habe dieses Haus geerbt.«

Verblüfft stellt der Mann die Schubkarre ab. »Donnerwetter«, sagt er. »Das ist ja was! Dann passiert jetzt endlich was mit dem alten Kasten. Was wollen Sie damit machen? Hier wohnen? Ein Hotel?«

»Ich … weiß nicht«, sagt Magdalena hilflos. »Aber, bitte entschuldigen Sie, wenn ich so penetrant frage, was *genau* machen Sie hier? Ich dachte, all das hier«, sie macht eine ausholende Geste, »ich dachte, all das hier gehört zum Herrenhaus?«

Der Mann nickt. »Tut es auch«, bestätigt er. »Aber bewirtschaftet wird die Plantage schon lange von meinem Chef. Die Fuentes hatten ja keine Kinder.«

Keine Nachkommen. Sie nickt.

»Wieso haben Sie das Haus denn geerbt?«, erkundigt sich der Mann nun neugierig.

»Das weiß ich auch nicht so genau«, erwidert Magdalena. Der Arbeiter starrt sie an, und ein unangenehmes Gefühl macht sich in ihrem Magen breit. Sie fühlt sich wie eine Hochstaplerin.

»Sie sprechen besser mit unserem Boss«, sagt der Mann. »Kommen Sie.« Seine Freundlichkeit ist wie weggeblasen. Er steuert mit Magdalena auf das Nebengebäude zu, klopft an und tritt ein.

Ein Herr mit schwarzem Haar, durch das sich weiße Fäden ziehen, blickt auf und runzelt die Stirn. Es ist offensichtlich, dass ihm die Störung nicht behagt. Er sagt einige Worte auf … Spanisch? Der Klang ist ähnlich, aber nein, sie versteht es nicht. Kein Wort. Ihr Unbehagen steigt. Während sie sprechen, blickt der Graumelierte immer wieder zu ihr herüber und nickt schwer. Dann trollt der Arbeiter sich, und der Mann hinter dem Schreibtisch deutet auf den Stuhl.

»Bitte, Señorita«, sagt er auf Englisch. »Nehmen Sie Platz.«

Magdalena tut, wie ihr geheißen. »Ich bin Magdalena Lechner«, stellt sie sich vor. »Und wir können auch Spanisch sprechen. Eigentlich verstehe ich Spanisch recht gut. Aber ich muss gestehen, Ihrem Gespräch eben konnte ich nicht folgen«, gibt sie ehrlich zu.

Der Mann lacht erstmals, und Magdalena beobachtet, dass viele feine Fältchen sein Gesicht durchziehen.

»Das war Katalanisch«, sagt er. »Viele Mallorquiner sprechen Katalanisch. Und ich bin übrigens Emanuel Garcia. Ich bewirtschafte diese Plantage.«

»Freut mich«, erwidert sie. »Und mit Katalanisch kann ich nicht dienen.«

»Dann lassen Sie es uns gern mit Spanisch probieren. Mein Arbeiter sagte mir, Sie hätten behauptet, die Erbin der Fuentes zu sein.«

»Ja.« Magdalena zwingt sich, ihren Blick nicht abzuwenden. Sie hat fast das Gefühl, als müsste sie sich dafür schämen!

»Nun«, sagt Garcia, »das ist überraschend. Können Sie das belegen?« Er fügt hinzu: »Bitte entschuldigen Sie, wenn ich so misstrauisch bin. Sie wirken nicht wie eine Verbrecherin. Aber da könnte ja jeder kommen.«

»Ich habe natürlich das Testament, allerdings liegt das im Hotel im Safe. Aber ich befinde mich im Besitz des Haustürschlüssels.« Sie zieht ihn hervor. »Soll ich Ihnen beweisen, dass er passt?«

»Nein«, sagt Garcia. »Ich glaube Ihnen. Und Sie wollen ja auch gar nichts von mir, könnten also auch keinen Schaden anrichten.«

»Das ist richtig. Um ehrlich zu sein, wusste ich nicht einmal von Ihnen«, sagt Magdalena, und ihr entschlüpft ein albernes Lachen. »Und neben dem Haus habe ich auch noch ein Marmeladenrezept geerbt.«

Garcia lächelt. »Nun, zumindest bei der Lösung dieses Rätsels kann ich vielleicht helfen.«

Er zieht die Schreibtischschublade auf und holt einen Schlüssel heraus.

»Kommen Sie.« Garcia geht zur Eingangstür, überquert den Hof und steuert auf das gegenüberliegende Gebäude zu. Die Tür knarrt, als er sie öffnet. Magdalena hält den Atem an. Was wird er ihr zeigen?

»Bitte entschuldigen Sie.« Garcia geht an ihr vorbei, öffnet die Fenster und dann die verschlossenen Fensterläden. Licht und Luft fluten ins staubige Dunkel. Und dann schnappt Magdalena nach Luft.

Vor ihr erstreckt sich eine noch immer vollständig eingerichtete Marmeladenküche – und sie wirkt wie aus der Zeit gefallen.

Große Kupferkessel hängen an der Wand, die Arbeitsflächen sind aus dunklem Holz, glatt poliert, aber mit Spuren jahrzehntelanger Benutzung. Regale voller verstaubter Einmachgläser reihen sich an den Wänden aneinander, einige noch gefüllt mit einer dunklen, fast schwarzen Substanz. In der Ecke steht ein riesiger gusseiserner Herd, dessen Oberfläche mit Ruß bedeckt ist. Ein schwerer Holztisch mit tiefen Kerben nimmt die Mitte des Raumes ein.

Magdalena geht langsam hinein, ihr Herz schlägt schneller.

Sie berührt einen der großen Kessel. Sie kann sich vorstellen, wie Maria Lourdes hier gestanden hat, das Feuer unter den Kesseln lodernd, der Duft von Orangen und Zucker in der Luft.

Dann dreht sie sich zu Garcia um, der am Eingang stehen geblieben ist und sie beobachtet.

»Danke, dass Sie mir das gezeigt haben«, sagt sie. »Das ist … wie eine Zeitkapsel.«

Garcia sieht sie nachdenklich an. »Ja«, sagt er. »Es ist ganz merkwürdig. Irgendwie sehen Sie so aus, als gehörten Sie hierher.«

Plötzlich entsteht ein Bild vor Magdalenas innerem Auge. Keines, das sie in die Vergangenheit führt, wie es so oft in den letzten Tagen der Fall war. Nein, dieses Bild weist in die Zukunft. Sie sieht sich selbst, wie sie in dieser wunderbaren Küche steht, die sie wieder zum Leben erweckt hat, und Orangenmarmelade kocht. Doch nicht nur Marmelade, eine ganze Reihe an Orangenspezialitäten entstehen hier, während im Hof Gäste sitzen, die sie mit ihren Leckereien bewirtet. Ein Lächeln huscht über ihr Gesicht.

»Danke, Señor Garcia«, sagt sie.

Er erwidert ihr Lächeln. »Es war mir eine Freude, Señorita«, versichert er. »Ich muss nun wieder an die Arbeit gehen – und Sie wollen sicher noch ins Haus?«

Magdalena wirft einen Blick auf ihre Armbanduhr, dann schüttelt sie den Kopf. »Nein«, sagt sie. »Nein, ich glaube, das verschiebe ich auf ein andermal.«

Es ist schon früher Nachmittag, und sie hofft, dass Javier bald zurückkehren wird. Beim Gedanken an ihn beschleicht sie ein unangenehmes Gefühl: Den ganzen Tag über ist es ihr gelungen, die Erinnerung an den anonymen Anruf und ihre darauffolgenden Sorgen von sich zu schieben. Doch jetzt packt die Unsicherheit sie wieder mit voller Wucht. Sie muss so schnell wie möglich versuchen, sie loszuwerden.

»Wo wohnen Sie?«, will Garcia wissen.

»Ich habe mir in Port de Sóller ein Hotel gebucht.«

Er nickt. »Eine gute Entscheidung. Ich empfehle Ihnen, zu Fuß zu gehen. Auf dem Trockenmauerweg.«

»Trockenmauerweg?«

»Ja«, bekräftigt er. »So etwas Schönes haben Sie noch nicht gesehen. Der Weg ist einfach wundervoll! Er führt Sie durch silbrig schimmernde Olivenhaine entlang der mallorquinischen Trockenmauern – oder *marges,* wie sie auf Katalanisch genannt werden –, die der Landschaft eine bezaubernde Schönheit verleihen.«

Magdalena muss sich ein Lachen verkneifen. Das klingt wie aus einem Werbeprospekt, und in der Tat sind die Trockenmauern offenbar ein Thema, für das sich der Spanier besonders begeistert, denn er fährt nun fort: »Es handelt sich um eine der ältesten und charakteristischsten Bautechniken der Insel«, erklärt er. »Sie bestehen aus sorgfältig geschichteten Steinen und brauchen weder Mörtel noch Zement, um zusammenzuhalten. Sie gehen auf prähistorische Zeiten zurück, und die Technik wurde während der maurischen Herrschaft, also vom zehnten bis zum dreizehnten Jahrhundert, auf Mallorca perfektioniert.«

»Aber warum?«, fragt Magdalena. »Was hat es für einen Sinn, Mauern in die Natur zu bauen?«

Garcia scheint sich über ihr Interesse zu freuen. »Die *marges* wurden errichtet, um die steilen Hänge der Tramuntana in Terrassen zu gliedern und so den Anbau von Oliven, Mandeln und anderen Feldfrüchten zu ermöglichen. Auch für den Orangenbau waren die Trockenmauern ausgesprochen wichtig.«

»Dann wandle ich sozusagen durch die Kulturgeschichte«, bilanziert Magdalena und verabschiedet sich. »Vielen Dank für diese wertvolle Empfehlung. Ich bin gespannt, was mich erwartet.«

Kapitel 24

Maria Lourdes, Sóller 1907

Noch bevor die ersten Sonnenstrahlen das Herrenhaus in goldenes Licht tauchten, war Maria hellwach. Sie stand auf, öffnete die Fensterläden und hob ihr Gesicht der kühlen Brise entgegen, die ins Zimmer strömte. Sie hatte kaum geschlafen, stattdessen die Decke umklammert und ins Dunkel gestarrt. Johann war ihr nach jener gemeinsamen Nacht aus dem Weg gegangen, hatte sie ignoriert und so getan, als sei nichts geschehen.

Wie weh das tat. Er behandelte sie, als sei sie unsichtbar. Dabei waren sie sich nah gewesen, so nah. Sie hatte gespürt, wie sehr er sie begehrte, wie sehr er sie liebte. Sie hatte sich ihm geschenkt, und nun …

Verzweifelt starrte sie in die Dunkelheit hinaus.

»Er hat viel zu tun«, tröstete Elena, als sie später, bevor die Arbeiterinnen kamen, in der Marmeladenküche beisammensaßen, um eine Tasse Tee zu trinken. »Das ganze Projekt liegt in seinen Händen. Er trägt die Verantwortung für alles Technische – für jedes Fundament, jede Maschine … und auch für die Männer, die ihm anvertraut sind. Jetzt, wo der Bau begonnen hat, ist er mehr gefordert als je zuvor.«

Maria rührte mechanisch einen Löffel Zucker in ihren Tee. Sie hoffte, dass Elena recht hatte, doch etwas in ihrem Inneren sagte ihr, dass es nicht so war. Johann hatte immer viel zu tun gehabt. Und dennoch hatte er früher Zeit für sie gefunden. Bevor er zurück nach Deutschland gegangen war. Man nahm sich Zeit für die Dinge, die einem wichtig waren.

»Aber das bedeutet doch nicht, dass er mich meiden muss«, murmelte sie daher. »Zumal ich Teil des Projekts bin. Ohne mich gäbe es all das nicht. Das hat er immer gesagt.« Mit Macht kämpfte sie gegen die aufsteigenden Tränen an.

Elena legte eine Hand auf ihren Arm. »Vielleicht braucht er Zeit. Geh zu ihm, Maria. Bring ihm etwas zu essen. Auf der Baustelle nehmen die Männer kaum eine richtige Mahlzeit zu sich.«

Maria sah auf. »Ein Picknick?«

»Ja, genau. Eine Überraschung.« Elena lächelte. »Pack ihm seine Lieblingsspeisen ein. Und mach dich hübsch – ein wenig weibliche Schönheit wird dort draußen sicher gut aufgenommen.«

Maria spürte, wie sich Hoffnung in ihr regte. Vielleicht hatte Johann wirklich nur zu viel um die Ohren.

»Gute Idee.« Sie sprang auf und küsste ihre Freundin auf die Wange. »Ich mache mich gleich auf den Weg.«

»Du willst die Marmeladenküche allein lassen?«, vergewisserte sich Elena. »Das hast du noch nie getan.«

»Die Arbeiterinnen wissen, was sie zu tun haben. Und du bist ja hier und kannst für Ordnung sorgen.«

»Gut.«

»Sagst du der Köchin, sie soll mir einen Picknickkorb zusammenpacken?«

»Mach ich.« Elena lächelte ihr zu. »Du tust das Richtige.«

Maria überquerte den Hof, dann die Diele des Herrenhauses und eilte nach oben. In ihrem Zimmer angekommen, zog sie ihr schönstes Tageskleid an – ein hellblaues leichtes Gewand aus Leinen, das am Saum mit weißen Stickereien verziert war. Es umspielte ihre Taille und betonte ihre schmale Figur. Ihr Haar flocht sie zu einem lockeren Zopf und befestigte ihn mit einer blauen Schleife, die zu ihrem Kleid passte. Ein Hauch von Orangenwasser auf ihrem Hals war der letzte Schliff.

Gleich darauf eilte sie, ein wenig atemlos, wieder nach unten in die Küche, die die Köchin jetzt, wo sie mit ihrer Marmeladenküche ins Nebengebäude umgezogen war, wieder für sich hatte. Die kräftige Frau lächelte ihr freundlich entgegen. »Señorita«, sagte sie. »Ich habe Ihren Korb schon fertig.«

In ihrer Stimme schwang eine Frage mit, doch Maria lächelte nur. »Danke«, sagte sie und hob den Deckel, um hineinzulinsen. Sie nickte zufrieden. Frisches dunkles Brot mit einer knusprigen Kruste, hart gekochte Eier, in Salz und Kräutern gewälzt, ein Stück Manchegokäse, sorgfältig in ein Tuch gewickelt, luftgetrocknete Chorizo, in dünne Scheiben geschnitten, eine kleine Karaffe mit Rotwein und natürlich zwei Gläser ihrer besten Orangenmarmelade.

»Danke, das sieht köstlich aus«, sagte sie, griff nach dem Korb und war schon aus dem Haus.

Maria folgte dem Weg entlang der bereits verlegten Gleise, die sich wie ein silbernes Band durch das Land zogen. Die Eisenbahnschienen glänzten im Sonnenlicht, noch frisch und unbenutzt. Staub wirbelte auf, als sie darüber hinwegging, und ihre Füße hinterließen Spuren auf dem trockenen Boden.

Plötzlich wurde sie von einem heftigen Glücksgefühl und unbändigem Stolz überflutet. Das alles war ihr Werk. Jetzt hatte sie nicht mehr den geringsten Zweifel, dass alles gut werden würde. Sie ließ ihren Blick über Olivenhaine und Orangenplantagen schweifen, das Meer schimmerte fern am Horizont.

Als sie sich der Baustelle näherte, wurde die Luft schwerer. Der Geruch von heißem Metall, Schweiß und Maschinenöl drang in ihre Nase. Männer in Leinenhemden und Strohhüten schleppten schwere Holzbalken, andere hämmerten eiserne Bolzen in die Schienen. Pferdekarren transportierten Material, während Ingenieure mit gerunzelter Stirn Baupläne studierten.

Maria blieb einen Moment stehen und beobachtete das geschäftige Treiben. So viele Menschen, die sich für dieses große Projekt abmühten – und doch suchten ihre Augen nur nach einem Einzigen. Und da war er.

Johann stand an einem der höheren Gerüste, sein Hemd staubig, die Ärmel hochgekrempelt. Er sprach mit zwei anderen Männern und zeigte mit ernster Miene auf eine Karte, die sie auf einem Fass ausgebreitet hatten. Sein Gesicht war konzentriert, die Kiefermuskeln angespannt.

Maria trat näher und wartete, bis er sie bemerkte.

Als er schließlich aufsah, war es für den Bruchteil einer Sekunde, als würde er sie nicht erkennen. Sein Blick wanderte von ihrem Gesicht zu dem Picknickkorb, dann wieder zu ihr. Sie erwartete ein Lächeln – doch es blieb aus.

»Maria«, sagte er schließlich und trat ein Stück von den Männern weg. »Was machst du hier?« Er wirkte unangenehm berührt.

»Ich dachte, du würdest dich über eine kleine Pause freuen.« Sie zwang sich zu einem Lächeln und hob den Korb leicht an. »Ich habe dein Lieblingsbrot mitgebracht. Und Marmelade.«

Johann warf einen schnellen Blick über die Schulter, dann schüttelte er den Kopf. »Das ist … lieb von dir, Maria. Aber ich kann jetzt nicht.«

Sie runzelte die Stirn. »Nicht mal für ein paar Minuten?«

Er seufzte und wischte sich mit dem Handrücken über die Stirn. »Es tut mir leid, wirklich. Aber wir haben ein Problem mit den Fundamenten dort drüben. Wenn wir das nicht sofort lösen, verzögert sich der gesamte Bau.«

Maria fühlte, wie ihre Brust sich zusammenzog. Sie wollte nicht kleinlich sein, sie wollte Verständnis zeigen, aber es fiel ihr schwer. Sie hatten kaum Zeit miteinander verbracht, und jetzt wies er sie einfach ab, ohne zu zögern.

»Ich verstehe«, sagte sie leise, doch in ihrer Stimme schwang Enttäuschung mit.

Johann bemerkte es, sein Blick wurde weicher. »Glaub

mir, Maria, ich hätte gern mit dir gegessen. Aber das hier … Das hat Priorität.«

Sie presste die Lippen aufeinander, fühlte sich überflüssig und aufdringlich, wie ein nerviges Schulmädchen. Sie zwang sich zu einem Lächeln. »Dann lasse ich dir den Korb hier. Falls du später eine Pause findest.«

»Das ist wirklich nicht nötig«, begann er, doch sie ließ den Korb bereits neben ihn auf einen Holzbalken sinken.

»Es ist keine Mühe für mich«, sagte sie. »Iss wenigstens etwas davon.«

Johann zögerte, dann nickte er langsam. »Danke, Maria.« Sie blickte ihn noch einen Moment an in der Hoffnung, dass er vielleicht doch noch etwas sagen würde. Irgendetwas, das ihr zeigte, dass es noch Hoffnung gab. Doch stattdessen drehte er sich um und ging zurück zu den Männern.

Maria spürte, wie sich ein Kloß in ihrem Hals bildete. Sie war gekommen, um ihm nahe zu sein, doch er hatte sich weiter von ihr entfernt als je zuvor.

Schweigend drehte sie sich um und ging den Weg zurück, den sie gekommen war. Ihre Schritte waren schwer, und der Rückweg schien doppelt so lang wie der Hinweg.

Kapitel 25

Magdalena, Sóller 1978

Als Magdalena das Tal und damit Port de Sóller erreicht, ist sie ganz beseelt von ihrer kleinen Wanderung, die sie entlang der Trockenmauern durch herrliche Olivenhaine geführt hat. Der Blick auf die Bucht war atemberaubend! Bei ihrer Ankunft im Hotel ist es bereits sechs Uhr abends. Javier ist vermutlich schon da, überlegt sie, und tatsächlich: Als sie ins Zimmer kommt, sieht sie ihn auf dem Balkon stehen und aufs Meer blicken.

Leise tritt sie von hinten an ihn heran. Etwas in ihr möchte zu ihm gehen, die Arme um seine Hüfte schlingen und sich an ihn schmiegen, doch dann bleibt sie stehen und betrachtet ihn. Ihr Blick fällt auf das Telefon. Plötzlich ist der anonyme Anruf vom Morgen wieder sehr präsent. Was, wenn Javier doch nicht ehrlich ist?

Da bemerkt er sie, dreht sich um, lächelt, und all ihre Sorgen sind fortgeblasen. Er breitet die Arme aus, sie geht zu ihm und lässt sich festhalten. Küssen. Es fühlt sich gut an. Echt, obwohl sie ihn erst so kurze Zeit kennt.

»Ist alles in Ordnung?«, fragt er. »Ich hatte den ganzen Tag das Gefühl, dass etwas nicht stimmt.«

»Du hast mich doch den ganzen Tag nicht gesehen.«

Er zuckt mit den Achseln. »Wie gesagt – ein Gefühl«, sagt er. »Irgendwie … spüre ich dich.«

Wie schön das klingt, denkt sie. Nickt. Nimmt seine Hand. »Komm«, sagt sie. »Lass uns auf unsere Terrasse gehen, dann erzähle ich dir alles.«

»Gut.« Er gibt ihr einen Kuss, dann gehen sie Hand in Hand nach draußen, setzen sich und blicken aufs Meer. Und wieder denkt Magdalena, wie atemberaubend diese Aussicht ist.

Und dann erzählt sie. Von Elena und ihrer Reaktion. Von ihrem Besuch im Stadtarchiv. Von den Zeitungsartikeln. Als sie von den Arbeitern auf der Orangenplantage berichtet, beobachtet sie ihn genau. Sieht Überraschung auf seinem Gesicht.

»Die Plantage ist bewirtschaftet?«, fragt er. »Das wusste ich nicht.«

Sie nickt. »Garcia und ein Arbeiter haben mir gesagt, dass die Fuentes keine Nachkommen hatten.«

»Und was war sonst noch?«, fragt Javier. »Nichts von alldem rechtfertigt deine Zurückhaltung mir gegenüber, die ich jetzt auch ganz deutlich spüre. Bereust du unsere Nacht?«

»Was?«, ruft sie. »Nein!«

»Da bin ich aber froh«, sagt er und streichelt ihre Hand. »Für mich war es wunderschön.«

»Für mich auch«, flüstert sie.

»Was ist mit dir, Magdalena?«, fragt er wieder.

»Heute Morgen, als du weg warst, habe ich einen anonymen Anruf erhalten«, setzt sie an.

»Was?«, fragt er alarmiert. »Was hat der Anrufer gesagt?«

»Dass ich dir nicht trauen soll. Und dass ich besser wieder abreisen sollte.«

Javier springt auf. »Du lieber Himmel! Wir sollten zur Polizei gehen.« Dann setzt er sich wieder. »Und der Satz, dass du mir nicht trauen sollst, macht dir zu schaffen?«

Als sie den Kopf schüttelt, ist es das, was sie in diesem Moment ehrlich empfindet. »Nein«, sagt sie. »Wieso sollte ich einem anonymen Anrufer glauben, den ich noch nie gesehen habe, aber dir nicht?«

»Gut«, sagt er. »Dann lass uns jetzt zur Rezeption gehen.«

»Zur Rezeption?«

Er nickt. »Sie müssen den Anrufer verbunden haben.«

»Stimmt«, sagt Magdalena aufgeregt. »Und mir fällt gerade ein, dass ich auch noch ein Zimmer für meine Oma buchen muss.«

»Ich fahre dich natürlich zum Flughafen«, sagt Javier. »Und ich bin ein bisschen nervös, einen Teil deiner Familie kennenzulernen.«

»Meine Oma ist eine sehr freundliche alte Dame«, beruhigt Magdalena Javier, als sie Seite an Seite das Zimmer verlassen.

An der Rezeption arbeitet heute eine freundliche Dame aus Deutschland, die sich sehr betroffen zeigt.

»Ein anonymer Anruf?«, fragt sie. »Das ist ja schrecklich.

Ich erinnere mich daran. Es war ein Herr, der seinen Namen nicht nannte und verlangte, mit Fräulein Lechner zu sprechen.«

Magdalena fällt etwas ein. »Woher …«, sie wird ein wenig rot und fährt dann fort: »Woher wussten Sie eigentlich, dass Sie die Sekretärin heute Morgen in mein Zimmer durchstellen mussten?«

Die Rezeptionistin verzieht keine Miene. »Nachdem bei Señor del Bosque niemand abhob, dachte ich, ich versuche mein Glück bei Ihnen.«

Javier nickt. »Ich danke Ihnen«, sagt er. »Bitte stellen Sie keine Anrufe von Personen mehr durch, die nicht ihren Namen nennen.«

»Natürlich«, sagt die Rezeptionistin bedrückt. »Ich hätte gleich nachfragen sollen, ich …«

»Aber nein!«, ruft Magdalena. »Sie können nichts dafür.«

»Danke«, sagt die Dame. »Was werden Sie jetzt tun?«

»Zur Polizei gehen«, erklärt Javier bestimmt.

Sie nickt. »Sehr vernünftig. Wenn ich irgendetwas für Sie tun kann – lassen Sie es mich wissen.«

»Vielleicht ein Taxi rufen?«, schlägt Magdalena vor, doch Javier schüttelt den Kopf. »Das ist nicht nötig. Ich bin mit meinem Wagen aus Palma zurückgekommen. Das hielt ich für praktischer, auch, weil wir ja morgen deine Oma holen müssen.«

»Stimmt!«, ruft Magdalena. »Ich wollte Sie noch fragen, ob Sie für meine Großmutter ab morgen ein Zimmer haben?«

Die Dame blättert konzentriert in ihrem Terminbuch.

»Ich habe nur noch die Suite mit direktem Meerblick. Das ist unser bestes Zimmer – aber auch das teuerste.«

»Das nehme ich«, sagt Magdalena lächelnd. »Für die Oma nur das Beste.«

Javier hat auf dem hoteleigenen Parkplatz geparkt. Galant hält er ihr die Tür auf, und gleich darauf gleitet der Wagen durch die Nacht. Sie erreichen die Polizeistation nach kurzer Zeit, und auf dem Revier herrscht eine seltsame Stille. Das Gebäude ist alt, die Wände dick und aus hellem Stein. Ein Ventilator summt leise, als sie die Tür öffnen und eintreten.

Ein junger Beamter, der gerade am Schreibtisch sitzt, blickt überrascht auf. »Buenas noches. Wie kann ich Ihnen helfen?« Wie im Archiv sind Besucher offenbar auch hier recht selten, überlegt Magdalena.

Javier tritt vor. »Meine Begleiterin hat heute Morgen einen anonymen Anruf mit mysteriösen Anschuldigungen erhalten. Ich denke, es wäre gut, das zu melden.«

Der Polizist richtet sich auf. »Setzen Sie sich bitte. Sie können eine Anzeige gegen Unbekannt erstatten. Möchten Sie das?«

Magdalena zögert, doch Javier nickt. »Das wäre ratsam. Ich erstatte ebenfalls Anzeige, immerhin wurde ich verleumdet.«

Der Beamte kramt etwas umständlich ein Papier heraus, und Javier fragt: »Welche Möglichkeiten gibt es, den Anruf zurückzuverfolgen?«

»Wir können beim Telefonanbieter des Hotels nachfragen. Er kann die Verbindungsdaten in seinen Schaltzentralen überprüfen. Da dies jedoch sehr zeitaufwendig ist, bin ich nicht sicher, ob mir das genehmigt wird.«

»Immerhin wurde meine Mandantin belästigt«, gibt sich Javier nun als Anwalt zu erkennen.

»Ihre Mandantin?«, fragt der Polizist. »Ich dachte …«

»Señor del Bosque vertritt mich in einer Erbschaftsangelegenheit, mit der der Anruf in Zusammenhang stehen könnte«, lässt Magdalena wissen.

Der Polizist beugt sich vor. »Bitte schildern Sie mir alles ganz genau. Und von Anfang an.«

Kapitel 26

Maria Lourdes, Sóller 1907

Maria Lourdes war nervös. Johann hatte ihr eine Nachricht geschickt – nicht auf die übliche distanzierte Art, wie sie es in den letzten Wochen von ihm gewohnt war, sondern fast dringlich.

Ich muss mit dir sprechen. Heute Abend bei der Bank in den Orangenhainen, wo wir uns zum ersten Mal getroffen haben. Um neun Uhr.

Sie war so aufgeregt, dass ihr übel wurde. Zum Glück stand ihr, wie stets, ihre treue Elena zur Seite.

»Heute Abend wird alles gut, du wirst sehen«, wurde sie nicht müde, der Freundin wieder und wieder Mut zuzusprechen.

»Ich hoffe es«, flüsterte Maria. »Ich hoffe es so sehr.«

»Ich bin felsenfest davon überzeugt«, sagte Elena und steckte eine Orangenblüte in Maria Lourdes' Frisur. »Du hast es doch gesehen, als du dort warst – er hat einfach zu viel um die Ohren mit der Baustelle.«

»Vielleicht …« Maria seufzte. »Aber warum habe ich dann das Gefühl, dass er mir nichts Gutes zu sagen hat?«

Elena hielt in ihrer Bewegung inne. »Glaubst du, es ist etwas Ernstes?«

Maria sah ihr Spiegelbild an. Ihr dunkelblaues Kleid war aus feiner Seide gefertigt, die silbernen Stickereien schimmerten im Kerzenlicht. Sie hatte sich besonders viel Mühe gegeben – für ihn. Ihre Wangen waren leicht gerötet, ihre Lippen voller Spannung aufeinandergepresst.

»Ja«, flüsterte sie schließlich. »Ja, das glaube ich.«

Beim Abendessen mit ihren Eltern fiel es Maria schwer, sich auf die Konversation zu konzentrieren und sich ihre Nervosität nicht anmerken zu lassen. Und es dauerte heute noch länger als sonst. Ihr Vater war in Redelaune, schenkte sich noch ein Glas Wein ein und noch eines und ließ sich Zeit mit seinem Dessert. Wenn sie nicht bald gehen könnte, würde sie ihn womöglich verpassen. Das durfte sie nicht zulassen! Aber von der Verabredung erzählen konnte sie dem Patriarchen natürlich auch nicht. Also erhob sie sich unter dem erstaunten Blick ihres Vaters und dem missbilligenden Blick ihrer Mutter und lächelte entschuldigend. »Mich plagen schlimme Kopfschmerzen«, erklärte sie. »Ich mache noch einen kleinen Spaziergang über die Plantagen. Das wird mir guttun.«

Für einen Moment befürchtete sie, der Vater würde anbieten, sie zu begleiten, doch zu ihrer Erleichterung nickte er nur und sagte: »Ein Spaziergang durch die Plantagen hat noch niemandem geschadet.«

Ihre Mutter nickte nur kühl, und Maria fragte sich wieder einmal, weshalb sie nicht einmal dann in der Lage war, ein klein wenig Herzenswärme an den Tag zu legen, wenn es ihrer Tochter offensichtlich nicht gut ging. Doch lange konnte und wollte sie sich mit dieser Frage nicht aufhalten. Sie hatte anderes im Kopf.

Durch die großen Flügeltüren trat sie nach draußen und nahm den Weg in Richtung Hügel. Zehn Minuten später sah sie ihn. Er war schon da und blickte ihr entgegen. Wie gut er aussah. Wieder einmal. Ihr Herz raste.

»Du bist pünktlich«, sagte Maria, bemüht um eine ruhige Stimme. Sie küsste ihn nicht zur Begrüßung, und auch er machte keine Anstalten, ihr näherzukommen.

»Hübsch siehst du aus«, sagte er, doch es klang distanziert. Er wirkte nervös. »Setzen wir uns?«

Er deutete auf die Holzbank.

Maria nickte und nahm neben ihm Platz. Schweigend starrte er vor sich hin und malte mit seiner Fußspitze Kreise in den staubigen Boden.

Schließlich hatte Maria genug. »Also«, fragte sie, »was ist es, Johann? Warum bist du so … anders?«

Er hob den Blick. »Maria … Es gibt etwas, das ich dir sagen muss.«

Sie hielt den Atem an.

»Ich wollte es dir schon längst sagen«, begann er. »Erinnerst du dich an unseren ersten Kuss? Damals, hier auf dieser

Bank? Da hätte ich damit herausrücken müssen, aber du wolltest es nicht hören.«

Maria runzelte die Stirn. »Was meinst du?«

»Du kannst einfach so unglaublich überzeugend sein.« Johann schnaubte halb amüsiert, halb ärgerlich. Dann stieß er hervor: »Ich bin verheiratet.«

Die Worte trafen sie so hart und unerwartet, dass Maria erschrocken aufkeuchte. Ihr Magen zog sich schmerzhaft zusammen, und die Welt um sie herum schien stillzustehen, als hätte jemand allen Lärm aus der Umgebung gesogen.

»Verheiratet?«, flüsterte sie.

Johann nickte langsam. »Ja.«

Maria wollte etwas sagen, doch ihre Kehle war trocken.

»Und du hast es mir nie gesagt?«, brachte sie schließlich heraus.

»Ich wollte es dir sagen«, erwiderte er. »Aber ich konnte nicht. Ich … Ich wollte dich nicht verlieren.«

Maria schluckte. »Aber du hast mich belogen. All die Jahre.«

Er schüttelte den Kopf. »Nein! Es war nie eine Lüge. Ich liebe dich, Maria! Mit jeder Faser meines Seins.«

»Und doch hast du eine Frau.«

Er rieb sich mit der Hand über das Gesicht. »Ja. Und ich wollte sie für dich verlassen. Aber als ich nach Deutschland zurückkehrte, erfuhr ich … Sie hatte eine Fehlgeburt. Während ich hier war.«

Maria sog scharf die Luft ein.

»Ich wusste nicht, dass sie schwanger war. Sie wollte es mir nicht schreiben, sondern mich mit dem Kind überraschen, wenn ich zurückkehre. Und dann … wäre sie fast gestorben. Sie kann keine Kinder mehr bekommen, Maria. Und sie hat Angst, dass sie ohne Kinder nichts mehr wert ist. Und ich … ich habe Schuldgefühle. Denn während sie fast gestorben wäre, habe ich … habe ich mich mit dir … Ich habe dich in jener Zeit kennengelernt und mich in dich verliebt.«

»Ich verstehe«, sagte sie leise. »Und nun machst du dir Vorwürfe. Deshalb bist du auch so anders zu mir. So kalt und so unerträglich abweisend.«

Johann sah sie an. Beinahe flehend. Auf ihr Verständnis hoffend. »Ich kann sie nicht verlassen. Ich muss zurück nach Deutschland. Und ich werde bleiben.«

Maria blinzelte.

»Nein«, flüsterte sie. Mit einem Mal war ihr alles egal. Dass er sie belogen hatte, dass er verheiratet war – sie war bereit, ihm alles zu verzeihen. Wenn er nur bliebe. Sie nahm seine Hand. Er hielt sie fest und drückte sie. »Das kannst du nicht machen«, flüsterte sie. »Du wirst hier gebraucht. Die Eisenbahn – ohne dich geht es nicht weiter.«

Es ging gar nicht um die Eisenbahn. Die Eisenbahn, um die sie so gekämpft hatte, war ihr in diesem Moment vollkommen egal. Und doch war es ihre letzte Hoffnung, ihn umzustimmen.

»Doch, Maria«, sagte er leise. »Ich muss gehen. Die Eisenbahn können und werden andere Männer bauen. Ich war vor allem für die Planung wichtig. Aber versteh mich nicht falsch: Als ich zurück nach Deutschland fuhr, tat ich das in der Absicht, meine Frau um die Scheidung zu bitten. Ich wollte frei für dich sein. Mein Plan war zurückzukehren, dir alles zu gestehen und dir zu sagen, dass ich mich deinetwegen habe scheiden lassen.«

»Und du bist davon ausgegangen, dass ich dir deine Lüge verzeihe?«, fragte sie, plötzlich nicht mehr enttäuscht und traurig, sondern wütend.

»Ja«, sagte er. »Ja, das bin ich. Weil unsere Liebe groß ist. Ich konnte es natürlich nicht wissen, ob du mir verzeihen würdest. Aber ich hatte die Hoffnung, wenn ich dir zeige, dass ich bereits Konsequenzen gezogen habe, wäre die Chance größer.«

»Und du hast nie in Erwägung gezogen, mir all das zu erzählen?«

»Ich wollte es dir ja gestehen, gleich am Anfang! Aber je mehr Zeit verstrich, desto schwieriger wurde es.«

Eine Erinnerung stieg in ihr auf. Ihr erster Kuss. Sein Zögern. Es stimmte. Er hatte ihr etwas sagen wollen, doch sie hatte ihn nicht zu Wort kommen lassen.

Noch präsenter aber war eine andere Erinnerung. Die Erinnerung an jene Nacht, in der sie sich ihm ganz geschenkt hatte. Das war nach seiner Rückkehr gewesen. Bitterkeit stieg in ihr auf.

»Aber warum ... Wenn du mich doch ohnehin nicht willst, warum dann ... Neulich, als wir uns so nah waren, ich dachte ...«

Entsetzt bemerkte sie, dass sie nur noch stammelte und nur mit Mühe ihre Tränen zurückhalten konnte.

»Wie kannst du denken, dass ich dich nicht will, Maria?«, rief Johann heiser. »Ich will dich mehr als alles andere auf der Welt. Und neulich ... als du da so vor mir standest, da war meine Sehnsucht stärker als ich. Viel stärker. Und da habe ich mich vergessen. Vollkommen vergessen. Das ändert aber nichts an der Verpflichtung, die ich habe.«

Für einen Moment klammerte sie sich an eine Hoffnung. »Wir könnten … Wir könnten uns trotzdem sehen. Ich würde warten, Johann. Ich würde dich immer lieben, egal, was passiert.«

»Nein, Maria. Das geht nicht.«

»Warum nicht?« Ihre Stimme wurde leiser. Verzweifelter.

»Ich werde in Deutschland sein, du hier. Es würde uns beide zerreißen.«

»Aber …«, setzte sie an, doch er schüttelte den Kopf. Nachdrücklich.

»Glaub mir, Maria. Sosehr es jetzt auch schmerzen mag, es ist besser so. Für uns beide. Du solltest einen der jungen Burschen heiraten, die dir den Hof machen. Vielleicht sogar deinen Freund Alejandro, der dich anhimmelt, dass es nicht auszuhalten ist. Das erspart dir auch Ärger mit deinem Vater. Er würde mich nie akzeptieren. Und das weißt du sehr genau.«

Sprachlos starrte sie ihn an. So leicht gab er sie auf? Empfahl ihr sogar, sich einen anderen zu suchen?

Sie schwieg. Nun war sie es, die auf den Boden starrte. Johann drückte ihre Hand, die immer noch in der seinen lag. Dann sagte er sanft: »Es tut mir leid.«

Maria war wie betäubt. Sie stand auf und wankte, ohne ein weiteres Wort zu sagen, den Hügel hinunter.

Insgeheim wartete sie darauf, dass er nach ihr rief, sie aufzuhalten versuchte. Doch kein Laut ertönte.

Johann war fort.
Und mit ihm ihre Zukunft.

Kapitel 27

Magdalena, Port de Sóller 1978

»Ich bin froh, dass wir Anzeige erstattet haben«, sagt Magdalena und schmiegt sich in Javiers Arm, als sie, wieder in Port de Sóller angekommen, Seite an Seite über die Promenade schlendern. »Und dass du da bist. Ich fühle mich so sicher und geborgen bei dir.«

Er küsst ihren Scheitel. »Ich lasse dich keine Sekunde mehr allein«, verspricht er finster. »Ich mache mir Vorwürfe, dass ich dich heute Morgen nicht mitgenommen habe.«

»Es ist ja nichts passiert«, sagt sie und fragt dann: »Wie war sie eigentlich so – Maria, meine ich? Du musst ihr ja mindestens einmal begegnet sein, wenn du ihr Testamentsvollstrecker bist.«

»Tatsächlich bin ich ihr ein paarmal begegnet«, sagt Javier. »Ich habe sie hier kennengelernt. In Christofs Pizzeria.«

»Was?«, fragt Magdalena verblüfft. »Das hast du mir ja gar nicht erzählt.«

»Wenn du bedenkst, dass wir uns erst seit vorgestern kennen und was sich seitdem alles ereignet hat, ist das vielleicht eine Entschuldigung.«

»Unbedingt«, sagt sie. »Also, erzähl.«

Er lacht. »Die beiden alten Damen standen hinter mir in der Schlange und haben mir den Tisch weggeschnappt. Mit der Begründung: Alter vor Schönheit.«

»Das haben sie gesagt?«

»Maria hat das gesagt«, bekräftigt Javier. »Dann haben sie mich gebeten, mich zu ihnen zu setzen, und das war der Beginn unserer Bekanntschaft. Ich habe den Damen mein Kärtchen gegeben. Maria sagte mir später, dass sie unsere Begegnung nie vergessen und das Kärtchen immer aufgehoben hat, bis sie einen Testamentsvollstrecker suchte.«

»Das heißt, wenn Maria sich nicht vorgedrängelt hätte, hätten wir einander nie kennengelernt?«

»Ja«, bestätigt er. »Das heißt es vermutlich. Sich vordrängelnde alte Damen sind doch was Wunderbares.«

Wenig später sitzen Magdalena und Javier wieder in Christofs Pizzeria. Die Terrasse ist voller Menschen, die das warme Licht der Laternen und die salzige Meeresbrise genießen.

Christof bringt ihnen eine Flasche Rotwein und zwei Gläser. »Ihr seht ernst aus«, bemerkt er, während er den Wein einschenkt.

Magdalena nickt. »Wie geht es Elena?«

Christofs Gesichtsausdruck verändert sich. »Besser. Aber der Besuch hat sie aufgewühlt.«

»Glaubst du, wir können noch einmal mit ihr sprechen?«, fragt Magdalena vorsichtig.

Christof wiegt den Kopf. »Vielleicht. Sie ist eine starke Frau, aber sie ist alt. Ihr müsst vorsichtig sein.«

»Das werden wir.«

»Dann kommt nach dem Essen mit. Ich bringe euch hin.«

Es ist bereits spät, als sie wieder vor dem blauen Gartentor stehen. Der Blick auf das dunkle Meer unter ihnen ist atemberaubend, doch Magdalena kann sich nicht daran erfreuen. Sie ist viel zu aufgeregt: in Sorge um Elena und voller Hoffnung, etwas Bahnbrechendes zu erfahren.

Javier klopft sanft an die Tür, dann treten sie ein.

Elena sitzt am Fenster, ein Buch auf ihrem Schoß. Als sie Magdalena sieht, hebt sie langsam den Kopf.

»Du bist wiedergekommen.«

Magdalena tritt näher. »Ja. Bitte entschuldigen Sie, dass ich Sie so aufgeregt habe.«

Elena schüttelt den Kopf und lächelt gütig. »Dafür kannst du nichts, Kindchen. Schließlich habe ich mich aufgeregt und nicht du.«

Magdalena schweigt für einen Moment verblüfft, dann muss sie lachen. »So kann man es natürlich auch sehen.«

Elena sieht Javier fragend an. »Und wer sind Sie, junger Mann?«

Er lächelt ihr zu und schüttelt ihre Hand. »Javier del Bosque. Der Testamentsvollstrecker Ihrer Freundin.«

»Ach!«, sagt Elena und lächelt. »Ich entsinne mich.« Sie stößt ein Kichern aus. »Der freundliche junge Mann, der uns seinerzeit seinen Tisch überlassen hat.«

»So könnte man es auch nennen.« Javier grinst.

Maria hat nach ihrem Besuch bei Ihnen ganz begeistert

von Ihnen erzählt. Sie war sich sicher, dass die Angelegenheit bei Ihnen in guten Händen ist.«

»Mit Angelegenheit meinen Sie meine Erbschaft?«, fragt Magdalena.

Elena lächelt. »Ja«, sagt sie. »*Meine* Erbschaft habe ich schon vor Jahren bekommen. Ich zeige sie Ihnen.«

Sie erhebt sich schwer, geht zu einem Regal und holt einen kleinen Kasten heraus. Zurück am Tisch, öffnet sie ihn, und Magdalena und ihr Begleiter sehen ein altes Fläschchen mit einer bräunlichen Substanz und mehrere Schmuckstücke.

»Sie hat mir ihren ganzen Schmuck vererbt, die gute Seele«, sagt Elena. »Aber ich trage immer nur diesen Ring.«

Magdalena blickt auf den Ringfinger der anderen. Es ist ein Ehering.

»Ich war nie verheiratet«, sagt Elena zu ihrer Überraschung. »Es war der Ehering meiner Großmutter. Und eine Zeit lang hat Maria Lourdes ihn getragen. Er hat ihr gute Dienste geleistet.«

Wieder blickt sie gedankenverloren in die Ferne. Magdalena hätte gern gefragt, weshalb Maria den Ehering von Elenas Großmutter trug, aber sie traut sich nicht. Sie will unbedingt jede Aufregung bei der alten Dame vermeiden. In diesem Moment meldet sich Javier zu Wort:

»Was ist das in dem Fläschchen?«, fragt er.

Elena stößt ein helles, fast schrilles Kichern aus. »Das hier«, sagt sie. »Das hier war Marias Kapital. Diese Zutat hat ihre Marmelade berühmt gemacht.«

Das Marmeladenrezept!

»Sie hat mir auch ein Marmeladenrezept vererbt«, wirft Magdalena ein.

Liebevoll sieht Elena sie an. »Ich weiß. Und das ist viel kostbarer als das Herrenhaus und die Plantage«, sagt sie.

»Warum?«, flüstert Magdalena.

»Die Marmelade hat sie selbst geschaffen, das Haus hat sie ebenfalls nur geerbt«, erklärt Elena. »Mit der Marmelade hat sie einst das Anwesen ihres Vaters gerettet.«

»Wie das?«, fragt Magdalena fasziniert, und Elena beginnt zu erzählen. Von Marias Bemühungen um den Eisenbahnbau. Von den Verzögerungen. Von der Verzweiflung ihres Vaters über die Orangen, die auf der Plantage verfaulten. Von ihrer Idee, Marmelade zu kochen und so die Plantage zu retten.

»Erst hat ihr die Marmelade gar nicht geschmeckt, aber eine Maria Lourdes Sánchez gab niemals auf. Am Ende hätte es die Eisenbahn gar nicht mehr gebraucht, so viel hat sie mit der Marmelade verdient«, sagt Elena stolz. »Sie hat gekämpft und gekämpft – bis Johann ihr alles kaputt gemacht hat.«

»Johann?« Magdalenas Herz beginnt zu rasen. »Wer war Johann?«

Elena starrt sie an. »Sie hat ihm das Rezept verraten«, sagt sie. »Sie hat ihm alles gegeben.«

In Magdalenas Kopf rasen die Gedanken. Wer war dieser Johann? Was hat er mit der Marmelade zu tun? Ist er am Ende der Dieb? Sie beugt sich vor. Und dann fragt sie noch einmal: »Wer war Johann?«

Kapitel 28

Maria Lourdes, Port de Sóller 1907

Maria erwachte an diesem Morgen mit einem seltsamen Gefühl in der Magengegend. Ihr war schwindelig, ihr Körper fühlte sich schwer an, und eine Übelkeit kroch langsam in ihr hoch. Sie hatte in den letzten Tagen öfter eine eigenartige Müdigkeit verspürt, doch nun war es anders. Der bittere Geschmack in ihrem Mund wurde übermächtig und verstärkte ihre Übelkeit so sehr, dass sie hastig aufsprang und in die Waschschüssel würgen musste. Anschließend war sie so erschöpft, dass sie kaum noch stehen konnte. Sie wankte in Richtung Bett, und da fiel ihr Blick auf den kleinen Kalender auf ihrem Nachttisch. Ihr Herzschlag beschleunigte sich, und sie griff hastig danach, um darin zu blättern. Und dann bestätigte sich, was sie bereits ahnte: Ihre Monatsblutung war längst überfällig.

Mit letzter Kraft griff sie nach ihrem Morgenmantel und eilte hinauf ins Dachgeschoss, wo sich das Schlafgemach von Elena befand. Sie hoffte, dass sie keiner sah, denn es schickte sich nicht, dass die Herrschaft sich in den Räumen der Dienerschaft aufhielt.

Ihre Gesellschafterin öffnete ihr verschlafen die Tür und runzelte die Stirn. »Maria? Was ist los? Du siehst blass aus.«

Maria zögerte, schob sich an ihrer Freundin vorbei, ließ sich auf das Bett sinken und flüsterte: »Ich glaube, ich bin schwanger.«

»Oh Gott!« Elena schlug die Hände vor den Mund, dann ließ sie sich neben ihrer Freundin nieder und sah sie fragend an. »Bist du sicher?«

»Nein«, erwiderte Maria. »Nicht ganz. Aber ich befürchte es. Sehr sogar. Ich bin ständig müde, mir ist schlecht, und meine Regel ist überfällig.«

Elena legte ihre Hand auf Marias. »Dann musst du es Johann sagen.«

Maria erstarrte. »Nein! Er soll nicht nur wegen eines Kindes bei mir bleiben. Wir haben uns getrennt, das war seine Entscheidung.«

»Aber er hat ein Recht darauf, es zu erfahren. Es ist auch sein Kind.«

Maria war wie erstarrt. »Das ist alles so … absurd. Vor allem, weil er mit seiner Frau keine mehr bekommen kann. Was für ein merkwürdiges Spiel spielt das Leben da mit uns? Und ich habe ihn seit Wochen nicht mehr gesehen. Seit … Seit unserem schrecklichen Gespräch.«

»Ja und?«, fragte Elena. »Er arbeitet nach wie vor auf der Baustelle der Bahnstrecke. Geh dorthin. Du kannst ihm dieses Wissen nicht vorenthalten.«

»Und wenn er schon abgereist ist? Er wollte ja zu seiner Frau zurück.«

Elena schüttelte den Kopf. »Das glaube ich nicht. Die Eisenbahn war sein Herzensprojekt, er ist ein sehr verantwortungsbewusster Mann, er bringt das jetzt zu Ende. Sie arbeiten doch gerade am Tunnel. Da drückt er sich bestimmt nicht.«

»Aber es wird aussehen, als würde ich ihm hinterherrennen.«

»Ja und? Hast du dazu nicht jedes Recht? Du erwartest wahrscheinlich ein Kind von ihm. Du musst es auch für das Kleine tun.«

Maria seufzte und nickte. »Du hast ja recht.«

Dann fragte sie: »Und was, wenn ich gar nicht schwanger bin?«

»Du könntest die alte Hebamme hier im Dorf aufsuchen«, schlug Elena vor. »Sie kann es dir sofort sagen.«

»Damit meine Eltern es als Nächste erfahren?«, fragte Maria empört.

»Glaubst du nicht, dass sie es gewohnt ist, Dinge für sich zu behalten?«, wandte Elena ein.

»Darauf will ich mich lieber nicht verlassen«, versetzte Maria. »Aber andererseits: Wenn ich dann doch nicht schwanger sein sollte, mache ich mich vor Johann vollkommen lächerlich, wenn ich ihn damit konfrontiere. Du hast wohl recht. Mir bleibt keine andere Wahl, als die Hebamme aufzusuchen. Und auf ihre Verschwiegenheit zu hoffen.«

Elena sah sie nachdenklich an. »Vielleicht solltest du lieber in ein anderes Dorf gehen. Nach Deià oder Palma. Oder nach Fornalutx?«

Maria nickte nachdenklich. »Keine schlechte Idee. Ich glaube, in Fornalutx gibt es tatsächlich eine Hebamme. Ich gehe gleich nach dem Frühstück los.«

»Du willst doch nicht etwa laufen?«, fragte Elena entsetzt.

»Natürlich nicht«, sagte Maria. »Das ist nun wirklich zu weit. Ich nehme die Kutsche.«

»Ich komme mit!«

Maria knetete unruhig ihre Finger, als sie zwei Stunden später vor der kleinen Holztür der Hebamme stand. Sie hatten vom Dorfplatz aus unzählige Stufen nach oben steigen müssen, doch das war hier normal. Etwa die Hälfte aller Hauseingänge befand sich an diesen Treppenstufen.

Das Haus der Hebamme lag am Rande des Dorfs, umgeben von duftenden Kräutergärten, in denen Thymian, Rosmarin und Lavendel wuchsen. Es war ein bescheidener Bau, in der typisch mallorquinischen Bauweise errichtet und über und über mit Bougainvillea bewachsen.

Maria klopfte zögernd an die Tür. Nach einem Moment öffnete eine ältere Frau mit grauen Haaren und freundlichen, aber hellwachen Augen. Sie musterte erst Maria, dann Elena. »Kommt herein. Ich nehme an, es geht um dich?« Fragend sah sie Maria an.

»Ja«, sagte die. »Woher wissen Sie das?«

»Berufserfahrung«, erwiderte die Hebamme geheimnisvoll. »Leg dich hin, mein Kind. Ich werde dich untersuchen.«

Maria legte sich auf die schmale Liege, ihr Herz klopfte wild. Elena nickte ihr ermutigend zu.

Die Hebamme legte sanft ihre Hände auf Marias Bauch und drückte an verschiedenen Stellen und mit geschlossenen Augen. Maria beobachtete sie ängstlich und zugleich fasziniert. Es war, als würde die Frau regelrecht in sie hineinkriechen. Sie fühlte sich bei ihr wohl und gut aufgehoben.

»Seit wann spürst du die Übelkeit?«, fragte sie.

»Seit einigen Tagen … Aber ich bin auch müde und fühle mich ständig erschöpft.«

Die Hebamme nickte. Dann richtete sie sich langsam auf.

»Es gibt keinen Zweifel. Du trägst ein Kind unter deinem Herzen.«

Maria schloss die Augen, als eine Welle der Emotionen über sie hinwegfegte. Freude, Angst, Unsicherheit – alles gleichzeitig. Ihr Leben würde sich für immer verändern.

»Du musst dich gut um dich kümmern, Kind«, sagte die Hebamme. Dann wandte sie sich Elena zu, die wie vom Donner gerührt dasaß.

»Pass gut auf sie auf.«

»Ja«, flüsterte Elena. »Ja, das werde ich.«

Kapitel 29

Magdalena, Sóller 1978

»Wer war Johann?« Als Magdalena die Frage ausgesprochen hat, hängen die Worte eine Weile in der Luft.

Elena antwortet nicht, starrt sie nur stumm an. Magdalenas Herz schlägt schneller. Hoffentlich wird Elena nicht wieder zusammenklappen.

»Elena?«, hört sie Christof besorgt neben sich rufen. »Ist alles in Ordnung?«

Die alte Frau wendet den Kopf, blickt nun Christof mit großen Augen an und sagt: »Ich habe versprochen, dass ich auf sie aufpasse. Ich habe mein Versprechen gebrochen.«

»Ich glaube nicht, dass Sie ein Versprechen gebrochen haben«, mischt sich nun Javier mit sanfter Stimme ins Gespräch ein. »Als Maria mich mit den Erbschaftsangelegenheiten betraute, hat sie sehr liebevoll von Ihnen erzählt.«

»Das kann ich bestätigen«, sagt Christof. »Auch mir gegenüber hat sie nur gut von Ihnen gesprochen.«

Eine Träne löst sich aus Elenas Augenwinkel und läuft

ihre Wange herab. Sie zieht ein besticktes Taschentuch hervor und tupft sich die Wange.

»Ja, das weiß ich«, sagt sie leise. »Aber Maria war danach nie wieder dieselbe.«

Sie schweigt und starrt auf den Hafen von Port de Sóller hinunter.

»Wonach?«, fragt Magdalena atemlos. »Wonach war sie nie wieder dieselbe?«

»Sie hat ihr Leben lang darunter gelitten, verstehst du, Kindchen? Ihr Leben lang. Bis zum letzten Atemzug.«

Wovon reden Sie?, will Magdalena rufen. Worunter hat sie ihr Leben lang gelitten? Bitte sprechen Sie doch nicht so in Rätseln. Doch sie weiß, dass sie sich zurückhalten muss. Sie darf die alte Dame nicht noch mehr aufregen.

Sie wirft einen Blick auf das Fläschchen. Elena bemerkt es und lächelt. Als sei sie froh, den Fokus ihres Gesprächs etwas verschieben zu können, greift sie nach dem Fläschchen und öffnet es. Dann hält sie es Magdalena unter die Nase. Es ist ein süß-bitteres Aroma, das ihr vage bekannt vorkommt. Der Reihe nach lässt Elena auch Javier und Christof schnuppern.

»Das hat Maria immer ihrer Marmelade beigegeben«, wiederholt Elena ihre Erklärung von vorhin. »Sie hat ein großes Geheimnis darum gemacht. Sie hat das Öl bei ihrer Schwiegermutter in der Destillerie hergestellt. Bei den ersten Malen war Doña Isabela noch dabei, aber Maria hat es schnell alleine herausgehabt.«

Wer war Johann?, will Magdalena wieder fragen, doch in diesem Moment öffnet sich die Tür, und die Krankenpflegerin, die schon gestern Abend herbeigeeilt war, um Elena zu helfen, steht im Raum. Heute lächelt sie nicht: Sie stemmt die Hände in die Hüften und mustert die Gäste unwillig. »So später Besuch ist nicht gut für Doña Elena«, lässt sie wissen. »Bitte verabschieden Sie sich jetzt.«

• • •

Am nächsten Morgen und auf dem Weg zum Flughafen von Palma, wo sie Magdalenas Großmutter abholen wollen, machen Javier und Magdalena noch einen Abstecher zu dem alten Herrenhaus. Er wolle sich den Betrieb ansehen und mit dem Pächter sprechen, hat Javier vorgeschlagen, und Magdalena hat sofort zugestimmt. Als sie das Auto parken, kommt ihnen Señor Garcia bereits entgegen. »Ah, Señorita, da sind Sie ja wieder«, ruft er. »Wie hat Ihnen der Trockenmauerweg gefallen?«

»Es war eine wunderbare Empfehlung! Vielen Dank«, sagt Magdalena. Garcia nickt zufrieden. »Wie ich sehe, haben Sie jemanden mitgebracht?«

»Ja«, sagt Magdalena. »Das ist Javier del Bosque. Mein Anwalt.«

Unbehagen zieht über Garcias Gesicht. »Ihr Anwalt?«, fragt er. »Steht mir Ärger ins Haus?«

»Aber nicht doch, Señor Garcia«, sagt Magdalena rasch. »Er kümmert sich um die Erbschaftsangelegenheiten und wollte sich den Betrieb einmal ansehen.«

»Verstehe.« Garcia scheint erleichtert.

»Señor Garcia«, beginnt Javier, »wir müssen eine Sache klären. Da meine Mandantin den ganzen Besitz geerbt hat, müssen Sie ihr einen Pachtzins bezahlen, wenn Sie den Betrieb hier weiter aufrechterhalten wollen.«

Magdalena sieht ihn überrascht an. Ihr gegenüber hat er nichts Derartiges verlauten lassen – und sie selbst ist gar nicht auf die Idee gekommen.

Garcia scheint ebenfalls überrascht. »Aber ich bezahle doch bereits eine Pacht.«

»Und darf ich fragen, an wen?«

»Ich bezahle die Pacht auf das Konto des Guts«, erklärt der Mann. »Ich war davon ausgegangen, dass es auf diesem Weg an die Nachfolger der Fuentes geht – also an Sie«, sagt er an Magdalena gewandt.

»Können Sie mir Details zu diesem Konto nennen?«, fragt Javier ruhig.

Garcia schürzt die Lippen. »Ich kann Ihnen die Quittungen zeigen. Ich habe alles dokumentiert.«

Er führt sie in sein Büro im Nebengebäude. Dort zieht er eine Akte hervor und legt sie auf den Tisch. Javier nimmt sie entgegen, öffnet sie und blättert durch die Seiten.

»Es stimmt alles.« Er nickt Magdalena zu. »Es ist vermutlich alles in Ordnung. Wir werden zur Bank gehen und die Sache aufklären.«

Kapitel 30

Maria Lourdes, Sóller 1907

Der Himmel war von schweren grauen Wolken verhangen, der Wind trug den Geruch von feuchter Erde heran. Als Maria die Baustelle erreichte, hielt sie kurz inne und ließ den Blick über das weitläufige Gelände schweifen. Eine lange Strecke aus Holz und Stahl breitete sich vor ihr aus, und obwohl sie natürlich vollkommen durcheinander war, erfüllte sie dieser Anblick doch mit tiefem Stolz. Arbeiter schleppten Schienen heran, Hämmer schlugen auf Metall, Funken stoben. Der Lärm war ohrenbetäubend.

Sie erkannte einige Männer, doch Johann war nirgends zu sehen. Was Maria allerdings nicht verwunderte: Er würde sicherlich am herausforderndsten Teil der Strecke, dem Tunnel, arbeiten. Sie ging weiter, ihre Schritte waren zögerlich, die Hände feucht vor Nervosität. Der Weg war schlammig, von den unzähligen Fuhrwerken aufgewühlt, die täglich Material brachten. Maria hielt sich am Rand der provisorischen Gleise, während einige Arbeiterwagen vorbeizogen. In der

Ferne sah sie das große Tunnelportal, an dem Dutzende Arbeiter mit Pickeln und Schaufeln beschäftigt waren. Dicker Rauch stieg aus den Dampfanlagen, während Sprengladungen vorbereitet wurden. Der Boden bebte leicht, als in der Tiefe ein weiterer Felsdurchbruch erfolgte.

Als sie den Tunnel erreicht hatte, sah sie einen Mann aus dem Schatten der Holzbaracken treten. Seine Stirn glänzte vor Schweiß und Ruß. Es war Ingenieur Pedro Garau Cañellas. Als er Maria erkannte, nickte er überrascht. »Señorita Sánchez? Was führt Sie hierher?«

Sie schluckte und wich seinem prüfenden Blick aus. »Ich … suche Señor Sonnbichler.«

Garau Cañellas seufzte schwer und wischte sich mit einem ölverschmierten Tuch über die Stirn. »Das tun wir alle. Aber Señor Sonnbichler ist nicht hier. Seit Tagen nicht mehr. Er hat uns im Stich gelassen. Und das ausgerechnet jetzt, wo wir mitten im Schlamassel stecken.«

Marias Herzschlag beschleunigte sich. Er war nicht hier. Das hieß, er war bereits abgereist. Was sie der Aufgabe enthob, ihm von dem Kind zu erzählen. Und sie vor das Problem stellte, dass sie ganz allein war. Zumindest fast. Es gab immer noch Elena.

Sie zwang sich, sich wieder auf Garau Cañellas und dessen Probleme zu konzentrieren. So groß ihre Sorgen auch sein mochten: Zum einen wollte sie ihn das nicht merken lassen, zum anderen lag ihr die Eisenbahn nach wie vor sehr am Herzen, und wenn es Probleme gab, wollte sie davon wissen.

»Was ist los?«

Garau Cañellas deutete auf den Tunnel. »Der Durchbruch

verläuft langsamer als geplant. Der Fels ist tückisch, bricht unvorhersehbar ein. Wir haben Wassereinbrüche, die Sprengladungen funktionieren nicht, wie sie sollen, und die Männer sind am Ende ihrer Kräfte. Ohne Johann fehlen uns die Berechnungen, das Gespür für die Gesteinsschichten.«

Maria wusste nicht, was sie darauf sagen, geschweige denn, wie sie das Problem lösen sollte. Sie spürte ein riesiges Gefühl der Enttäuschung in sich aufsteigen. Johann hatte die Baustelle im Stich gelassen. Und sein Kind – auch wenn er davon noch nichts wusste. Aber *sie*, sie hatte er ohne Frage im Stich gelassen.

Sie ließ ihren Blick über die Baustelle schweifen. In den Holzbaracken sah sie Arbeiter auf einfachen Bänken sitzen, ihre Gesichter müde und vom Staub bedeckt. Manche tranken hastig Wasser aus Blechbechern, andere versuchten, sich eine kurze Pause zu gönnen. Ein paar Schritte weiter standen große Holzkarren mit Dynamitkisten, bewacht von einem Aufseher, der jeden kritisch beäugte, der sich näherte. Ein karger Wind zog durch die Schlucht, ließ den feinen Gesteinsstaub in kleinen Wirbeln aufsteigen. Die Männer, die am Tunnel arbeiteten, waren dunkel vom Ruß, ihre Hemden durchgeschwitzt und ihre Hände rau von der schweren Arbeit.

»Wir hatten gehofft, mit dem Tunnel bis zum Frühjahr durchzukommen, aber jetzt …« Garau Cañellas machte eine Pause und ließ den Blick zu dem Berg wandern, der sich dunkel und unnachgiebig über ihnen erhob. »Jetzt weiß ich nicht mehr, ob das möglich ist. Ohne Señor Sonnbichler fehlt uns jemand, der diese Arbeit durchblickt. Ich fürchte, wir machen Fehler, die uns noch Monate kosten könnten.«

Maria trat einen Schritt näher. »Gibt es niemanden, der seinen Platz einnehmen kann?«

Garau Cañellas schnaubte. »Niemand, der sich mit den Bodenverhältnissen hier so gut auskennt wie Señor Sonnbichler. Er wusste genau, wo die Felsen brüchig sind, wo wir stützen müssen. Jetzt arbeiten wir auf gut Glück. Und das kann gefährlich werden.«

Sie sah Garau Cañellas an. »Was, wenn er nicht zurückkommt? Was, wenn ihr allein weitermachen müsst?«

Der Ingenieur legte die Stirn in Falten. »Dann werden wir es versuchen. Aber es wird nicht leicht. Und es könnte uns teuer zu stehen kommen.«

Maria nickte langsam. Sie wusste nun, was sie zu tun hatte. Sie musste Johann finden. Nicht nur für sich. Nicht nur für das Kind. Sondern auch für das, was er hier zurückgelassen hatte.

Nach ihrer Rückkehr auf die Plantage hatte Maria gleich Elena aufgesucht und sie zu einem Spaziergang gebeten.

»Und?«, fragte die Freundin, als sie Seite an Seite durch die Haine spazierten. »Hast du ihn gefunden?«

Sie schüttelte den Kopf. »Nein.« Sie starrte auf die endlosen Orangenbäume, die sich rechts und links des Weges erstreckten. »Er ist fort. Er hat nicht nur mich im Stich gelassen, sondern auch die Eisenbahn. Ist das nicht ungeheuerlich?«

»Ja, das ist es«, stimmte Elena ihr zu, setzte aber gleich darauf an, den Ingenieur zu verteidigen. »Wahrscheinlich hat er es einfach nicht mehr ausgehalten, in deiner Nähe zu sein. Wo er dich doch so sehr liebt.«

»Ach!«, verächtlich winkte Maria ab. »Verdrückt hat er sich! Im Stich gelassen hat er mich! Und sein Kind auch.«

»Aber er wusste doch gar nichts von dem Kind«, wandte Elena zaghaft ein.

Wider Willen musste Maria lachen.

»Was ist?«, fragte Elena verblüfft. »Was ist so lustig?«

»Ach, es ist nur, ich habe ihn innerlich vorhin auch vor mir selbst zu verteidigen versucht. Mit genau denselben Worten.«

»Ach so.« Nun lachte auch Elena und fügte dann hinzu: »Aber es ist doch so.«

»Ja«, pflichtete Maria ihr bei. »Ja, es ist so. Das ändert aber nichts daran, dass er die Eisenbahn im Stich gelassen hat. Und das werde ich nicht akzeptieren.«

Sie blieb stehen und sah ihre Freundin an.

»Ich werde ihn finden, Elena. Für unser Kind. Und für die Eisenbahn. Ich habe keine andere Wahl.«

»Doch«, widersprach Elena. »Doch, die hast du.«

»Was meinst du?«

»Bitte sei mir jetzt nicht böse, wenn ich dir diesen Vorschlag unterbreite«, setzte Elena an. »Aber dein Johann hat schon recht. Du hast viele Verehrer, die dich sofort vom Fleck weg heiraten würden. Allen voran Alejandro, dem du ja irgendwie auch schon von Kindesbeinen an versprochen bist. Niemand müsste je erfahren, dass das Kind nicht von ihm ist. Es wäre eben eine Frühgeburt.«

Maria war empört. »Wie kannst du so etwas auch nur denken?«, rief sie.

»Überleg doch mal«, sagte Elena eindringlich. »Es geht nicht nur um dich, es geht auch um das Kind. Willst du wirklich, dass es als Bastard aufwächst und sein Leben lang geächtet ist?«

Maria schossen die Tränen in die Augen, und sie legte einem Impuls folgend eine Hand auf ihren noch flachen Unterleib, als könne sie das Ungeborene durch diese Geste schützen. Wie sehr sie das Kind jetzt schon liebte! Natürlich wollte sie, dass das Kleine ein gutes Leben hatte!

»Mit solchen Gesten solltest du künftig vorsichtig sein«, drang da Elenas Stimme in ihre Gedanken. »Sie sind sehr verräterisch.«

Erschrocken nahm Maria ihre Hand wieder fort. »Du hast recht«, sagte sie. »Auch damit, dass ich an das Kind denken muss. All meine Handlungen müssen sich künftig danach richten, was das Beste für sein Wohl ist. Aber wo könnte es ihm besser gehen als bei seinem Vater?«

»Einem Vater, der mit einer anderen Frau verheiratet ist? Er könnte sich gar nicht schnell genug scheiden lassen, um dich rechtzeitig zu heiraten«, sagte Elena. »Denk nach, Maria.«

Sie schloss kurz die Augen. »Vielleicht liegst du richtig, Elena«, sagte sie leise. »Vielleicht ist es das Beste für mein Kind. Und ich weiß auch einen Mann, der ihm ein hervorragender Vater wäre – wenn schon sein eigener diese Rolle nicht einnehmen kann.«

Kapitel 31

Magdalena, Palma 1978

»Wie es scheint«, sagt Javier vergnügt, als sie wieder im Auto sitzen, »hast du nicht nur ein Herrenhaus und eine Plantage geerbt, sondern auch noch genügend Geld, um dich zur Ruhe zu setzen – oder um das Herrenhaus zu sanieren. Sobald wir bei der Bank den Erbschein und die Vollmacht eingereicht haben, ist alles gut.«

»Es ist wirklich unglaublich«, sagt Magdalena. »Wenn ich jeden Monat diese Summe erhalte, muss ich tatsächlich nicht mehr arbeiten. Wobei das ein ganz schrecklicher Gedanke ist. Ich liebe mein kleines Café in London und könnte mir niemals vorstellen, nicht mehr zu arbeiten.«

»Hm«, macht Javier, und es klingt unwillig.

Fragend sieht sie ihn von der Seite an. »Was ist?«

»Ach, mir gefällt nur der Gedanke nicht, dass du irgendwann wieder nach London zurückkehren wirst«, sagt er und nimmt ihre Hand. Ein warmes Gefühl durchflutet sie, aber sie hat keine Antwort. Sie weiß noch nicht, was werden wird. Erst einmal muss sie all die Rätsel lösen.

»Warum hat es dich eigentlich ausgerechnet nach London verschlagen?«, fragt er.

»Ich hatte schon immer Fernweh«, sagt sie. »Ganz besonders nach Spanien.«

»Und warum bist du dann nicht nach Spanien gekommen, sondern nach London gezogen?«

»Ich kann es nicht erklären«, erwidert sie. »London war meine zweite Wahl. Spanien war immer … Ich hab mich nicht getraut.«

»Und jetzt erbst du ausgerechnet hier ein Haus«, sagt er. »Das ist schon merkwürdig.«

»Das ist es«, bestätigt Magdalena. »Offen gestanden habe ich gedacht, dass es irgendein Familiengeheimnis gibt und ich mit Maria Lourdes verwandt bin. Warum sonst sollte sie mir ein Haus vermachen?«

»Aber?«

»Aber das hätte Elena mir doch sofort erzählt. Und außerdem haben mir Garcia und einer der Arbeiter ja gesagt, dass die Fuentes keine Kinder hatten.«

»Verwandt könntest du trotzdem mit ihnen sein. Sobald wir etwas Zeit haben, stelle ich einige Nachforschungen an«, verspricht Javier. »Aber jetzt holen wir erst einmal deine Großmutter ab. Und zur Bank müssen wir auch noch.«

»Oder du gehst zur Bank und ich zum Flughafen?«, schlägt Magdalena vor. »Als mein Anwalt darf der Bankdirektor dir sicherlich ebenso Auskunft geben wie mir.«

»Aber deine Großmutter will doch sicherlich gleich nach

Sóller. Oder nach Palma. Ist es da nicht besser, wenn ich euch fahre?«

»Wir könnten auch erst einmal mit dem Taxi in die Stadt fahren, und wir treffen uns dann später dort.«

»Oder wir holen sie gemeinsam ab und fragen nach ihren Bedürfnissen«, schlägt Javier vor. »Vielleicht ist sie ja auch müde und möchte sich erst einmal ausruhen. Sie ist eine alte Frau.«

»Eine fitte alte Frau«, erwidert Magdalena lachend. »Du wirst überrascht sein. Aber das ist eine gute Idee. So machen wir es. Und wenn meine Großmutter etwas essen will, kannst du in der Zeit zur Bank. Ich glaube, es wäre besser«, entschuldigend sieht sie ihn an, »wenn ich erst mal allein mit ihr wäre. Sie kennt dich ja gar nicht.«

»Natürlich«, sagt er, wendet kurz den Kopf und streicht ihr über die Wange. »Das ist doch gar keine Frage.«

Nach einer knappen Stunde Fahrt lenkt Javier seinen Wagen auf den Flughafenparkplatz. »Am besten warte ich hier auf euch«, sagt er. »Näher kommen wir ja gar nicht ran.«

»Gut.« Sie küsst ihn. »Danke.«

Mit wild klopfendem Herzen überquert Magdalena den Parkplatz, der dem Flughafen direkt gegenüberliegt, und geht zum Ausgang der Ankunftshalle. Und da sieht sie ihre Großmutter schon. Wie immer sieht Sophia Gruber aus wie aus dem Ei gepellt. Und gar nicht wie eine Großmutter! Ihr kinnlanges, welliges Haar leuchtet nach wie vor in einem warmen Blond – allerdings färbt Sophia es seit Jahren. Sie trägt eine weite, elegante Tunika in leuchtenden Farben. Ihre Füße stecken in goldenen Sandalen, die den Blick auf perfekt pedikürte Zehennägel erlauben, ihre hellen Augen sind von der riesigen Sonnenbrille einer Designermarke verborgen. Magdalena grinst über das ganze Gesicht, als sie auf die Ältere zueilt, die sie in diesem Moment entdeckt und zu strahlen beginnt.

»Kindchen!« Sie greift nach ihrem eleganten cremefarbenen Koffer und geht auf ihre Enkeltochter zu. »Da bist du ja!«

»Ia!« Gerührt schließt Magdalena ihre Großmutter in die Arme. »Wie wundervoll, dass du gekommen bist.«

Sophia nimmt ihre Brille ab und mustert ihre Enkelin besorgt. »Geht es dir gut? Bist du in Gefahr? Du musst aufpassen, worauf du dich einlässt.«

»Mir geht es gut, Ia«, sagt sie beruhigend. »Und wir haben gleich jede Menge Zeit, uns zu unterhalten. Bist du sehr müde?«

»Sehe ich so aus?«, ruft Sophia besorgt und kramt in ihrer riesigen Louis-Vuitton-Tasche nach einem Handspiegel. Magdalena muss grinsen. Den Handspiegel hat ihre Ia schon, seit sie denken kann. Und sie ist nie ohne ihn unterwegs. »Überhaupt nicht«, erwidert sie lachend. »Aber du hast immerhin eine lange Reise hinter dir.«

»Ich bin nicht müde«, erklärt Sophia. »Aber ich habe Hunger. Gehen wir in die Stadt?«

»Das hatte ich mir gedacht«, erwidert Magdalena. »Ein Freund ist mitgekommen. Er wird uns in die Stadt fahren.«

Sofort schleicht sich Misstrauen in Sophias Blick. »Ein Freund?«, fragt sie. »Du bist doch erst seit wenigen Tagen hier. Wie kannst du da schon einen Freund haben?«

»Manchmal geht das schnell«, sagt Magdalena und beschließt, einem Impuls folgend, ihrer Großmutter noch nichts Näheres zu erzählen. Sie sagt nur: »Er ist der Anwalt, der für mich und das Erbe zuständig ist. Und er ist hier auf der Insel sehr angesehen.«

Die Bemerkung scheint Sophia ein wenig zu beruhigen. »Na, fahren kann er uns ja, dann sparen wir uns das Geld für ein Taxi«, murmelt sie.

Magdalena hakt sich bei ihr unter. »Soll ich deinen Koffer nehmen?«

»Na, hör mal!«, empört sich Sophia. »Ich bin doch keine alte Frau.«

»Aber ich eine höfliche Enkelin.«

»Trotzdem darfst du nicht.«

Dieserart plaudernd, sind die beiden Frauen inzwischen beim Parkplatz angelangt, und Magdalena hofft inständig, dass Javier sich ihrer Großmutter nicht gleich als der Mann an ihrer Seite vorstellen wird. »Hier sind wir schon«, sagt sie, als sie den dunklen Audi erreichen. Javier hat sie offensichtlich kommen sehen, steigt aus und geht ihnen entgegen. In seinem Blick liegt eine Frage. Magdalena sieht ihn warnend an und schüttelt fast unmerklich den Kopf. Dann sagt sie laut: »Sophia, darf ich dir meinen Bekannten Javier vorstellen? Er war so freundlich anzubieten, uns in die Stadt zu fahren.«

Sophia mustert Javier, und Magdalena erkennt erleichtert, dass der alten Dame offenbar gefällt, was sie sieht.

Sie nickt lächelnd, reicht ihm die Hand und sagt: »Sehr

freundlich, sich uns als Chauffeur zur Verfügung zu stellen, junger Mann.«

»Es ist mir ein Vergnügen«, versichert Javier, öffnet den Kofferraum, hebt Sophias Gepäck hinein und geht dann zur Beifahrertür, um sie für Sophia zu öffnen. Magdalena jubelt innerlich. Ihre Großmutter liebt gute Manieren, und die legt Javier in höchstem Maße an den Tag.

Wenig später sitzen sie im Auto, Magdalena hat auf dem Rücksitz Platz genommen, und Javier lenkt den Wagen in Richtung Stadt. »Hatten Sie eine gute Reise?«, plaudert er.

»Oh ja, sehr«, sagt Sophia lächelnd. »Der schönste Moment war, als das Flugzeug über die Insel flog und ich Mallorca von oben bewundern konnte.«

Wenig später haben sie die Innenstadt erreicht. »Ich lasse euch am besten hier raus.« Javier biegt in eine kleine Seitenstraße nahe der Altstadt ab.

»Danke«, erwidert Magdalena.

»Was machen wir mit meinem Koffer?«, will Sophia wissen.

»Den können Sie gern im Auto lassen«, bietet Javier an. »Ich hole Sie nachher wieder ab und bringe Sie, wohin Sie wollen. Sagen wir«, er blickt auf die Uhr, »in zwei Stunden?«

»Gut.« Magdalena lächelt und formt in einem unbeobachteten Moment mit dem Mund einen Kuss. Dann hakt sie sich bei ihrer Großmutter unter und spaziert mit ihr durch Palmas enge Gässchen.

»Es ist wunderschön hier«, schwärmt Sophia und sieht sich neugierig um. »Ich freue mich darauf, die Insel zu entdecken.«

Magdalena führt Sophia zu einem Tisch auf einer großen Piazza. Der Kellner eilt herbei, bringt die Karten, und sie bestellen zwei Gläser Sekt. Als sie anstoßen, sagt Sophia: »Wie schön, dass wir hier sind.«

»Ja«, sagt Magdalena. »Danke, dass du gekommen bist.«

Kapitel 32

Maria Lourdes, Sóller 1907

»Hast du einen Moment Zeit für mich?«, fragte Maria ihren Vater, als sie ihn am frühen Abend in seinem Kontor aufsuchte. Don José, der über seine Bücher gebeugt saß, blickte überrascht auf. Dann legte er seinen Stift beiseite, faltete die Hände über seinen Papieren und sah sie aufmerksam an. »Natürlich, *mi hija*«, sagte er und lächelte ihr zu. Maria lächelte zurück. Wie sehr ihr Verhältnis sich verändert hatte! Seit sie dafür gesorgt hatte, dass die Eisenbahn gebaut wurde und sie obendrein die Plantage durch den Verkauf der Orangenmarmelade gerettet hatte, hatte sie manchmal das Gefühl, dass Don José sie fast schon verehrte.

»Was kann ich für dich tun?«, fragte er nun.

»Ich …«, setzte sie an. »Ich möchte dich darum bitten, dass du Alejandro einmal zum Abendessen einlädst.«

Überrascht sah er sie an. Ein Lächeln zog über sein Gesicht. »Natürlich«, erwiderte er. »Aus den Gründen, die ich mir erhoffe?«

Sie nickte. »Ich denke zumindest darüber nach, Vater. Alejandro ist mir ein guter Freund und Gefährte, und er hat sein Interesse an mir oft genug bekundet. Irgendwie war es ja immer klar, dass ich ihn eines Tages heiraten würde.«

»Dass ich das noch erleben darf!«, freute sich Don José. »Ich hätte nicht mehr damit gerechnet, dass es tatsächlich wahr werden könnte. Natürlich war schon immer klar, dass eine Heirat für beide Plantagen sehr vorteilhaft sein würde, aber wir hätten dich nie in diese Richtung gedrängt, das weißt du. Aber gewünscht haben wir es uns immer. Und aus dem kleinen Nachbarsjungen wurde ein guter Mann und ein fleißiger Arbeiter. Er wird dich gut versorgen. Und die Plantage eines Tages auch.«

Maria nickte stumm. Der Hauch von Ärger stieg in ihr auf, ganz leise nur, denn in den Worten ihres Vaters lag die Annahme, sie, eine Frau, könne die Plantage nicht allein im Griff haben. Sie hatte doch nun oft genug bewiesen, welche Fähigkeiten sie hatte. Aber sie schluckte ihren Ärger sofort wieder hinunter, darum ging es heute ja überhaupt nicht. Alejandro zu heiraten, war ihr einziger Ausweg. Sie musste es für das Kind tun, das sie unter dem Herzen trug. Mit Alejandro als Vater würde es glücklich aufwachsen, eine Kindheit zwischen Orangenblüten und Meeresbrise. Das war sie dem ungeborenen Wesen schuldig!

Alejandro hatte mit Freuden zugesagt, und er wurde am kommenden Tag zum Essen erwartet. Als der Abend anbrach, erstrahlte das Herrenhaus der Sánchez im Licht unzähliger Kerzen. Maria Lourdes empfing ihren Gast an der

Tür in einem Kleid aus blassblauem Satin, das ihre Figur sanft umspielte. Juanita hatte sich heute besondere Mühe mit ihrer Frisur gegeben. Und doch fühlte Maria Lourdes sich furchtbar.

Als Alejandro vor ihr stand – auch er hatte sich fein gemacht, trug ein blütenweißes Hemd und eine dunkle Weste zum Anzug –, spürte sie einen dumpfen Schmerz in der Magengrube. In seinen Augen leuchteten so viel Liebe und so viel Hoffnung, und sie … sie log ihm derart ins Gesicht.

»Maria, es freut mich sehr, hier zu sein«, sagte er und küsste ihr die Hand. »Es ist lange her, dass wir zusammen an einem Tisch saßen.«

Sie zwang sich zu einem Lächeln. »Ja, wir waren fast noch Kinder. Bitte, komm doch herein.«

Sie führte ihn in den Speisesaal, wo eine festliche Tafel gedeckt war, mit blitzendem Silberbesteck, feinen Stoffservietten und glänzendem Kristall.

Don José eilte ihm mit ausgebreiteten Armen entgegen. »Alejandro, mein lieber Junge! Wie schön, dass du unserer Einladung gefolgt bist«, sagte er. Wie Alejandros Mutter Maria duzten auch Marias Eltern den Freund aus Kindertagen, doch sie hatte das Gefühl, dass ihr Vater Alejandro schon als seinen künftigen Schwiegersohn begrüßte.

Formvollendet küsste Alejandro Marias Mutter die Hand, dann bat Don José zu Tisch. Dienstmädchen eilten mit Schalen voller duftender Speisen herbei. Es gab Cordero asado – Lammbraten –, begleitet von Gerichten, die Estrella liebevoll zubereitet hatte: weiße Bohnen mit Knoblauch, goldgelber Safranreis, gebackene Kürbisse mit Honig.

Alejandro plauderte angeregt mit Don José, und es gelang ihm sogar, Marias stets griesgrämiger Mutter ein Lächeln zu entlocken, während sie sich das Essen und den Wein schmecken ließen.

Das Gespräch drehte sich um die Orangenplantagen, um die bevorstehende Ernte, um die Geschäfte in der Stadt und natürlich um die Eisenbahn. Maria trug kaum ein Wort dazu bei. Das schlechte Gewissen klumpte immer mehr in ihrem Magen, und die Essensdüfte verursachten ihr Übelkeit, doch diesmal, da war sie sich sicher, war deren Auslöser nicht die Schwangerschaft. Es war ihr eigenes Verhalten, das ihr Übelkeit verursachte. Der Braten schmeckte nach Asche in ihrem Mund. In ihrem Kopf hatte nur ein einziger Gedanke Platz: Wie konnte sie ihm das antun?

Nach dem Essen, als die Kerzen allmählich niedergebrannt waren und ihre Eltern sich zurückgezogen hatten, spazierten Maria und Alejandro durch den Hof.

Alejandro schritt langsam neben ihr her, die Hände hinter dem Rücken verschränkt. Nach einer Weile durchbrach er die Stille. »Ich habe mich sehr über die Einladung deines Vaters gefreut«, sagte er leise. »Und ich muss zugeben … Ich habe mir gewisse Hoffnungen gemacht.«

»Ja«, erwiderte sie. »Ja, ich weiß.«

Alejandro blieb stehen. »Du warst mir fremd, heute Abend, Maria. Ich weiß nicht, was dich quält. Aber du sollst wissen, dass ich für dich da bin. Immer. Egal, was du brauchst.«

Tränen traten ihr in die Augen. Wie gut er war. Wie lieb. Und genau deshalb konnte sie ihm das nicht antun.

»Alejandro, ich … ich weiß gerade einfach gar nichts mehr.«

Er hob die Hand und wischte ihr sacht die Tränen aus dem Gesicht, die ihr nun über die Wangen liefen. »Weinen sollst du meinetwegen ganz gewiss nicht, meine Maria. Ich will dich lachen sehen. Und ich wiederhole: Ich bin immer für dich da. Das war ich stets, und das werde ich auch immer sein. Lass dir alle Zeit, die du brauchst.«

»Danke!«, schluchzte sie. Er zog sie in seine Arme und hielt sie fest, während sie sich all ihren Kummer und ihr schlechtes Gewissen aus der Seele weinte.

Sie wusste: Ihr Plan, so wie sie ihn sich zurechtgelegt hatte, funktionierte nicht.

Am Abend schrieb sie verzweifelt in ihr Tagebuch:

Ich habe Angst, dass es entdeckt wird. Ich kann es nicht mehr lange verstecken.

Kapitel 33

Magdalena, Sóller 1978

Enkelin und Großmutter lassen es sich schmecken: Sie teilen sich eine Paella, *Pan con aioli* und trinken je ein Glas Rotwein.

»Ich würde das Testament gern mal sehen«, sagt Sophia.

»Das habe ich nicht bei mir«, erwidert Magdalena.

Sophia nickt. »Sehr vernünftig. Wo ist es denn?«

»Im Safe meines Hotelzimmers in Port de Sóller. Ich würde ohnehin vorschlagen, dass wir nachher dorthin fahren. Es ist ein besonders schöner Ort. Und dann kannst du auch das Herrenhaus besichtigen.«

»Eine gute Idee«, sagt Sophia abenteuerlustig. »Wäre doch gelacht, wenn wir nicht herausfinden würden, welches Spiel hier gespielt wird. Das gilt übrigens auch für deinen Javier.«

Magdalena verschluckt sich beinahe an ihrem Rotwein. »Wie meinst du das?«

Sophia nimmt ihre riesige Sonnenbrille ab und mustert ihre Enkeltochter mit gespielter Strenge. »Deine Großmutter besitzt einen messerscharfen Verstand«, sagt sie. »Ich weiß, dass du und dein Javier mir etwas verheimlichen. Er ist doch dein Javier, nicht wahr?«

»Auch«, sagt Magdalena. »Außerdem ist er, wie gesagt, der Anwalt, der mit der Testamentsvollstreckung betraut wurde.«

»Für mich heißt das nur, er ist in die Sache verwickelt«, murmelt Sophia. »Kindchen, wir haben keine Ahnung, wer diese Maria Lourdes war und warum sie ausgerechnet dir ihr Vermögen vererbt hat. Woher kennt sie dich überhaupt? Du solltest vorsichtig sein, wem du traust, mein Kind.«

Magdalena sagt ihr lieber nicht, dass sie hinsichtlich Javier sogar bereits eine Warnung – wenn auch eine anonyme – erhalten hat. Und ebenso wenig verrät sie ihrer Großmutter, dass Javier derzeit bei der Bank ist, um herauszufinden, wie es um das Konto steht, auf das Señor Garcia seine Pacht überweist. Stattdessen blickt sie auf die Uhr. »Wir haben noch ein bisschen Zeit, bis Javier uns abholt. Was hältst du davon, wenn wir uns die Stadt ansehen?«, fragt Magdalena. »Dazu hatte ich auch noch keine Gelegenheit.«

»Eine gute Idee«, stimmt Sophia zu. Sie winkt einen Kellner herbei und besteht – natürlich – darauf, ihre Enkeltochter einzuladen. Dann greift sie nach ihrer Tasche und setzt ihre Sonnenbrille auf. Wieder einmal denkt Magdalena, was für eine beeindruckende Person ihre Großmutter doch ist.

Seite an Seite gehen die beiden Frauen durch die engen Gässchen in Richtung des breiten Passeig des Born mit seinen prachtvollen Bauten und luxuriösen Geschäften. Die Sonne taucht die alten Sandsteinfassaden in warmes Licht, und der Duft von Kaffee und frischem Gebäck durchströmt die Luft. Straßenmusiker spielen sanfte Gitarrenmelodien, als Enkelin und Großmutter weiter in Richtung der majestätischen Kathedrale schlendern. Schon von Weitem beeindruckt das Bauwerk mit seinen filigranen Türmen und der kunstvollen Fassade. Als sie näher kommen, lässt sich Magdalena einen Moment Zeit, um das imposante Gebäude auf sich wirken zu lassen.

»Wunderschön«, murmelt sie.

Sie treten ein und bewundern die hohen Gewölbe, die bunten Lichtspiele der Rosettenfenster und die besondere Stille im Inneren der Kathedrale. Diese Stille ist nahezu magisch, und mit einem Mal vergisst Magdalena alle Aufregung und alle ungelösten Fragen.

Als sie die Kathedrale verlassen, kommt es ihr vor, als schlage die Realität wie eine Welle über ihr zusammen, und es fühlt sich an, als müsse sie für einen Augenblick nach Luft schnappen. Doch Sophia verkündet: »Jetzt brauche ich ein Eis! Wo gibt es besonders gutes?« Beide lachen sie.

»Ich kenne mich ja auch nicht aus, Ia«, sagt Magdalena. »Aber das hier sieht doch gut aus.«

Sie deutet auf eine kleine Eisdiele, die für ihre Mandel-Eisspezialität wirbt.

Seite an Seite treten die beiden Frauen ein, bestellen das angepriesene Mandeleis und setzen sich an einen kleinen Holztisch.

»Und, was sagst du?«, fragt Sophia, nachdem Magdalena den ersten Löffel probiert hat.

»Ein Traum«, schwärmt Magdalena. »Cremig, süß, aber nicht zu süß. Ich glaube, das könnte mein neues Lieblingsdessert werden. Vielleicht probiere ich es aus, wenn ich wieder in London bin, und biete es in meinem Café an.«

»Du hast vollkommen recht. Und das ist eine grandiose Idee«, sagt Sophia. »Im Übrigen glaube ich, dass wir uns nun zum Parkplatz begeben sollten. Wir dürfen deinen Freund nicht warten lassen. Ich muss sagen: Meine Neugierde auf dein Erbe steigt.«

Eine gute Stunde später parken sie den Wagen wieder im Hof des Herrenhauses. Da es inzwischen schon später Nachmittag ist, liegen Verwaltungstrakt und die Plantage verwaist da.

Als Magdalena den Schlüssel herauszieht und aufschließt, wird ihr bewusst, dass sie das Haus nicht mehr betreten hat, seit sie am ersten Abend gemeinsam mit Javier regelrecht geflohen ist. Doch jetzt, am helllichten Tag, mit ihrer Großmutter und ihrem Liebsten an ihrer Seite, fühlt es sich gut und richtig an, hier zu sein. Die Räume sind lichtdurchflutet, Staubkörner tanzen in den Abendsonnenstrahlen.

»Donnerwetter«, sagt Sophia. »Auch wenn ich noch immer nicht weiß, was es mit diesem Erbe auf sich hat, eins ist sicher: Es kann sich sehen lassen.«

»Nicht wahr?«, fragt Magdalena stolz. »Und nun kann ich sie dir auch zeigen.«

»Maria?«, vergewissert sich Sophia.

»Genau.« Sie führt die Ältere zu der Bildergalerie an der Treppe und deutet auf das Bild von Maria und auch auf das Hochzeitsfoto von ihr und ihrem Mann. Sophia schüttelt ratlos den Kopf. »Eine hübsche und sympathisch wirkende Frau«, sagt sie. »Und der Mann sieht auch sehr nett aus.«

Sie lässt ihren Blick weiter über die zahlreichen Bilder gleiten. Dann wird sie plötzlich kreidebleich, stößt einen markerschütternden Schrei aus und schlägt sich die Hand vor den Mund.

Kapitel 34

Maria Lourdes, Sóller 1908

»Maria«, sagte Elena eindringlich. »Du musst dir etwas überlegen. Lange kannst du deine Schwangerschaft nicht mehr geheim halten.«

Sie standen in Marias Ankleidezimmer, wo Elena sich wieder einmal nach Kräften bemühte, Maria in eins ihrer Kleider zu zwängen.

»Das geht nicht mehr«, ächzte sie verzweifelt. »Und du kannst nicht schon wieder das blaue anziehen.«

»Kannst du nicht die Naht noch etwas auslassen?«

»Schon, aber so wie dein Bauch wächst, hilft uns das höchstens für eine Woche weiter. Wir brauchen eine Lösung, Marilu.«

»Ich weiß.« Maria wandte sich um. »Und ich habe im Grunde nur eine Lösung. Es ist viel zu spät, um Alejandro jetzt noch zu heiraten. Ich bin ja bereits im siebten Monat.«

»Ja«, sagte Elena. »Das hättest du sofort tun müssen. Dass

du es nicht übers Herz gebracht hast, ihn zu belügen, ehrt dich ja, aber es bereitet dir auch jede Menge Probleme.«

»Und eben deswegen habe ich keine andere Wahl, als nach Deutschland zu reisen und Johann zu finden.«

»Du bist verrückt«, sagte Elena. »In deinem Zustand.«

»Zum Glück bereitet mir die Schwangerschaft keine Probleme, und noch sieht man sie mir ja auch nicht an.«

»Dem würde ich widersprechen«, versetzte Elena. »Man sieht sie dir sehr deutlich an. Wir sind nur sehr geschickt darin, sie zu verstecken.«

»Nicht einmal meine Eltern haben etwas gemerkt!«, bekräftigte Maria. »Also kann ich auch nach Deutschland reisen.«

»Du weißt schon, dass dir nur noch zwei Monate bis zur Geburt bleiben, oder?«

Maria nickte. »Ich habe nur noch wenig Zeit. Aber ich kann es schaffen.«

Zwei Tage später saß Maria im Arbeitszimmer ihres Vaters, eine Karte von Europa vor sich ausgebreitet. Don José betrachtete sie mit gerunzelter Stirn.

»Warum interessierst du dich plötzlich für Deutschland?«, fragte er misstrauisch.

Maria zwang sich, ruhig zu atmen. »Vater«, sagte sie, »auf der Baustelle gibt es ein Problem.«

»Ach ja?« Don José merkte auf. Lange schon war ihm der Eisenbahnbau schließlich selbst zum Herzensanliegen geworden. »Weshalb?«

»Wie du vielleicht weißt, ist Herr Sonnbichler schon vor einiger Zeit nach Deutschland zurückgekehrt.«

Der Patriarch nickte. »Eine Schande ist das.«

»Er musste sich wohl um seine kranke Frau kümmern und hatte damit einen Grund«, erklärte Maria. »Die Sache ist, dass sie die Probleme beim Tunnelbau einfach nicht in den Griff bekommen, was unnötig viel Geld kostet. Das können wir uns nicht leisten. Herr Sonnbichler könnte das Problem sofort lösen, wenn er hier wäre.«

»Du willst ihm doch nicht etwa hinterherreisen?«, begriff Don José. »Das gehört sich nun wirklich nicht für eine junge Dame.«

»Vater!« Sie lachte und fand selbst, dass dieses Lachen etwas unecht klang. »Es ist ja nicht so, als würde hier eine junge Frau einem Mann hinterherrennen. Es ist so, dass die Initiatorin der Eisenbahnlinie einem abtrünnigen Ingenieur hinterherreist und ihn zwingt zurückzukommen. Das geht so nicht. Er kann uns nicht im Stich lassen!« Beinahe hätte sie laut aufgelacht ob der Zweideutigkeit ihrer Worte.

Ihre Empörung war echt, und zu ihrer Überraschung war es nun ihr Vater, der lachte – aber nicht spöttisch, sondern eher … anerkennend.

»Was ist?«, fragte sie verdutzt.

»Ach, es ist nur, weil meine Tochter einmal mehr daherredet wie ein Mannsbild. Ich werde mich wohl nie daran gewöhnen.«

Zaghaft fiel sie in sein Lachen ein. Würde er ihr also die Erlaubnis erteilen?

Als habe er ihre stumme Frage gehört, nickte Señor José

und sagte: »Da es ohnehin nichts bringen würde, dir die Reise zu verbieten, erlaube ich sie dir hochoffiziell.«

»Danke, Vater.« Erleichtert fiel sie ihm um den Hals.

»Schon gut«, murmelte Señor Sánchez verlegen. »Es ist doch auch in meinem Sinne, dass die Sache mit der Eisenbahn zu einem guten Ende findet. Und mit deiner Marmelade hast du immerhin unsere Plantage gerettet. Ich schulde dir was.«

Tränen traten in Marias Augen. So deutlich hatte der Vater sie noch nie gelobt! Sie blinzelte sie rasch weg.

»Aber eine Bedingung habe ich«, sagte Señor Sánchez und hob den Finger.

»Jede, Vater, jede.«

»Ich möchte nicht, dass du allein reist. Das ist zu gefährlich und schickt sich im Übrigen nicht für eine alleinstehende junge Frau. Nimm Elena mit.«

Maria lächelte. »Ich wüsste nicht, was ich lieber täte.«

Ihr Vater nickte zufrieden. »Und noch ein Versprechen hätte ich gern.«

»Und welches?«

»Wenn du zurück bist, wirst du dann endlich eine Entscheidung hinsichtlich des armen Alejandro treffen? Der Junge dauert mich wirklich.«

Dieses Versprechen konnte Maria ihm guten Gewissens geben. Sie wusste nicht, wohin ihre Reise sie führen würde, aber wenn sie zurückkehrte, hätte sie auch für Alejandro eine Antwort.

»Ja, Vater, ich verspreche es dir.«

»Gut.« Er nickte zufrieden. »Wann möchtest du aufbrechen?«

»So schnell wie möglich.«

Eine Woche später verließen Maria und Elena Mallorca. Am Abend zuvor hatte sich Maria von Alejandro verabschiedet, der wie immer Verständnis gehabt hatte. »Ich bewundere dich dafür, dass du diese Reise unternimmst, um Johann Sonnbichler zurückzubringen«, hatte er gesagt und sie dabei ein wenig traurig angesehen. Maria stockte der Atem. Seine Aussage war doppeldeutig – absichtlich? Sie hatte die Blicke nicht vergessen, die die beiden Männer einander bei der Versammlung der Landbesitzer dereinst zugeworfen hatten. Also hatte sie Alejandro sacht auf die Wange geküsst und sich eilig verabschiedet.

»Ich danke dir für deine Geduld, Alejandro«, sagte sie zärtlich. »Sehr.«

Am nächsten Morgen stand dann der Abschied von der Mutter und den Dienstboten an, und Señora Sánchez zeigte in der Tat Emotionen, als sie ihre Tochter zum Abschied auf die Wange küsste.

»Viel Glück, mein Kind«, sagte sie. »Komm gesund wieder.«

Don José brachte seine Tochter höchstpersönlich zum Schiff in Palma und stand, als sie an Bord gegangen war, noch lange an der Pier, um zu ihnen hinaufzuwinken.

»Das wäre geschafft«, sagte Maria erleichtert. »Endlich brauchen wir uns nicht mehr zu verstecken.«

Mit einem lauten Hupen legte das Schiff ab. Ein letztes

Winken zu ihrem Vater hinunter, dann sagte Maria: »Lass uns nach einem schönen Platz Ausschau halten. Bis Barcelona sind wir schließlich den ganzen Tag unterwegs.«

Sie fanden zwei Liegestühle auf dem Oberdeck und machten es sich gemütlich. Elena reichte Maria mit einem geheimnisvollen Lächeln ein kleines Schmuckkästchen.

Überrascht sah Maria sie an. »Was ist das?«

»Mach es auf«, sagte Elena und fügte hinzu: »Es ist nur eine Leihgabe.«

Maria öffnete die Schatulle und fand zu ihrer Überraschung einen goldenen Ehering vor.

»Er gehörte meiner Großmutter«, erklärte Elena. »Wir können deine Schwangerschaft nicht mehr lange verbergen, und als verheiratete Schwangere mit Gesellschafterin wird man uns überall zuvorkommend empfangen.«

»Du bist genial!«, rief Maria. »Was würde ich nur ohne dich machen!«

Probeweise steckte sie sich den Ring an den Finger. »Passt perfekt.«

Kapitel 35

Magdalena, Sóller 1978

»Ia! Was ist mit dir?«, ruft Magdalena besorgt und legt ihrer Großmutter die Hand auf den Arm.

»Dieser Mann da!«, ächzt Sophia und starrt auf ein Bild, das, etwas abseits der anderen, am Treppenabsatz hängt. »Das ist mein Vater. Deutlich jünger, als ich ihn in Erinnerung habe. Aber unverkennbar. Was macht sein Foto in diesem Haus?«

Wie gebannt betrachtet nun auch Magdalena das Foto. Das ist ihr Urgroßvater? Die Schwarz-Weiß-Aufnahme zeigt einen hochgewachsenen, vermutlich blonden, schlanken und muskulösen Mann. Er lehnt mit verschränkten Armen an einem Orangenbaum und grinst in die Kamera.

»Dann haben wir nun wohl das erste Mosaiksteinchen«, flüstert Magdalena, während Javier vorschlägt: »Lasst uns doch ins Wohnzimmer gehen. Dann können Sie sich etwas erholen von dem Schreck. Und erzählen, was Sie wissen.«

Sophia nickt. »Ja«, sagt sie. »Ja, das ist eine gute Idee.«

Magdalena reicht ihr den Arm und führt sie in die riesige Stube. Javier folgt ihnen.

Die beiden Frauen setzen sich auf das Sofa, das einen Blick auf die Plantagen freigibt, und Javier nimmt im Ohrensessel Platz.

»Du bist dir sicher, dass der Mann auf dem Foto dein Vater ist? Mein Urgroßvater?«, fragt Magdalena und fügt dann hinzu: »Ich weiß eigentlich kaum etwas über ihn. Und über meine Urgroßmutter auch nicht.«

»Wenn es dich beruhigt«, lässt sich Javier vernehmen, »ich kenne nicht einmal die Namen meiner Urgroßeltern.«

Sie wirft ihm einen dankbaren Blick zu, während Sophia lächelt. »Deine Urgroßeltern waren wunderbare Menschen«, sagt sie. »Und ich hatte eine wohlbehütete Kindheit. Sie haben mich mehr geliebt, als man sich das vorstellen kann, vielleicht auch, weil ich ihr einziges Kind war.«

»Wollten sie keine Kinder mehr?«, erkundigt sich Magdalena, und Sophia zuckt mit den Schultern. »Das kann ich dir tatsächlich gar nicht so genau sagen, ich habe nie gefragt«, sagt sie. »Meine Mutter war eine glückliche Hausfrau, hat sich um Haus und Garten gekümmert. Wir wohnten sehr schön mitten im idyllischen Allgäu, du kennst das Haus, schließlich bist du dort ebenfalls groß geworden. Meine Kindheit bestand aus Gipfeln, sprudelnden Bächlein und glücklichen Kühen.« Sie lacht ein wenig wehmütig.

»Meine ja auch«, erwidert Magdalena lächelnd. »Eine gute Entscheidung, dass du nie weggezogen bist und auch Mama mit mir dort blieb, nachdem Vater uns verlassen hat.«

Sophia nickt.

»Und mein Urgroßvater?«, fragt Magdalena nun. »Der Mann auf dem Bild. Hast du eine Idee, was er hier auf Mallorca gemacht haben könnte?«

»Urlaub?«, überlegt Sophia. »Er hat jedenfalls nie etwas von Mallorca erzählt. Oder von Spanien.«

»Was hat er denn gemacht?«, mischt sich nun Javier ins Gespräch. »Ich meine beruflich.«

Sie lächelt. »Mein Vater war ein leidenschaftlicher Bergmensch. Er sagte immer, der Berg habe eine Seele, und man müsse sie durchdringen und verstehen, um ihn sich zum Freund zu machen.«

»Er war Bergsteiger?«

»Das auch, aber vor allem baute er Tunnel.«

Javier und Magdalena wechseln einen Blick, was Sophia sofort bemerkt.

»Was ist?«, fragt sie. »Weshalb seht ihr euch so an?«

»Es ist nur …«, sagt Magdalena. »Den Bau der Eisenbahn zwischen Sóller und Palma – den hat Maria Lourdes initiiert. Und da gab es einige schwierige Tunnel zu graben. Vielleicht kam dein Vater deshalb nach Spanien? Um beim Eisenbahnbau zu helfen?«

»Das wäre möglich«, murmelt Sophia. »Es ist sogar wahrscheinlich.«

»Aber warum hat er dann nie davon erzählt?«

»Das ist nun wiederum gar nicht erstaunlich«, sagt Sophia. »Sosehr er seine Bahn geliebt hat – Johann Sonnbichler war ein ausgesprochen schweigsamer Mann. Er hat nie viel geredet.«

Magdalena schnappt nach Luft, und auch Javiers Augen weiten sich.

»Was ist denn nun wieder?«, fragt Sophia verwirrt.

»Johann«, flüstert Magdalena. »Diesen Namen hat Elena genannt und sich furchtbar darüber aufgeregt.«

»Wer ist Elena? Und was hat sie mit meinem Vater zu tun?«

»Sie war eine Freundin von Maria«, sagt Magdalena aufgeregt. »Sie wohnt im Nachbarort.« In Gedanken fügt sie hinzu: Und sie kennt dich. Sie hat deinen Namen genannt. Doch sie spricht es nicht aus, um ihre Großmutter nicht noch mehr zu verunsichern.

»Dann lasst uns zu ihr fahren«, sagt Sophia und macht Anstalten, sich zu erheben. Besorgt bemerkt Magdalena, dass die Beine ihrer Großmutter zittern. »Bist du sicher, dass dir das nicht zu viel wird?«, fragt sie, doch Sophia winkt ab.

»Es sind sehr viele Neuigkeiten auf einmal«, gibt sie unumwunden zu. »Aber ich könnte mich jetzt niemals ausruhen. Offenbar hängt dieses Erbe ja doch mit unserer Familie zusammen. Ich will Antworten.«

»Gut.« Javier erhebt sich. »Dann fahren wir zu Elena.«

Seite an Seite gehen sie durch die Eingangshalle zum Auto. Javier lenkt den Wagen über die für Magdalena nun schon vertrauten Straßen in das kleine Hafendorf hinunter, doch zu ihrer Überraschung biegt er diesmal nicht links ab, sondern fährt weiter geradeaus.

»Wohin fährst du?«

»Ich dachte, wir fahren diesmal zu Elena hoch«, sagt er, und zu Magdalenas Erleichterung fügt er nicht hinzu: »Dann muss deine Großmutter die anstrengenden Treppen nicht erklimmen.« Das hätte Sophia in ihrer Ehre gekränkt, und Javier hat das längst begriffen.

»Dann lernst du jetzt mal ganz neue Ecken von Port de Sóller kennen«, fährt er stattdessen fort.

Die Straße endet in einem Kreisverkehr, von dem aus Javier nach links abbiegt und dann die sich windende Straße hochfährt, vorbei an prachtvollen Villen.

»Das ist ja eine wundervolle Aussicht«, ruft Sophia begeistert. »Port de Sóller gefällt mir bislang ausnehmend gut.«

»Warte, bis du die Aussicht aus Elenas Wohnzimmer siehst«, verspricht Magdalena. »Die ist wirklich atemberaubend.«

Oben angekommen, parkt Javier den Wagen am Straßenrand. Magdalena hat Elenas Haus noch nie von der Bergseite gesehen. Von hier aus wirkt es nur wie ein kleines einstöckiges Häuslein.

Javier tritt ein, ohne zu klingeln, und Magdalena klärt ihre stets auf Höflichkeit bedachte Großmutter rasch auf, dass das alles seine Richtigkeit hat.

Zum Wohnzimmer müssen sie von hier aus eine Etage nach unten gehen. Wie erwartet, finden sie die alte Frau vor dem großen Panoramafenster vor, wo sie sitzt, um ein Kreuzworträtsel zu lösen.

»Guten Tag«, ruft Javier von der Tür her. »Besuch für Sie.«

Lächelnd dreht Elena sich um – und erblickt Sophia.

Erschrocken springt sie auf und schlägt die Hände an die Wangen.

»Nein!«, flüstert sie. »Nein. Du bist doch tot! Wie kannst

du hier vor mir stehen?« Ihre Augen weiten sich. »Bin ich etwa auch tot?«

Dann bricht Elena bewusstlos zusammen, noch bevor jemand bei ihr sein kann.

Danach geht alles ganz schnell.

Magdalena stürzt in den Flur und schreit nach der Pflegerin. Javier rennt zum Telefon und alarmiert den Notarzt. Sophia aber steht wie erstarrt und blickt auf die Frau, die vollkommen regungslos auf dem Boden liegt.

Kapitel 36

Maria Lourdes, Allgäu 1908

Die Landschaft war atemberaubend: verschneite Wiesen, die sich zwischen sanften Hügeln erstreckten, im Hintergrund die schneebedeckten Gipfel der Alpen. Kleine weiße Häuser mit dunklen Holzbalkonen schienen an den Berghängen zu kleben, und aus vielen Schornsteinen stieg Rauch in den kalten Winterhimmel.

Es war nicht schwer gewesen, das Dorf zu finden, in dem Johann lebte. Er hatte ihr so oft von seiner Heimat erzählt und sie auch beim Namen genannt. Nur seine Frau, dachte Maria bitter, die hatte er verschwiegen. Die Fahrt durch das bayerische Voralpenland war anstrengend gewesen, doch als Maria und Elena endlich das kleine Dorf in den Bergen erreichten, wurde sie von einer Mischung aus Erleichterung und Unruhe erfasst.

Die einfache Kutsche passierte das Ortseingangsschild, eine kleine Kirche mit spitzem Glockenturm und etliche niedrige Bauernhäuser. Vor dem Wirtshaus hielt das Gefährt, und Elena und Maria stiegen aus. Maria sah sich verstohlen um, ihr Herz schlug heftig gegen ihre Brust. Jeden Moment könnte Johann um die Ecke biegen und vor ihr stehen.

Der Kutscher brachte ihr Gepäck ins Haus, die Frauen folgten ihm, neugierig beäugt von einigen Dorfbewohnern. Hierher, dachte Maria beklommen, verirrte sich sicherlich höchst selten mal ein Fremder.

Das Innere des Wirtshauses war ausgesprochen gemütlich: In dem großen offenen Kamin prasselte ein uriges Feuer, es duftete nach frisch gebackenem Brot und deftigem Eintopf. Eine stämmige Wirtin mit neugierigen Augen trat hinter der Theke hervor und musterte die beiden Frauen ungeniert.

»Grüß Gott, die Damen. Was darf's denn sein?«

Maria Lourdes rang um Worte. Ihr Deutsch war holprig, aber verständlich. »Guten Abend. Wir suchen Johann Sonnbichler. Wissen Sie, wo wir ihn finden können?«

Die Wirtin hob überrascht die Augenbrauen, und ihr Blick zuckte zu Marias Bauch und der kleinen Wölbung unter ihrem Mantel.

»Der Johann?«, wiederholte sie etwas zu laut. »Ja freilich, der lebt hier im Dorf.« Sie fügte noch hinzu: »Mit seiner Frau.«

Maria ließ sich nicht aus der Ruhe bringen. »Seine Frau kenne ich leider noch nicht«, sagte sie. »Aber dafür kennt Johann meinen Mann.« Sie legte ihre rechte Hand auf ihren gewölbten Leib, und der Ehering von Elenas Großmutter funkelte. »Mein Mann setzt sich auf Mallorca für den Eisenbahnbau ein«, erklärte sie. »Leider gibt es große Schwierigkeiten mit dem Tunnelbau. Und nur Herr Sonnbichler kann helfen.«

Das Misstrauen der Wirtin war offensichtlich noch nicht gebrochen. »Und da schickt er seine schwangere Frau auf die Reise?«, fragte sie. »Er hätte doch auch selbst kommen oder schreiben können.«

Maria war empört: Das alles ging die Wirtin doch rein gar nichts an, dachte sie bei sich, doch sie wusste, dass es unklug wäre, sich mit der Frau anzulegen. Also sagte sie: »Da haben Sie recht, aber mein Mann, nun, er ist bei einem Tunneleinsturz schwer verunglückt und kann nicht reisen. Und bei einem Brief hatten wir Angst, dass Herr Sonnbichler nicht reagieren würde. Er ist ja zurückgekehrt, weil er seine Frau so liebt und bei ihr sein will.«

Nun schlich sich Anerkennung in den Blick der Wirtin. »Ich habe ja Respekt vor tapferen Frauen«, sagte sie. »Alle Achtung. Dann wünsch ich Ihnen viel Glück beim Johann und dass Sie die lange Reise nicht umsonst gemacht haben.«

»Danke«, sagte Maria. »Das hoffe ich auch.«

Die Wirtin deutete zur Tür. »Draußen Richtung Süden, gleich hinter der Mühle. Ein großes Haus aus dunklem Holz mit grünen Fensterläden. Sie können es nicht verfehlen.«

Maria nickte. »Dürfen wir unser Gepäck hierlassen? Und gleich zwei Zimmer für die Nacht reservieren?«

»Selbstverständlich«, sagte die Frau. »Ich richte Ihnen alles her.«

Wieder draußen, schlug ihnen die kalte Luft entgegen, doch Maria nahm sie kaum wahr. Ihr Herz pochte laut in ihren Ohren. Gleich würde sie vor Johann stehen. Und vor seiner Gattin. Darüber hatte sie noch gar nicht nachgedacht. Was sollte sie sagen, wenn seine Frau die Tür öffnete? »Guten

Tag, ich bin Maria Lourdes Sánchez, und Ihr Mann ist der Vater des Kindes, das ich unter dem Herzen trage«?

»Maria«, fragte Elena sanft. »Willst du wirklich heute noch zu ihm?«

Maria atmete tief durch. »Ich muss. Nun habe ich so einen langen Weg zurückgelegt, ich kann und will nicht länger warten.«

Sie folgten dem beschriebenen Weg, doch als sie das große Haus mit den grünen Fensterläden erblickte, wurde Maria plötzlich schwindelig. Sie schwankte leicht, und Elena griff besorgt nach ihrem Arm.

»Du stehst das jetzt nicht mehr durch, Maria«, sagte sie energisch. »Sei vernünftig. Für diesen Moment brauchst du viel Kraft und Besonnenheit.«

»Du hast recht«, flüsterte Maria. »Lass uns zurückgehen. Ausruhen. Morgen ist auch noch ein Tag.«

Zurück im Gasthaus, sah die Wirtin ihnen neugierig entgegen. »Da waren Sie aber schnell.«

Maria nickte. »Wir haben nur einen kleinen Spaziergang gemacht und uns das hübsche Dorf angesehen. Aber wir wollten so spät am Abend nicht mehr stören. Außerdem hatten wir Sorge, dass wir nachher nichts mehr zu essen bekommen bei Ihnen. Es hat vorhin so gut gerochen.«

Die Wirtin lächelte zufrieden. »Es gibt Kaspresssuppe«, sagte sie. »Und zum Nachtisch Kaiserschmarrn. Wie klingt das?«

»Gut«, sagte Maria und übersetzte dann für Elena. »Aber wir können uns nichts darunter vorstellen.«

Die Wirtin lachte. »Es wird Ihnen schmecken, das verspreche ich.«

Sie sollte recht behalten.

Es schmeckte tatsächlich köstlich, und Maria war froh, dass sie den Abend mit diesem Essen beenden und gleich gemütlich ins Bett fallen konnte. Die Wirtin führte Maria und Elena schließlich eine knarrende Holztreppe hinauf in den ersten Stock. Der Flur war schmal, die Wände mit dunklem Holz verkleidet. Die Wirtin öffnete zwei Türen nebeneinander. »Hier. Nicht groß, aber warm. Wenn Sie etwas brauchen, sagen Sie es mir.«

Die Zimmer waren einfach, aber gemütlich eingerichtet. In jedem befanden sich ein schmales Bett mit einer dicken Daunendecke, ein Waschbecken mit einer Keramikschüssel und eine kleine Kommode. Maria trat ans Fenster und blickte hinaus. In der Ferne schimmerte ein Licht – Johanns Haus.

»Danke«, sagte sie leise zur Wirtin, doch es kam keine Antwort. Als Maria sich umdrehte, um zu sehen, warum, war die Wirtin schon wieder verschwunden. Wahrscheinlich zurück in den geschäftigen Gastraum. In diesem Moment trat Elena in ihr Zimmer.

»Versuch zu schlafen, Maria. Morgen wird es anstrengend«, sagte sie tadelnd.

Maria nickte und gehorchte.

Sie packte ihren Koffer aus, wusch sich an dem kleinen Waschbecken und kuschelte sich dann unter die rot-weißkarierte Bettdecke. Ihr Blick ging durch die offenen Vorhänge hinaus ins Dunkel. Wie hell die Sterne hier leuchteten! Und wie einsam sie sich fühlte. Sie wusste, dass die Nacht lang werden würde. Zu viele Gedanken schwirrten ihr durch den Kopf.

Sie war an einem entscheidenden Wendepunkt in ihrem Leben angekommen. Morgen würde es sich zeigen, ob Johann bereit war, seine Frau zu verlassen, oder nicht. Und wenn nicht, überlegte Maria, könnte sie vielleicht mit Elena hierbleiben und sich eine neue Existenz aufbauen. Allen erzählen, ihr Ehemann sei im Tunnel verschüttet worden, und sie müsse sich nun allein durchschlagen? Man glaubte ihr die verheiratete Frau, und das wäre allemal besser für ihr Kind, als als Bastard aufzuwachsen. Aber dann würde sie ihre Heimat nie wiedersehen. Müsste die Eltern im Unklaren lassen. Einfach verschwinden und nie mehr zurückkehren. Was für ein Leid sie über alle bringen würde!

Nein, dachte sie. Das konnte und durfte nicht sein. Es musste eine andere Lösung geben.

Kapitel 37

Magdalena, Sóller 1978

Die Aufregung hat sich einigermaßen gelegt. Elena ist mit dem Rettungswagen und begleitet von ihrer Pflegerin, die den Besuchern unzählige böse Blicke zugeworfen hat, ins Krankenhaus gebracht worden. Sophia ist inzwischen auf einen Sessel gesunken und starrt wortlos vor sich hin.

»Ja?«, fragt Magdalena besorgt.

Mit einem Blick, der von weit her zu kommen scheint, sieht Sophia sie an.

»Was war das gerade, Magdalena?«, flüstert sie. »Warum erschrickt diese Frau bei meinem Anblick so sehr? Weshalb glaubt sie, dass ich tot bin?«

»Ich kann es dir auch nicht sagen«, erwidert Magdalena. »Seit ich hier bin, ereignet sich eine Merkwürdigkeit nach der anderen.«

Sophia nickt. »Immerhin ist mir nun auch klar, dass all das etwas mit uns zu tun hat. Mit meinem Vater. Mit mir. Nur – was?«

»Wenn ich einen Vorschlag machen dürfte«, mischt Javier sich nun ins Gespräch ein.

Beide Frauen sehen ihn an, als erhofften sie sich von ihm die Lösung aller Rätsel.

Er deutet hinaus, wo sich die Nacht langsam über den Hafen senkt.

»Es wird spät. Sie haben einen langen Tag hinter sich. Wir könnten noch eine Kleinigkeit im Hotel essen und dann zu Bett gehen. Morgen ist ein neuer Tag. Und vielleicht ein Tag, der uns endlich Antworten schenkt.«

Sophia erhebt sich mit einem Seufzen. Zum ersten Mal, seit sie denken kann, empfindet Magdalena ihre Großmutter als alt, und es bricht ihr das Herz.

»Das ist eine gute Idee«, sagt Sophia und klingt unendlich erschöpft. »Jetzt merke ich, dass ich müde bin. Sehr müde.«

Die kurze Autofahrt zurück zum Hotel verläuft schweigend. Dort angekommen, werden sie von der freundlichen Dame an der Rezeption herzlich begrüßt und gehen dann gleich ins Restaurant.

Dann spricht Sophia aus, was sie alle quält. »Ich hoffe so sehr, dass Elena durchkommt.«

»Was für ein Tag«, sagt Magdalena seufzend, als sie wenig später endlich eng an Javier geschmiegt in ihrem Bett liegt. »Bei all der Aufregung habe ich ganz vergessen, dich zu fragen, wie es bei der Bank war.«

»Das ist die nächste unglaubliche Geschichte«, murmelt Javier an ihrem Haar. »Willst du sie wirklich hören?«

»Unbedingt!«, sagt Magdalena und setzt sich halb auf.

»Aber nur, wenn du in meinen Armen liegen bleibst«, versetzt er und zieht sie energisch wieder an sich.

»Mit Vergnügen.«

Sie lässt sich wieder in seine Umarmung sinken, und während er mit ihrem Haar spielt, beginnt er, leise zu erzählen.

»Wir haben wirklich Glück«, erklärt er. »Glück deshalb, weil ich dem Bankdirektor Cristiano Montoya damals bei seiner Scheidung geholfen habe. Es war eine schlimme Sache: Seine Exfrau lebte mit ihrem neuen Freund in dessen Haus und weigerte sich auszuziehen.«

»Und du hast ihn rausgeboxt, und deshalb war er nun auskunftsfreudig«, kombiniert Magdalena.

»Genau«, bestätigt Javier. »Das hätte sonst schwierig werden können: Zwar kann ich nachweisen, dass ich dein Testamentsvollstrecker bin, aber ein einfacher Bankangestellter hätte mir da nicht weiterhelfen können. So aber kam ich direkt zum Direktor durch. Das Konto ist da. Allerdings …«, er bricht ab.

»Allerdings?«, fragt Magdalena ungeduldig und macht Anstalten, sich aus seinen Armen zu lösen, um ihn fragend anzusehen. »Nun mach es doch nicht so furchtbar spannend.«

»Komm her.« Er zieht sie wieder an sich und erzählt: »Allerdings ist auf dem Konto kein Geld.«

»Wie bitte?«, ruft Magdalena. »Dann überweist Garcia doch nicht?«

»Doch. Aber immer am Folgetag wird das Geld sofort wieder abgehoben.«

»Aber … von wem?«

»Das konnte er mir leider nicht sagen. Es muss jemand sein, der eine Vollmacht hat.«

»Aber wer könnte das sein?«

»Ich habe keine Ahnung«, bedauert Javier. »Aber einen Plan.«

»Natürlich.« Sie küsst ihn zärtlich. »Du hattest bisher immer einen Plan.«

Er grinst. »Der Bankdirektor hat einen Sperrvermerk hinterlegt. Das muss er auch, da er nun davon Kenntnis hat, dass die Kontoinhaberin verstorben ist. Sobald das nächste Mal Geld abgehoben wird, wird er informiert. Er weiß auch genau, an welchem Tag das ist, denn immer am dritten Werktag eines Monats geht die Pacht ein. Und am vierten wird das Geld abgehoben.«

»Das wäre ja … morgen«, sagte Magdalena.

»Richtig, mein Schatz. Manchmal hat man eben Glück. Der Direktor verlässt das Haus morgen nicht, bis das Geld abgehoben ist, nicht mal zum Mittagessen.«

»Das ist aber sehr nett von ihm.«

»Nun«, erwidert Javier. »Es ist auch in seinem Interesse. Er muss schließlich seine Bank vor illegalen Aktivitäten schützen.«

Magdalena schmiegt sich enger in seine Arme. »Morgen wissen wir mehr. In vielerlei Hinsicht.«

»Ich hoffe, dass es Elena morgen wieder besser geht«, sagt Javier und fügt hastig hinzu: »Und das nicht nur, weil sie uns helfen kann, Licht ins Dunkel zu bringen.«

»Ja«, sagt Magdalena. »Besonders eine Sache geht mir nicht aus dem Kopf.«

»Was denn?«

»Warum hat sie gedacht, dass Sophia tot ist? Woher kennt sie sie überhaupt?«

»Es muss etwas mit Johann zu tun haben«, murmelt Javier. »Ich habe tatsächlich eine Vermutung.«

»Nämlich welche?«

»Sie hat sich schrecklich über Johann aufgeregt. Und sie hat von einem Mann gesprochen, der Maria irgendetwas angetan hat. Ich gehe davon aus, dass es dieser Johann war. Dafür spricht auch, dass sein Bild in dem Haus hängt. Was, wenn Johann und seine Frau Sophia bei seinem Aufenthalt hier adoptiert und mit nach Deutschland genommen haben?«

»Dass meine Großmutter adoptiert ist, habe ich auch schon überlegt«, erklärt Magdalena. »Aber es ergibt aus zwei Gründen keinen Sinn: Wieso sollte sie ein Bild von dem Mann, der ihr ihr Kind wegnahm, in ihr Haus hängen? Und: Ich habe die Bilder von Maria doch betrachtet und sehe nicht die geringste Ähnlichkeit zu meiner Großmutter.«

»Dafür habe ich eine Erklärung«, murmelt Javier und küsst ihr Haar.

»Nämlich?«

»Die Bilder von Maria im Herrenhaus zeigen eine junge Frau. Deine Großmutter ist eine alte Frau. Wir wissen nicht, wie Maria als junge Frau aussah. Elena schon.«

Magdalena setzt sich nun doch auf. »Das kann natürlich eine Erklärung sein«, sagt sie. »Vermutlich hast du recht. Aber ich verstehe nicht, warum Johanns Bild in ihrem Haus hängt.«

Javier zieht sie wieder an sich. »Vielleicht hatten Johann und Maria ja auch eine Affäre?«, überlegt er.

»Und dann hängt sie sein Bild in das Haus, in dem sie mit ihrem Mann lebt?«

Javier seufzt. »Wir werden heute wohl keine Antworten mehr finden. Und ich möchte jetzt endlich schlafen. Und zwar mit dir in meinen Armen.«

Kapitel 38

Maria Lourdes, Allgäu 1908

Der Winter hatte das Allgäu in ein fast unwirkliches Reich aus Eis und Schnee verwandelt. Dichte unberührte Schneeschichten legten sich über die sanften Hügel, und die Äste der Tannen und Buchen funkelten wie von tausend kleinen Kristallen übersät im fahlen Morgenlicht. Der Wind wirbelte die Schneeflocken durch die Landschaft.

Maria und Elena, beide an das milde Klima ihrer Heimat gewöhnt, froren entsetzlich, als sie sich auf den Weg zu Johanns Haus machten. Jede ihrer Schritte hinterließ tiefe Spuren im frisch gefallenen Schnee.

Maria war froh, dass der Weg ihr alle Konzentration abverlangte. So blieb ihr kein Raum, sich vor der bevorstehenden Begegnung mit Johann zu ängstigen. Heute dauerte der Fußweg aufgrund des starken Schneefalls doppelt so lange wie am Tag zuvor, und Maria stützte sich schwer auf Elena, um nicht zu stürzen. Doch nach etwa zehn Minuten hatten sie das große Holzhaus mit den grünen Fensterläden erreicht. Das Haus, in dem Johann mit seiner Frau wohnte. Beim Näherkommen nahm Maria jedes Detail wahr. Lange, dicke Eiszapfen, die von der Regenrinne hingen. Ein rauchender Schornstein, der auf einen flackernden Kamin hinwies. Ordentlich aufgeschichtete Holzscheite an der Wand. Ein Schild an der Tür, auf dem geschrieben stand: *Trautes Heim, Glück allein.*

Mit zitternden Beinen stieg sie die beiden Stufen zur Haustür empor und hob die Hand, um zu klopfen, ließ sie dann jedoch wieder sinken und sah Elena an, das Gesicht totenbleich.

»Ich kann das nicht«, flüsterte sie.

Elena wollte gerade zu einer Erwiderung ansetzen, als die Tür von innen geöffnet wurde. Eine Frau stand vor ihnen, unscheinbar, aber mit einem freundlichen, lieben Gesicht. Sie mochte Anfang dreißig sein und hatte ihr blondes Haar im Nacken zu einem Knoten geschlungen. Sie trug ein einfaches Kittelkleid, und ihre blauen Augen blickten den beiden Frauen vor ihrer Haustür fragend und herzlich entgegen.

Sie erkundigte sich nicht, was sie von ihr wollten, sondern bat sie rasch herein in die Küche, wo man das Feuer im Herd knistern hörte und ein großes Fenster den Blick auf den verschneiten Weg zum Dorf eröffnete. Sie hatte sie also kommen sehen, dachte Maria, während sie sich umsah. Und dann: Das ist Johanns Zuhause. Und das ist seine Frau. Sie hätte gern gedacht, dass sie beides schrecklich fand, aber das war nicht der Fall. Das Haus strahlte Wärme und Behaglichkeit aus, die Frau wirkte ungemein warmherzig und sympathisch.

»Haben Sie sich verlaufen?«, fragte sie und ergänzte dann mit Blick auf Marias Bauch: »Sie sollten bei diesem Wetter nicht hinausgehen. Sie könnten stürzen.«

Maria schüttelte nur stumm den Kopf. Sie wusste nicht, was sie erwidern sollte. Hilfe suchend blickte sie zu Elena. Doch da diese kein Wort Deutsch sprach, war die Freundin nicht in der Lage, sie zu unterstützen.

Die Frau sah sie besorgt an. »Trinken Sie erst mal eine Tasse Tee! Ich bin übrigens Vera Sonnbichler«, sagte sie dann und schickte sich an, sich zu erheben, um die Kanne und zwei Becher zu holen. Doch da kam Leben in Maria, und sie hielt sie zurück.

»Johann«, stieß sie hervor. »Wir sind auf der Suche nach Johann Sonnbichler. Er … Er wohnt doch hier?«

Die Miene der Frau änderte sich schlagartig. Sie wurde blass, ihr Blick flog wieder zu Marias Bauch, dann in ihr Gesicht. Sie sank auf den Stuhl zurück, als sei durch die Erwähnung ihres Mannes alle Kraft aus ihr gewichen. »Sie sind Maria, nicht wahr?«

Maria nickte, setzte an zu sprechen, merkte, dass sie einen derart dicken Kloß in der Kehle hatte, dass ihr fast die Stimme versagte, räusperte sich und fragte dann: »Woher wissen Sie das?«

Die andere seufzte. »Johann hat mir alles gebeichtet, als er zu mir zurückkehrte. Er sagte mir, dass er sich in eine junge Frau verliebt habe und mit ihr auch intim geworden sei.« Dabei lächelte sie Maria freundlich an.

»Wieso lächeln Sie?«, fragte Maria perplex. »Weshalb sind

Sie so freundlich zu mir, wenn Sie doch alles wissen? Ich bin die Frau, die Ihnen Ihren Mann weggenommen hat!«

Vera schüttelte den Kopf. »Das haben Sie nicht, Maria«, widersprach sie. »Sie haben mir meinen Johann nicht weggenommen. Er sagte mir, dass Sie nichts von mir wussten. Also kann ich Ihnen keinen Vorwurf machen. Sie leiden mindestens ebenso wie ich.«

»Das stimmt«, bestätigte Maria tonlos.

»Und wie es scheint, blieb Ihre Begegnung nicht ohne Folgen.« Sie deutete auf Marias Bauch. »Und Sie sind nun hier, um meinen Mann davon in Kenntnis zu setzen?«

»Ja … Ich …« Plötzlich brach Maria in Tränen aus. All die Anstrengung der Reise, die Anspannung, die Angst der letzten Monate und nun diese unbeirrbare Freundlichkeit der anderen brachten sie vollkommen aus der Fassung.

»Maria.« Erschrocken legte Elena, die ja nicht verstehen konnte, was die beiden Frauen miteinander sprachen, ihr eine Hand auf den Rücken. »Hat sie dich beleidigt?«

»Es ist gut, Elena«, sagte Maria auf Spanisch. »Sie ist nett. Sie weiß von Johann und mir. Ich verstehe auch nicht, weshalb ich weinen muss. Es ist einfach alles zu viel.«

Während sie sprach, hatte Vera ihre Hand genommen. »Sie Ärmste«, sagte sie. »Sie wissen nicht, was Sie tun sollen, nicht wahr?«

»Ja«, bestätigte Maria, die plötzlich den Drang verspürte, der anderen alles anzuvertrauen, schluchzend. »Zu Hause weiß keiner von meiner Schwangerschaft. Bisher konnte ich es noch verbergen, aber …«

»Dann waren Sie aber geschickt«, sagte Vera lächelnd. »Ich habe es auf den ersten Blick bemerkt.«

»Die Reise war lang, und da hat sich einiges getan«, erwiderte Maria.

»Aber es ist Ihnen gelungen, einen Ehemann zu finden?«, fragte Vera und deutete auf den Ehering an Marias Finger. »Und nun plagt Sie das schlechte Gewissen? Oder ist das Kind gar nicht von meinem Mann?«

»Nein«, sagte Maria. »Doch. Also, nein, ich habe keinen Ehemann gefunden, und das Kind ist von Ihrem Mann. Ich hatte mit dem Gedanken gespielt, meinen guten Jugendfreund zu heiraten, aber ich konnte und wollte ihm keine solche Lüge auftischen. Ich hätte ein Leben mit ihm nicht so beginnen können.«

»Ja, aber … Der Ring?«, fragte Vera.

»Elena hat ihn mir geliehen. Damit ich als verheiratete Reisende auftreten kann. Das macht vieles einfacher«, erklärte Maria.

»Eine kluge Frau, Ihre Freundin«, sagte Vera und lächelte Elena freundlich zu. Auch wenn diese nicht wusste, worum es ging und was gesprochen wurde, lächelte sie etwas hilflos zurück.

»Ja«, sagte Maria. »Ja, das ist sie.«

»Und jetzt sind Sie gekommen, weil Sie hoffen, dass Johann sich wegen Ihrer Schwangerschaft zu Ihnen bekennt?«, fragte Vera, und Maria schluckte.

»Sie sind wirklich sehr direkt«, sagte sie. »Direkter, als ich selbst zu mir bin. Ich … ich glaube, ich dachte, wenn ich Johann wiedersehe, ist alles gut, und es wird eine Lösung geben. Wo … Wo ist er überhaupt?«

Vera lächelte ihr zu. »In München«, sagte sie. »Sie planen ein neues Projekt, an dem er beteiligt ist. Er wird also nicht gleich zur Tür hereinkommen, falls Sie das hoffen.«

»Ich weiß nicht, ob ich darüber enttäuscht oder erleichtert bin«, gestand Maria.

Vera nickte. »Es ist schon eine eigenartige Situation, nicht?«

»Ja«, erwiderte Maria. »Vor allem Ihre Reaktion ist … eigenartig. Aber im positiven Sinne.«

»Sie können für all das ja nichts«, wiederholte Vera.

»Hätte ich von Ihnen gewusst, ich hätte mich nie mit Johann eingelassen, das müssen Sie mir glauben!«, sagte Maria hastig.

»Ja«, sagte Vera. »Ich weiß. Aber Sie wussten es eben nicht. Wie sollte ich Ihnen da böse sein?«

Einen Moment lang sahen die Frauen sich schweigend an. Dann fragte Vera: »Bitte überlegen Sie noch einmal: Was für eine Lösung haben Sie sich von Johann erhofft? Heiraten kann er Sie nicht – er ist ja schon verheiratet.«

»Ich weiß«, flüsterte Maria. »Ich habe gar nicht nachgedacht. Ich dachte nur, ich muss ihn finden. Er muss es wissen. Alles andere wird sich fügen.«

»Er kann Ihr Problem nicht lösen. Er wird Sie nicht im Stich lassen und für das Kind sorgen, da bin ich mir ganz sicher. Aber er kann Ihnen und dem Kind nicht ersparen, dass es … als uneheliches Kind zur Welt kommen wird.«

»Ich weiß«, flüsterte Maria. Die Ausweglosigkeit zog sich

wie ein kaltes Band um ihr Herz. Sie legte ihre Hand auf ihren Bauch. Was konnte sie tun, um dieses kleine Wesen, das in ihr heranwuchs, zu schützen?

Kapitel 39

Magdalena, Palma 1978

»Es tut mir leid, aber die Señora darf noch keinen Besuch empfangen.« Mit diesen Worten werden Magdalena, Javier und Sophia auf der Station des Krankenhauses von Palma, in das Elena eingeliefert worden ist, abgewiesen.

»Aber warum denn nicht?«, begehrt Magdalena auf. »Geht es ihr so schlecht?«

Der Arzt, er ist noch ganz jung, mag etwa in ihrem Alter sein, schenkt ihr einen bedauernden Blick. »Da Sie nicht mit der Señora verwandt sind, darf ich Ihnen leider keine Auskunft geben.«

»Das verstehe ich«, sagt Javier. »Wir rufen später an und fragen, wie es ihr geht.«

»Gut«, sagt der Arzt und eilt mit wehendem Kittel davon.

»Und wenn sie sich gar nicht mehr erholt?«, fragt Sophia bedrückt. »Wenn … Wenn ich ihr Leben auf dem Gewissen habe?«

»Unsinn!«, ruft Magdalena energisch, hakt sich bei ihrer

Großmutter unter und führt sie aus dem Krankenhaus. Nach einem kurzen Fußweg kommen sie direkt zum Hafen. Magdalena lässt den Blick auf das Meer und über die eleganten Luxusyachten schweifen, die in den Wellen schaukeln.

»Ich habe die ganze Nacht wach gelegen«, gesteht Sophia.

»Waren Sie so in Sorge wegen Elenas Gesundheitszustand?«, fragt Javier Anteil nehmend.

»Auch«, murmelt Sophia. »Aber es ist noch etwas anderes. Eine … Erinnerung …«

»An Elena?«, fragt Magdalena atemlos.

»Nein. An den Namen Maria. Aber näher komme ich nicht heran. Sobald ich nach dem Gedanken greifen will, verflüchtigt er sich. Es ist fast mehr ein Gefühl als ein Gedanke.« Etwas verlegen sieht sie erst Javier, dann ihre Enkelin an. »Klingt das sehr absurd?«

»Nein«, sagt Magdalena rasch. »Nein, ganz und gar nicht.«

»Mir ist das alles sehr unheimlich«, sagt Sophia. »Ich bin eine alte Frau, und nun erfahre ich, dass sich um mein Leben ein Geheimnis rankt. Ich habe mich gefragt …«, sie sieht Magdalena an. »Ich habe mich gefragt, ob du vielleicht Marias Urenkelin bist.«

Magdalena und Javier wechseln einen Blick. Diese Vermutung haben sie gestern ebenfalls angestellt.

»Du denkst, dass Maria deine Mutter ist?«, vergewissert sich Magdalena.

»Es wäre die einzige Erklärung«, sagt Sophia. »Ich habe letzte Nacht jede Möglichkeit hin- und hergewälzt.«

Magdalena legt eine Hand auf die ihrer Großmutter. »Das ist auch die einzige Idee, die wir hatten, warum Elena so erschrocken ist, als sie dich gesehen hat. Wir wissen nicht, wie Maria in deinem Alter aussah, aber wir vermuten, dass ihr euch sehr ähnlich saht.«

»Die junge Maria war mein Ebenbild«, flüstert Sophia nun. »Als ich die Bilder gesehen habe, wollte ich das nicht wahrhaben – aber es ist so. Ich bin mir fast sicher, dass Maria meine Mutter war und Alejandro mein Vater«, murmelt Sophia.

Wieder wechseln Magdalena und Javier einen Blick. »Und Johann hat dich adoptiert?«, spricht Magdalena aus, was sie sich gestern Nacht überlegt haben. »Vielleicht, als er hier war? Und dich dann mit nach Deutschland genommen?«

»Das würde ja bedeuten, dass ich hier geboren wurde. Aber ich kam im Allgäu zur Welt. Das steht auch so in meinem Pass.«

»Geburtsurkunden kann man fälschen«, entfährt es Magdalena, doch Sophia schüttelt den Kopf. »Es gibt sicherlich um meine Herkunft ein Rätsel, das ist mir inzwischen vollkommen klar. Aber ich bin mir recht sicher, dass ich im Allgäu geboren wurde.«

Jetzt wendet sich Javier wieder an Sophia. »Wir werden das alles herausfinden. Wir können Recherchen hier und im Allgäu anstellen.«

»Oder wir fragen einfach Elena«, lässt sich Magdalena vernehmen. »Ich bin mir inzwischen ganz sicher, dass sie mehr als nur ein bisschen weiß.«

»Sie kennt ohne Frage die ganze Geschichte«, pflichtet nun auch Javier ihr bei. »Dennoch weiß ich nicht, ob wir es wagen sollten, sie noch einmal darauf anzusprechen.«

»Warten wir es ab«, sagt Sophia. »Wenn sie wieder Besuch empfangen darf, bringen wir ihr einen Blumenstrauß. Und dann sehen wir, ob sie erzählen möchte oder nicht.«

»Und bis dahin«, erklärt Javier, »gibt es noch ein anderes Rätsel zu lösen.«

»Und welches?«

»Die Frage, wer die Pacht für das Gut abhebt. Heute müssen wir Antworten bekommen.«

»Die Pacht für das Gut?«, fragt Sophia.

Hastig bringt Magdalena sie auf den neuesten Stand.

»Noch so eine Merkwürdigkeit«, sagt Sophia. »Dann lasst uns mal zur Bank gehen und fragen, ob sie schon Neuigkeiten für uns haben.«

Kapitel 40

Maria Lourdes, Allgäu 1908

»Ich muss natürlich erst mit Johann sprechen«, sagte Vera, die noch immer mit Maria am Küchentisch saß, »aber ich habe eine Idee, die ich Ihnen gern vorschlagen würde. Und ich glaube, sie könnte eine Lösung sein.«

»Was für eine Idee?«, flüsterte Maria mit wild klopfendem Herzen.

»Bitte erschrecken Sie jetzt nicht zu sehr«, bat Vera. »Es ist nur eine erste Überlegung …« Sie zögerte einen Moment, als scheute sie sich, die Worte auszusprechen.

»Was?«, fragte Maria. »So reden Sie doch!«

»Nun«, begann Vera erneut. »Ich denke, es ist wichtig, die Perspektive des Kindes einzunehmen. Es würde sein Lebtag darunter leiden, ein Bastard zu sein.«

»Darüber haben wir eben schon gesprochen«, pflichtete Maria der anderen bei. »Ich könnte hier in Deutschland bleiben, wo mich keiner kennt. Mich als Witwe ausgeben.«

»Das wäre eine Möglichkeit«, bestätigte Vera. »Und bitte

glauben Sie nicht, dass ich Ihnen die Idee ausreden will. Aber Sie müssen wissen, die Menschen in Deutschland sind nicht unbedingt … offen gegenüber Menschen aus dem Ausland. Sie wären immer eine Außenseiterin. Die Witwe aus Spanien. Und Ihr Kind auch. Johanns Kind.«

»Wie sieht dann Ihre Lösung aus?«, fragte Maria, die wusste, dass die andere die Wahrheit sprach, unter Tränen.

»Sie wird Ihnen nicht gefallen«, flüsterte diese.

»Bitte. Sprechen Sie.«

»Es ist so«, setzte Vera mit kaum hörbarer Stimme an. »Ich war vor einiger Zeit ebenfalls schwanger, und … Ich will Ihnen keine Angst machen, aber, nun, ich …«

Maria sah sie voller Mitgefühl an. Sie wusste ja, dass Johanns Frau eine Fehlgeburt erlitten hatte und keine Kinder mehr bekommen konnte. Aber durfte sie ihr sagen, dass er ihr davon erzählt hatte? Würde sie es der anderen damit nicht noch schwerer machen? So drückte sie nur ihre Hand.

»Ich habe eine Fehlgeburt erlitten«, sagte Vera rasch und fügte hinzu: »Aber Sie müssen sich keine Gedanken machen, das war in einem wesentlich früheren Stadium als bei Ihnen. Wenn man so weit ist wie Sie, ist diese Gefahr wesentlich geringer.«

Wie lieb sie war, dachte Maria gerührt. Ständig darum besorgt, ihr, Maria, keine Angst zu machen.

»Jedenfalls ist es so«, fuhr Vera fort, »dass ich keine Kinder mehr bekommen kann. Dabei war das immer mein sehnlichster Wunsch. Ich habe mir nichts mehr gewünscht als Kinder. Es war mein Lebensziel.«

Zu Marias Bestürzung wurden Veras Augen feucht. Eine

Träne löste sich und rann ihre Wange hinab. Und auch wenn sie die Ungeheuerlichkeit dessen, worauf Vera hinauswollte, zu ahnen begann, ging es ihr in diesem Moment einzig darum, die andere zu trösten.

»Das tut mir unendlich leid, Vera«, sagte sie leise.

»Bitte seien Sie mir jetzt nicht böse, wenn ich Ihnen einen Vorschlag unterbreite«, sprach Vera weiter. »Es ist wirklich nur ein Vorschlag, den Sie jederzeit ablehnen können. Sie … Ich könnte mich als die Mutter Ihres Kindes ausgeben. Ich würde es lieben wie mein eigenes Kind. Und es würde bei seinem Vater aufwachsen.«

Maria war wie vor den Kopf geschlagen. Sie hatte geahnt, dass Vera ihr einen derartigen Vorschlag unterbreiten wollte. Und gleichzeitig hatte sie es sich nicht vorstellen können.

Sie starrte die andere an. »Ich soll mein Kind hergeben?«

»Nein!«, rief Vera verzweifelt und dann: »Ja. Ich weiß, wie schrecklich sich das anhören muss. Aber vielleicht wäre es das Beste für das Kind. Und für Sie … Sie sind doch noch so jung!«

»Nein!«, schrie Maria. »Nein, das kann ich nicht!«

Sie sprang auf wie von der Tarantel gestochen. Elena folgte ihr hastig. Maria stürmte zur Tür und riss sie auf. Fort hier, nur fort! Sie rannte nach draußen in den Schnee, in die Kälte.

»Maria!«, hörte sie Vera rufen. »Bitte seien Sie vorsichtig! Es ist schrecklich glatt vor der Tür!«

Doch da war es schon zu spät. Maria rutschte auf dem vereisten Boden aus. Sie spürte noch, wie sie mit einem harten Knall zu Boden fiel und sich die Steintreppe schmerzhaft in ihren Rücken bohrte. Dann wurde es schwarz um sie.

Kapitel 41

Magdalena, Sóller 1978

»Und?«, ruft Magdalena Javier entgegen, als er am frühen Nachmittag das Bankhaus wieder verlässt. Sie hatten spontan beschlossen, dass es besser wäre, wenn Javier den Bankdirektor allein aufsuchte, und Sophia und Magdalena hatten im Schatten eines Baums auf einer Bank gesessen und auf ihn gewartet.

Javier lässt sich neben ihnen nieder. »Es war gut, dass ihr nicht mitgekommen seid.«

»Warum?«, fragt Magdalena. »Gab es Probleme?«

»Nicht direkt«, sagt Javier. »Wie erwartet tauchte der Mann bei der Bank auf und wollte den Betrag abheben.«

»Und?« ruft Sophia. »Wurde er verhaftet?«

Javier schüttelt den Kopf. »Nein. Montoya hatte die Polizei ja gar nicht informiert. Er wollte sich erst einmal selbst ein Bild machen und dabei so dezent wie möglich vorgehen, um den Mann nicht aufzuschrecken.«

»Was hat er also getan?«

»Er trat nicht selbst mit dem Mann in Kontakt, das wäre zu auffällig gewesen, sondern wies seine Angestellten an, ihm zu sagen, das Geld sei noch nicht eingegangen, und sich seinen Namen und seine Adresse zu notieren.« Er grinst. »Die haben wir nun.«

»Das ist ja großartig«, ruft Magdalena. »Wo wohnt er?«

»In Sóller. Und er hebt das Geld berechtigt ab.«

»Wie bitte?«

»Er hat eine Vollmacht von Maria Lourdes Fuentes«, bekräftigt Javier. »Der Bankdirektor hatte schon so etwas vermutet – andernfalls wäre ihm das Geld ja nicht einfach ausgehändigt worden. Und so hat er weder eine Handhabe, die Polizei zu informieren, noch, selbst Schritte einzuleiten. Wie es aussieht, geschieht nichts Unrechtmäßiges.«

»Aber wer ist dieser Mann?«, fragt Magdalena. »Und warum ist es gut, dass wir nicht mitgekommen sind?«

»Weil ich vermute, dass ich in eurem Beisein nicht an die Adresse gelangt wäre. Das fällt unter das Bankgeheimnis.«

»Natürlich«, sagt Sophia sofort, und auch Magdalena nickt.

»Und was machen wir jetzt?«

»Ich würde sagen, wir suchen zunächst einmal Garcia auf und stellen ihm geschickte Fragen, sodass wir vielleicht von ihm etwas über diesen Herrn namens Ribes erfahren.«

»Und dann können wir ihn aufsuchen, ohne den Bankdirektor ins Spiel zu bringen«, erkennt Sophia. »Sie sind wirklich ein kluger Kopf, Javier.«

»Danke.« Er lächelt.

»Sollen wir vorher noch einmal zum Krankenhaus?«

»Nein«, erwidert Magdalena. »Ich glaube nicht, dass Elena sich schon wieder erholt hat. Wir können später dort anrufen, und wenn es ihr gut geht, fahren wir einfach noch einmal her.«

Señor Garcia wirkt aufgeräumt, als sie in der Mittagshitze das Gut erreichen. Einige der Arbeiter, die mit ihren Orangenkarren über den Platz gehen, nicken ihnen freundlich zu. Inzwischen kennt man sie, denkt Magdalena mit einer gewissen Rührung.

»Señor, darf ich Ihnen meine Großmutter vorstellen?«, fragt Magdalena.

Garcia starrt sie verblüfft an. »Also, wenn ich es nicht besser wüsste, würde ich sagen, es ist Señora Fuentes, die da vor mir steht. Jedenfalls besteht nun kein Zweifel mehr daran, dass Sie verwandt sind. Wenn ich auch nicht genau weiß, wie. Wie ich Ihrer Enkelin schon sagte: Die Fuentes hatten keine Kinder.«

Javier nickt ihm zu. »Aber sie hatten Señor Ribes«, sagt er aufs Geratewohl.

»Richtig. Aber der ist mit Maria ja nicht blutsverwandt. Das ist der Neffe von Alejandro Fuentes, Marias Ehemann.«

»Verstehe«, murmelt Javier, während Garcia zu aller Freude weiterplaudert. »Der Alfredo hat sich sehr liebevoll um die beiden gekümmert. Als Alejandro krank wurde, hat er Maria bei der Pflege unterstützt. Eigentlich war ich davon ausgegangen, er würde alles erben. Deshalb war ich auch so misstrauisch, als Sie hier auftauchten.«

»Aber weshalb haben Sie ihn mir gegenüber nicht erwähnt?«, wundert sich Magdalena.

Der Mann zuckte mit den Achseln. »Ich fand, das steht mir nicht zu.«

»Und wo finden wir ihn?«, erkundigt sich Magdalena. »Oh, das ist ganz einfach«, sagt Garcia und deutet in die Orangenfelder. »Er hat das Anwesen der Fuentes geerbt, also von Alejandros Familie. Die Orangenplantagen grenzen aneinander.«

»Er ist Orangenbauer?«, fragt Javier verblüfft.

»Marmeladenfabrikant«, konkretisiert Garcia. »Er hat eine große Marmeladenfabrik in Palma. Ich liefere all meine Orangen an ihn.«

Javier und Magdalena wechseln einen entsetzten Blick, und sie weiß, dass er das Gleiche denkt wie sie: Hat er das Rezept gestohlen?

Magdalena und Javier sind sich einig, dass sie Sophia jetzt über den Rest der Geschehnisse informieren müssen.

»Weshalb habt ihr euch eigentlich vorhin so merkwürdig angesehen, als Señor Garcia erzählte, dass Señor Ribes eine Marmeladenfabrik hat?«, hakt die alte Dame nach, als hätte sie einen siebten Sinn, sobald sie es sich auf der schattigen Terrasse gemütlich gemacht haben.

»Diesen Teil der Geschichte kennst du noch nicht, Ia«, sagt Magdalena. Ich habe dir ja erzählt, dass Maria mir ein Orangenmarmeladenrezept vererbt hat. Es ist verschwunden.«

»Wie, verschwunden?«, fragt Sophia verblüfft.

»Javier hat es mir hier in diesem Haus überreicht«, erklärt

Magdalena. »Dann hat es an der Tür geklingelt, und Javier ist nachsehen gegangen – es war schon dunkel, und wir haben niemanden erwartet. Dann habe ich draußen seltsame Geräusche gehört, hatte Angst und bin ihm hinterhergelaufen. Als wir zurückkamen, war das Rezept fort.«

»Wie bitte?«, ruft Sophia. »Das gibt es doch nicht. Das heißt, jemand hat es hier aus diesem Zimmer gestohlen?« Sie deutet hinter sich.

»Richtig«, bekräftigt Magdalena. »Wobei das auch nicht allzu schwierig war. Die Tür zur Terrasse stand offen.«

»Und wer war der Mann an der Tür?«

»Ein Nachbar, der nachsehen wollte, ob hier alles in Ordnung ist. Schließlich habe hier seit Ewigkeiten kein Licht mehr gebrannt. Jedenfalls hat er das behauptet.«

»Hm«, macht Sophia. »Dann steht zu vermuten, dass der angebliche Nachbar und der Dieb unter einer Decke stecken.«

»Ja, davon gehen wir auch aus«, sagt Javier.

»Und ihr habt den angeblichen Nachbarn seither nicht mehr gesehen?«

»Nein«, erwidert Magdalena. »Aber wir waren ja auch kaum hier. Und im Übrigen …« Sie sieht sich um. »Das wird mir erst jetzt klar – es gibt überhaupt keine Nachbarn, die sehen könnten, dass Licht brennt.«

»Du hast recht, aber das bestärkt uns nur in dem, was wir ohnehin schon wissen: dass es ein abgekartetes Spiel war.«

»Habt ihr den Diebstahl des Rezeptes angezeigt?«, erkundigt sich Sophia.

Javier und Magdalena sehen sich verwundert an. »Das ist mir jetzt etwas peinlich«, sagt Javier. »Ich als Anwalt hätte da sofort draufkommen müssen. Aber die Ereignisse haben sich einfach so überschlagen.«

Magdalena muss ein Grinsen unterdrücken. Das war in der Tat so: Noch am selben Abend waren sie miteinander im Bett gelandet, am nächsten Tag hatte jemand Javier eines falschen Spiels bezichtigt, und sie waren in anderer Sache bei der Polizei gewesen. Dann die beiden Zusammenbrüche von Elena und Sophias Ankunft – sie hatten kaum Zeit gehabt durchzuatmen.

Sophia nickt und erhebt sich.

»Dann«, sagt sie, »würde ich sagen, es ist Zeit, etwas Licht ins Dunkel zu bringen. Statten wir diesem Señor Ribes einen Besuch ab und konfrontieren ihn mit den Geschehnissen.«

Kapitel 42

Maria Lourdes, Allgäu 1908

Schnee. Kälte. Dunkelheit. Und Schmerz. So viel Schmerz! Wo war sie nur? Was war geschehen? Ein Gedanke wanderte in Marias Kopf – und war wieder fort, bevor sie ihn zu greifen vermochte. Nun regierte nur noch der Schmerz. Gleichzeitig war es, als sei sie in einen dichten Nebel gehüllt, den Stimmen zu durchdringen versuchten. Eine bekannte Stimme.

»Du lieber Himmel! Sie ist gestürzt! Sie ist nicht mehr bei Bewusstsein! Marilu! Marilu!« Elena. Sie versuchte, die Augen zu öffnen. Elena. Es gelang ihr nicht. Stattdessen durchfuhr sie erneut ein heftiger Schmerz, glühend rot und unendlich stark. Sie schrie. Ihr Kind! Der Schmerz war dort, wo ihr Kind war! Man wollte es ihr fortnehmen, entreißen. Aber das würde sie nicht zulassen. Sie würde um ihr Kind kämpfen!

»Wir müssen sie nach drinnen bringen«, hörte Maria nun eine andere Stimme. Sie wusste, dass es Vera war, die sprach. Die Frau des Mannes, den sie liebte. Die Frau, die ihr nun auch ihr Kind nehmen wollte. Elena verstand doch kein

Deutsch, dachte sie. Sie musste übersetzen! Aber so, wie sie nicht in der Lage gewesen war, ihre Augen zu öffnen, war sie auch nicht fähig, ein Wort herauszubringen. Doch die beiden Frauen schafften es offensichtlich auch so, miteinander zu kommunizieren. Sie spürte, dass sie jemand unter den Armen packte, jemand anderes sie an den Füßen nahm. Es tat entsetzlich weh, so bewegt zu werden. »Es ist alles voller Blut«, hörte sie Elena ausrufen.

Ihr Kind, dachte Maria. Nicht ihr Kind! Sie durften ihr das Kleine nicht nehmen!

»Wir bringen sie ins Schlafzimmer«, hörte sie Vera sagen. »Da hat sie es am bequemsten.«

Nein, wollte Maria protestieren. Nicht das Ehebett, in dem du so oft schon mit Johann gelegen hast. Ich will mein Kind nicht in diesem Bett verlieren! Ich will es *gar nicht* verlieren!

Doch wieder brachte sie kein Wort über die Lippen, stattdessen wogten die Schmerzen in nun immer kürzeren Abständen durch ihren Körper. Fühlte es sich so an, bei lebendigem Leib in Stücke gerissen zu werden?

»Ich glaube, die Geburt hat begonnen!« Elenas Stimme überschlug sich.

»Heilige Mutter Gottes, hilf uns!« Vera klang panisch.

Maria spürte, dass die Schmerzen nach unten pressten. Ihr Kind. Und das Leben. Sie hatte das Gefühl, dass mit dem Kind auch alles Leben aus ihr flösse. Sie wusste, dass viele Mütter im Kindbett starben. Vielleicht, dachte sie, war das ja die Lösung. Vielleicht wollte ein gnädiges Schicksal genau das für sie erreichen. Vera war eine liebevolle Frau. Sie würde ihr Kind lieben. Und Johann – es würde bei seinem Vater aufwachsen. Doch sie musste noch einmal mit Vera sprechen, bevor sie gehen konnte. Sie musste noch einmal hören, dass galt, was die andere ihr vorhin angeboten hatte. Dass sie sich um das Kind kümmern würden. Sie betete zur Heiligen Mutter Gottes. Wenn das Kind nur überleben würde, würde sie verzichten. Was war sie nur für eine Mutter, die in Panik aufsprang und hinausrannte, wohl wissend, dass es draußen glatt war! Sie hatte das Leben ihres Kindes gefährdet! Sie war keine Mutter. Aber sie würde ja ohnehin keine sein. Sie würde sterben, und das war gut so.

Plötzlich ein neuer Schmerz – brennend, reißend – und ein Gefühl der Leere.

Und dann – Stille.

Die plötzliche Stille holte Maria aus dieser Parallelwelt, in der sie nicht in der Lage war zu reagieren. Doch sie konnte nicht atmen. Wo war der Schrei? Wo war ihr Kind? Sie drehte den Kopf, schwer wie Stein. Dann sah sie Elena. Elena, die ein winziges, zerbrechliches Wesen in den Händen hielt. Viel zu klein. Viel zu still.

»Lebt es?«, krächzte Maria.

Vera beugte sich vor, ihr Gesicht voller Angst. »Es … es atmet, aber kaum. Es ist ein kleines Mädchen. Maria, du hast der Welt ein wunderschönes kleines Mädchen geschenkt.«

Maria wusste nicht, woher sie die Kraft nahm, als sie die Arme nun zitternd nach dem winzigen Wesen ausstreckte.

»Es braucht Wärme«, flüsterte Vera. »Nimm es unter die Decke, auf deine Haut, rasch.«

Vera hatte angefangen, sie zu duzen, was, dachte Maria, unter diesen Umständen genau richtig war. Alles andere hätte sich merkwürdig angefühlt.

Als sie ihre Tochter an sich drückte und ihr Näschen küsste, fühlte sie sich zum ersten Mal in ihrem Leben vollständig.

Während Maria ihre Tochter voller Glück betrachtete, schüttelte Elena die Decke auf und stieß einen erschrockenen Schrei aus.

»Was ist?«, fragte Vera und eilte zu ihr.

»Lieber Gott!«, sagte Elena und deutete zwischen Marias Beine.

Vera sah Maria an. »Du blutest immer noch ganz schrecklich«, sagte sie. »Ich eile und versuche, die Hebamme zu finden.«

Maria nickte und konzentrierte sich dann wieder auf das kleine Wesen in ihrem Arm. Es war das Einzige, was wichtig war. Das Einzige, was zählte. Wie leicht ihre Tochter war. Johanns Tochter. Wie zerbrechlich.

»Du musst sie ganz eng an dich schmiegen«, sagte Elena. »Sie braucht Wärme, ganz viel Wärme.«

Suchend sah sie sich im Zimmer um, doch da kam Vera noch einmal zur Tür herein, dicke Decken im Arm. Sie hatte offensichtlich den gleichen Gedanken gehabt.

»Die Kleine darf jetzt auf keinen Fall frieren.«

Elena nickte und sprang auf, um die Decken über Maria zu breiten. Dann setzte sie sich auf die Bettkante und strich ihrer Freundin liebevoll eine verschwitzte Haarsträhne aus der Stirn. »Das hast du ganz wundervoll gemacht, Maria.«

Ihr traten die Tränen in die Augen. »Gar nichts habe ich. Ich habe das Leben meiner Tochter gefährdet.«

Erschrocken sah Elena sie an. »So siehst du das?«

Maria nickte. »So sehe ich das.«

»Aber das stimmt nicht, Maria, du warst aufgewühlt, es war ein schreckliches Unglück. Ich weiß ja immer noch nicht, warum. Ich habe kein Wort von dem verstanden, was ihr vorhin besprochen habt.«

»Vera hat mir vorgeschlagen, dass sie die Kleine an meiner statt aufnimmt und sich als ihre Mutter ausgibt.«

»Was?!« Elena sprang empört auf. »Dann hat auch sie Schuld an dem, was passiert ist.«

Doch Maria schüttelte den Kopf. »*Sie* ist nicht aufgesprungen und hinausgerannt. Und sie hat es nur gut gemeint. Sie hat nichts gefordert, sondern sehr vorsichtig vorgeschlagen.«

Nachdenklich betrachtete Maria das kleine Menschlein in ihren Armen, das sich vorsichtig bewegte und dessen Haut nun langsam wärmer wurde. »Aber darüber werden wir später sprechen, und jetzt ist auch keine Zeit für Vorwürfe – mir selbst oder jemand anderem gegenüber. Das Wichtigste für den Moment ist, dass wir uns um dieses wundervolle Mädchen kümmern.«

»Ja«, flüsterte Elena und streckte die Hand aus, um ganz vorsichtig die weiche Haut des Neugeborenen zu berühren. »Wie soll die Kleine denn heißen?«

Maria seufzte und betrachtete das Kind in ihren Armen. »Eigentlich«, sagte sie, »würde ich sie gern Esperanza nennen.«

»Esperanza«, wiederholte Elena. »Hoffnung. Das passt.«

»Ja«, murmelte Maria. »Aber …«

»Aber was?«

Ernst sah Maria ihre Freundin an. »Wir können nicht davon ausgehen, dass die Kleine in Spanien aufwachsen wird. Wir … wissen ja noch nichts über ihre Zukunft.«

»Da hast du recht«, erwiderte Elena leise. »Aber …«

Doch Maria schüttelte den Kopf. »Keine Fragen, Elena, dazu bin ich momentan nicht stark genug. Und alle Kraft, die ich habe, muss ich meinem kleinen Mädchen geben.«

»Du hast recht«, flüsterte Elena. »Entschuldige.«

Kapitel 43

Magdalena, Sóller 1978

Sie haben sich entschieden, nicht durch die Plantagen zu gehen, sondern mit dem Auto zum Haus der Orangenmarmeladenfabrik zu fahren. Garcia hat ihnen den Weg beschrieben, und es dauert nicht lange, bis sie in die Einfahrt einbiegen: Rings um die Fabrik erstrecken sich Orangenhaine, in denen die berühmten Valencia- und Canoneta-Orangen wachsen – die goldenen Früchte, für die die Region bekannt ist. Die Gebäude dort sind alle aus sandfarbenem Naturstein gebaut und, wie so ziemlich jedes Haus auf Mallorca, von leuchtender Bougainvillea überwachsen. Dunkelgrüne geschlossene Fensterläden halten die Mittagshitze draußen, und über dem Eingang steht in geschwungener Schrift: *Mermeladas Ribes – Sóller.*

Javier parkt den Wagen auf dem Schotterparkplatz vor dem Haus, auf dem zwei Lieferwagen stehen – alte Citroën-Modelle, voll beladen mit frisch verpackten Marmeladengläsern, wie man durch die geöffneten Heckklappen sehen kann. Ein paar Arbeiter sitzen auf einer niedrigen Steinmauer, trinken Kaffee aus kleinen Gläsern und scherzen in schnellem Mallorquinisch. Sie blicken ihnen neugierig entgegen. Besuch sieht man hier vermutlich nicht allzu oft.

Sie nicken den Arbeitern zu. »Wir suchen Señor Ribes«, ruft Javier, und der Arbeiter deutet auf das Gebäude. »Irgendwo da drin«, sagt er, und es ist offensichtlich, dass er in seiner Pause nicht gestört werden will.

»Danke.«

Der Weg führt einmal halb um das Gebäude herum. In der Ferne sieht Magdalena Pflücker mit Strohhüten. Unter den Bäumen stehen Weidenkörbe voller sonnengereifter Orangen, bereit für den Transport in die Fabrik. Es sieht genauso aus wie auf den Plantagen rund um das Herrenhaus.

»Señor Ribes muss ja Unmengen von Marmelade herstellen, wenn er zusätzlich zu all diesen Orangen hier auch noch unsere verarbeitet«, murmelt Magdalena und deutet auf eine Laderampe, die direkt an das Fabrikgebäude anschließt und auf der sich Holzpaletten mit Marmeladengläsern stapeln. Drei Männer sind dabei, neue Paletten zu packen.

»Verdammt«, murmelt Javier plötzlich und bleibt wie angewurzelt stehen.

»Was?«, fragt Maria erschrocken. »Was ist los?«

»Weitergehen, bevor sie uns bemerken«, sagt Javier hastig.

»Was ist denn nur?«, beharrt Magdalena leise, als sie seiner Aufforderung folgt.

»Das ist der angebliche Nachbar«, sagt Javier und deutet mit dem Kinn auf den Arbeiter, der sich nun umgewandt hat, um die nächsten Marmeladengläser zu holen.

»Bist du sicher?«, zischt Magdalena.

»Ganz sicher«, brummt Javier. »Rein jetzt, bevor er uns erkennt.«

Inzwischen haben sie den Haupteingang erreicht. Nachdem auf ihr Klopfen niemand reagiert hat, öffnet Javier die schwere Holztür, und der Duft, den sie draußen bereits wahrgenommen haben, ist nun so stark, hängt feucht und warm in der Luft, dass er fast erschlagend wirkt. Sie finden sich in einer kleinen, aber leeren Eingangshalle wieder, und nach kurzem Zögern öffnet Javier eine weitere Tür. Magdalena hat das Gefühl, in ein Dampfbad geraten zu sein: Sie sind nun in einer riesigen Fabrikhalle. Mehrere große Kupferkessel stehen auf schweren Eisenplatten, in denen die Marmelade langsam eindickt. Dampf steigt auf, die Rührarme drehen sich stetig, während Arbeiter mit langen Holzlöffeln immer wieder prüfen, ob die Konsistenz stimmt. Magdalena lässt ihren Blick weiter schweifen und erblickt links des Eingangs lange Holztische, an denen Frauen in weißen Kitteln stehen. Ihre Haare sind mit weißen Hauben bedeckt. Mit schnellen, geübten Bewegungen schälen sie Orangen, schneiden die Schalen in feine Streifen oder pressen Zitronen aus.

Auf der anderen Seite der Halle werden die dampfenden Marmeladen vorsichtig in glänzende Gläser gefüllt. Beim Näherkommen sieht Magdalena einen weiteren Tisch, an dem zwei Frauen sitzen. Die eine schreibt per Hand *Mermelada de Naranja – Hecho en Sóller* auf riesige Bögen mit unzähligen Etiketten, die zweite löst sie ab und klebt sie fein säuberlich auf die Marmeladengläser.

Im Hintergrund spielt ein altes Transistorradio leise Flamencoklänge. Die Arbeiterinnen summen mit, während sie weiter Orangen schälen. Bisher haben sie ihnen noch keine Beachtung geschenkt, und Magdalena will gerade eine von ihnen ansprechen, als ein Mann mit weißem Kittel und Klemmbrett auf sie zutritt. Seine Stirn glänzt leicht von der Hitze der Kessel, ein paar graue Locken kleben an seiner Schläfe.

»Kann ich Ihnen helfen?« Seine Stimme ist freundlich, aber geschäftig.

Javier tritt vor. »Wir möchten mit dem Chef sprechen. Señor Ribes?«

Der Mann mustert sie kurz, dann nickt er. »*Sí, sí*, er ist in seinem Büro. Folgen Sie mir.«

Er führt sie durch die Halle, vorbei an dampfenden Kesseln und den fleißigen Arbeiterinnen. Der süße Duft der Orangenmarmelade scheint noch intensiver zu werden. Gleich darauf finden sie sich in dem kleinen Flur wieder, durch den sie vorhin eingetreten sind. Der Arbeiter deutet auf eine Tür. »Das ist sein Büro«, sagt er. »Gehen Sie einfach hinein. Ich muss wieder zu meiner Marmelade.«

»Danke«, sagt Javier und klopft. Niemand antwortet.

Javier klopft erneut, und als noch immer keine Antwort ertönt, drückt er die Klinke hinunter und stößt die Tür auf. Ein heller, lichtdurchfluteter Raum breitet sich vor ihnen aus, der von einem Konferenztisch mit zwölf Stühlen dominiert wird. Señor Ribes scheint es gewohnt zu sein, hier viele Leute zu empfangen.

»Wir können doch nicht einfach reingehen«, sagt Sophia, die wie stets auch jetzt Wert auf gute Manieren legt.

»Das sehe ich anders«, sagt Javier. »Wir sollten die Gunst der Stunde nutzen. Immerhin habe ich vorhin den angeblichen Nachbarn erkannt. Was unseren Verdacht bestätigt, dass Ribes das Rezept gestohlen hat.«

In diesem Moment eilt eine junge Frau den Flur entlang und mustert sie freundlich.

»Kann ich Ihnen helfen?«

»Ja«, sagt Javier. »Wir möchten zu Señor Ribes.«

»Oh, der ist beim Mittagessen«, bedauert sie. »Er müsste aber gleich wieder zurück sein.«

»Danke«, sagt Magdalena. »Können wir warten?«

Die Frau runzelt die Stirn. »Ja. Aber nicht hier auf dem Flur. Das ist viel zu ungemütlich.«

Sie greift an ihnen vorbei nach der Türklinke zu Ribes' Büro und öffnet sie.

»Am besten warten Sie hier.«

Sie deutet auf mehrere Gläser und einen Krug mit frisch gepresstem Orangensaft. »Bedienen Sie sich.«

»Danke.«

Kaum hat die Frau die Tür hinter sich geschlossen, wird Javier hektisch.

»Magdalena, öffne die Tür wieder, aber nur einen Spalt«, weist er sie an. »Sodass du die Eingangstür siehst und erkennen kannst, wenn Señor Ribes zurückkommt. Ich durchsuche den Schreibtisch.«

»Das können Sie doch nicht machen!«, kommt es empört von Sophia. »Ich habe Sie für einen anständigen Mann gehalten.«

»Der bin ich auch, Señora«, versichert Javier hastig. »Aber

vor allem bin ich ein Mann mit einer Aufgabe – nämlich der, das Rezept wiederzufinden. Und wenn wir so eine gute Gelegenheit haben, müssen wir sie ergreifen.«

Sophia zögert noch einen Moment und nickt dann. »Sie haben recht«, sagt sie. »Also los, beeilen Sie sich.«

Magdalena stürzt zur Tür, um sie vorsichtig zu öffnen. Der Flur liegt leer und verlassen da. Sie hebt den Daumen.

»Gut.« Javier eilt zum Schreibtisch und beginnt, die Schubladen zu öffnen.

»Na, das war ja einfach«, ruft er gleich darauf triumphierend. »Nicht abgeschlossen, offen zugänglich. Und dann liegt es auch noch obenauf.«

»Er kommt«, zischt Magdalena von der Tür her. Javier reagiert blitzschnell, schließt die Schublade und stürzt, das Rezept in der Hand, auf den Tisch zu. Panisch blickt er sich um. Magdalena begreift: Er hat keine Aktentasche dabei.

»Geben Sie her!« Im letzten Moment schnappt Sophia das Rezept und lässt es in ihrer riesigen Louis-Vuitton-Tasche verschwinden.

Da öffnet sich auch schon die Tür, und ein Mann mit dichtem dunklen Haar und buschigem Schnurrbart steht vor ihnen. Er blickt sie verwundert an und erbleicht dann, als er Sophia sieht.

»*Madre mía*!« ruft er und schlägt die Hände über dem Kopf zusammen, eine Geste, die so gar nicht zu dem kräftigen Herrn zu passen scheint. Dann ergänzt er, mit weit aufgerissenen Augen: »Maria.«

Sophia erhebt sich langsam, umrundet den Tisch und geht auf den Fabrikbesitzer zu. »Nein«, sagt sie ruhig. »Ich bin nicht Maria. Aber ich weiß inzwischen, dass ich ihr sehr ähnlich sehe.«

»Wer sind Sie und was … tun Sie hier?«, ächzt der Mann, zieht ein Schweißtuch hervor und tupft sich die Stirn.

»Ich hole mir zurück, was mir gehört«, sagt Sophia. »Besser gesagt, meiner Enkelin.«

Magdalena beobachtet ihre Großmutter mit angehaltenem Atem. Wie hoheitsvoll sie wirkt! Ob sie nun gleich das Rezept aus der Tasche zieht? Javier scheint sich die gleichen Gedanken zu machen, jedenfalls tritt er dicht an Sophia heran.

»Und ich bin Javier del Bosque, der Anwalt von Sophia Lechner und ihrer Enkelin Magdalena – der Alleinerbin von Maria Lourdes Fuentes.«

Die Miene des Mannes wechselt zwischen Verwunderung und Verzweiflung. »Bitte«, sagt er in dem Versuch, Fassung zu bewahren. »Setzen Sie sich.«

Javier nickt den anderen zu, und sie nehmen Platz.

»Ich nehme an, Sie haben jede Menge Fragen«, sagt der Mann.

Magdalena nickt. »Oh ja, die haben wir.«

»Maria Lourdes war meine Tante«, sagt er. »Sie war mit meinem Onkel verheiratet. Das hier«, er macht eine ausholende Geste, »ist das Land meines Onkels. Er hat es mir vor Jahren überschrieben. Da die beiden keine Kinder hatten, war ich der einzige Erbe, und ich ging davon aus, dass ich eines Tages auch das angrenzende Anwesen erben würde – das einst der Familie Sánchez gehörte.«

»Aber dem war nicht so.«

»Nein«, sagt Ribes, und sein Gesicht verfinstert sich wieder. »Dem war nicht so. Ich habe mich intensiv um Maria gekümmert, nachdem ihr Mann gestorben ist. Und eigentlich war es immer klar.«

»Was war immer klar?«, fragt Magdalena.

»Dass ich einmal beide Güter übernehmen und bewirtschaften würde. Wie ich das auch zu Lebzeiten der beiden immer getan habe. Und dann, als Maria im Sterben lag, sagte sie mir plötzlich, dass sie ebenfalls Verwandte habe, die ihren Teil des Guts erben sollten. Ich war wie vor den Kopf gestoßen.«

»Und hat sie noch mehr über diese Erben erzählt?«, fragt Sophia mit brüchiger Stimme. »Und über die … Verwandtschaftsverhältnisse?«

Ribes schüttelt den Kopf. »Nein. Aber wenn man Sie ansieht, Señora, dann gibt es keinen Zweifel. Sie sind Maria wie aus dem Gesicht geschnitten.«

Javier und Magdalena wechseln einen Blick. Sie hatten also recht mit ihrer Vermutung, dass Elena deshalb bei Sophias Anblick derart aus dem Häuschen geraten war.

»Und dann haben Sie sich gedacht, als Maria gestorben war, gehen Sie doch mal regelmäßig zur Bank und holen sich das Geld«, sagt Javier ihm auf den Kopf zu.

Ribes ist verlegen. »Ich gebe Ihnen das Geld gern zurück.«

»Das wäre sehr freundlich«, mischt sich Sophia nun ins Gespräch. »Das Rezept haben wir schon.«

Mit diesen Worten zieht sie das Dokument aus ihrer Tasche.

Die Gesichtsfarbe von Señor Ribes' wechselt in beunruhigender Geschwindigkeit von Puterrot zu Kreidebleich. Schwankend steht er auf, um auf seinen Schreibtisch zuzusteuern.

»Das können Sie sich sparen«, sagt Javier. »Ja, ich habe Ihren Schreibtisch durchsucht.«

»Das kann Sie Ihre Zulassung kosten.«

Javier zuckt mit den Achseln. »Möglich«, sagt er ruhig. »Aber ich glaube, für Sie steht viel mehr auf dem Spiel, wenn wir Anzeige erstatten. Diebstahl, Hausfriedensbruch, Betrug …«

»Schon gut, schon gut.« Ribes kehrt an den Tisch zurück. »Ich … Es tut mir leid.«

»Warum, Señor Ribes?«, fragt Magdalena. »Warum haben Sie das Rezept gestohlen? Erhoffen Sie sich damit weitere und bessere Absätze?«

»Das natürlich auch«, sagt er. »Aber darum geht es mir nicht in erster Linie. Es ist nur … Maria hat das Rezept gehütet wie ihren Augapfel. Niemand, absolut niemand durfte die genaue Zusammensetzung erfahren. Seit ich ein kleiner Junge war, habe ich ihr damit in den Ohren gelegen. Meine Oma hat es noch gekannt. Sie hat Maria erst auf das Geheimnis gestoßen, das zumindest hat Maria mir erzählt. Doch Oma hat es mit ins Grab genommen. Und Maria hat es mir nie verraten. Sie hat immer geschwiegen. Sie hat mir einfach nicht vertraut.«

»Zu Recht, wie man jetzt sieht«, knurrt Javier, doch Sophia sieht Ribes nachdenklich an. »Sie haben sich nie ganz zugehörig gefühlt, nicht wahr?«

Er nickt. »Woher wissen Sie das?«

»Weil ich dieses Gefühl kenne.«

»Hatten Sie auch Probleme mit Ihren Eltern?«, fragt Ribes.

Sie schüttelt den Kopf. »Nein. Nein, das hatte ich nicht. Ich hatte die wunderbarsten Eltern, die man sich nur vorstellen kann. Aber vielleicht habe ich geahnt, dass meine Eltern nicht meine leiblichen Eltern sind – zumindest teilweise. Und dass ich nicht in dieses bayerische Dorf gehöre.«

»Was meinen Sie damit, dass Ihre Eltern teilweise nicht Ihre Eltern sind?«

»Nun«, beginnt Sophia. »Sagen wir mal so, ich beginne allmählich, die Puzzleteile dieser Geschichte zusammenzusetzen. Aber momentan geht es nicht um mich, sondern um Sie, Señor Ribes. Bitte erzählen Sie weiter.«

»Also gut. Es hat mich gekränkt, dass Maria mir einfach nicht vertraute«, sagt er. »Dass sie mir nie verriet, was in ihrer Marmelade war. Und am Ende auch, dass sie mir nie sagte, dass sie leibliche Verwandte hat. Dabei dachte ich immer …«, er bricht ab.

»Was?«, fragt nun Magdalena leise. »Was dachten Sie immer?«

»Ich dachte immer, dass die beiden mich wie einen Sohn ansehen. Dass ich der Sohn bin, den sie nie hatten. Ich habe meine Kindheit mehr bei Maria und Alejandro verbracht als zu Hause. Mein Vater«, er bricht kurz ab, um sich zu fassen, und spricht dann weiter, »mein Vater war ein Hallodri. Hat meine Mutter sitzen lassen, als sie mit mir guter Hoffnung war. Meine Mutter hat sich allein durchgeschlagen – natürlich immer unterstützt von ihrem Bruder, meinem Onkel, aber was war das für ein Leben?«

Alle drei sehen den Mann an, der nun tief in seiner Vergangenheit versunken zu sein scheint.

»Meine Mutter hat sich in den Alkohol geflüchtet. Mein Stiefvater hat mich verprügelt. Aber Maria und Alejandro waren immer für mich da. Sie waren meine Eltern, und ich war ihr Sohn. Dachte ich.«

»Ich verstehe«, sagt Javier. »Wirklich. Auch Ihren Groll.«

Ribes nickt. »Deswegen habe ich das Rezept gestohlen. Plötzlich kommt da jemand, von dem ich nie etwas wusste und der nie eine Rolle in Marias Leben gespielt hat, und soll das alles bekommen. Allem voran das Vertrauen, das ich mir all die Jahre gewünscht hatte. Das tat weh.«

Er sieht Sophia direkt an. »Es tut mir leid, dass ich es gestohlen habe.«

»Sie müssen sich bei ihr entschuldigen, nicht bei mir«, sagt Sophia und deutet auf Magdalena. »Sie ist die Erbin.«

»Sie?«, fragt Ribes erstaunt. »Aber was haben Sie denn mit Maria zu tun?«

Magdalena antwortet mit einer Gegenfrage. »Sie haben den Einbruch verübt, kaum dass wir da waren. Sie wissen, wie ich aussehe.«

»Nein«, sagt Ribes. »Ich habe niemanden gesehen. Das Wohnzimmer war leer.«

»Und woher wussten Sie, dass wir kommen?«

»Ich habe auf der Plantage meine Leute, die mich sofort informieren. Aber ich kam nicht, um das Rezept zu stehlen.«

»Sie wollten wissen, was los ist, deshalb haben Sie geklingelt«, kombiniert Javier.

»Ja«, sagt Ribes. »Ich wollte mich aber nicht zu erkennen geben und habe deshalb meinen ältesten Freund mitgenommen. Und während er klingelte, bin ich ums Haus geschlichen. Dann stand die Terrassentür offen, und ich sah auf dem Tisch etwas liegen. Als ich bemerkte, dass das Wohnzimmer leer war, bin ich hinein. Und dann war da das Rezept. Ich konnte nicht widerstehen.« Er sieht Magdalena an. »Bitte verzeihen Sie einem alten Mann.«

»Schon geschehen«, sagt Magdalena lächelnd. »Aber bitte sagen Sie mir: »Waren Sie auch der anonyme Anrufer?«

Ribes läuft feuerrot an. »Ja«, sagt er. »Dafür schäme ich mich wohl am meisten. Einer Frau Angst einzujagen, ist verabscheuungswürdig.«

»Und woher wussten Sie, wo ich mich aufhalte?«

»Ich sah das Taxi nach Port de Sóller fahren. Und dann habe ich alle Hotels abtelefoniert.«

»Aber woher kannten Sie meinen Namen?«

»Das war einfach«, sagt Ribes und deutet auf das Rezept. »Er steht auf der Rückseite.«

Sophia zieht das Rezept hervor und dreht es um. Tatsächlich. Da steht es mit Bleistift geschrieben: *Für Magdalena Lechner.*

Kapitel 44

Maria Lourdes, Allgäu 1908

»Sie ist so still«, flüsterte Maria und blickte voller Sorge auf das kleine Mädchen in ihren Armen, um dann zu ergänzen: »Zu still.«

Als hätte sie ihre Mutter gehört, öffnete die Kleine ihr winziges Mündchen und stieß ein Seufzen aus. Ganz schwach und kläglich war das Geräusch.

»*Dios mío*«, hauchte Elena. »Sie muss etwas trinken. Unbedingt.«

Maria nickte. »Hilf mir mal. Aber gib acht, dass sie nicht aufgedeckt wird.«

Elena nahm das kleine Mädchen in den Arm, und Maria drapierte rasch die Decken neu.

Milch. Ja, das Kind musste etwas trinken.

Maria entblößte ihre Brust und stellte erschrocken fest, wie schwer es ihr fiel, sich die inzwischen freilich arg verknitterte Bluse aufzuknöpfen. Es kostete sie alle Kraft, und der Schweiß stand ihr auf der Stirn. Doch schließlich hatte sie es geschafft, und Elena legte ihr das Mädchen wieder in die Arme.

Aber auch der Säugling war offenbar viel zu schwach, um sein Mündchen zu öffnen, geschweige denn zu trinken.

Maria spürte eine Welle der Verzweiflung in sich aufsteigen. »Sie muss doch etwas trinken«, flüsterte sie. »Sie muss doch zu Kräften kommen.«

In diesem Moment hörten sie draußen im Flur die Tür schlagen und schwere Schritte. »Die Hebamme«, sagte Maria. »Endlich!«

Im nächsten Moment wurde die Schlafzimmertür aufgerissen, und ein Mann kam herein. Groß, blond, mit strahlenden blauen Augen. »Vera, was …«, setzte er an. Dann erblickte er Maria in seinem blutdurchtränkten Ehebett. Elena, die neben ihr kniete.

Er riss die Augen auf. »Was …«, stammelte er.

Marias Augen füllten sich mit Tränen. Von der Tür aus konnte Johann nicht sehen, dass sie ein Kind im Arm hielt. *Sein* Kind. Mit ihrer freien Hand griff sie nach der Decke und zog sie nach unten.

Fassungslos starrte Johann sie an. »Was …«, krächzte er zum dritten Mal, und auch Maria wusste nicht, was sie sagen sollte. Da ergriff Elena das Wort. »Das ist Ihr Kind, Herr Sonnbichler. Es ist gerade durch einen Unfall zur Welt gekommen. Zwei Monate zu früh. Für Erklärungen ist später Zeit. Jetzt müssen Sie uns helfen, das Leben Ihrer Tochter zu retten.«

»Meiner … Tochter …«, flüsterte Johann und trat, nein, taumelte einen Schritt nach vorn. »Ich habe eine Tochter.«

Er sank neben dem Bett auf die Knie, betrachtete erst Maria und dann das winzige Wesen in ihrem Arm. Glückselig. Fassungslos. »Ich kann es nicht glauben«, flüsterte er und berührte zart ihre Wange, während sich eine Träne aus seinem Augenwinkel löste.

In diesem Moment war Maria einfach nur glücklich. Eine kleine Familie, vereint. Es würde alles gut werden.

»Johann!«, rief da eine Stimme von der Tür her.

Wie ertappt sprang er auf. »Vera!«

»Es ist gut, dass du da bist«, sagte sie nur. »Wir müssen die Kleine retten. Und Maria auch. Ich habe die Hebamme geholt.«

Er nickte erleichtert und stellte keine Fragen mehr. »Gut.«

In diesem Moment betrat eine zierliche, grauhaarige Frau mit hellwachem Blick den Raum. »Ein Mannsbild können wir hier nicht brauchen«, beschied sie Johann. »Aber Sie können einheizen, und zwar ordentlich.« Sie deutete auf den Ofen in der Ecke. »Das Würmchen braucht es warm.« Mit diesen Worten eilte sie zum Bett und fügte hinzu: »Und die Mutter auch.«

Maria war unendlich erleichtert. Die Frau strahlte eine enorme Sicherheit und Präsenz aus. »Sie will gar nicht trinken«, flüsterte sie.

»Kein Wunder«, sagte die Hebamme. »Sie ist viel zu schwach. Aber es wäre ungemein wichtig, dass sie etwas Muttermilch bekommt. Das stärkt sie und ihre Abwehrkräfte, die sie dringend braucht.« Sie deutete auf Marias Brust. »Und Sie haben auch mehr als genug Milch für die

Kleine.« Zu ihrem Erstaunen bemerkte Maria, dass sich mehrere Milchtropfen auf ihren Brustwarzen bildeten.

»Na, sehen Sie«, sagte die Hebamme aufmunternd. Sie hielt das Köpfchen der Kleinen so, dass diese den Milchtropfen abschlecken konnte.

Maria hielt den Atem an. Ein Tropfen. Noch ein Tropfen.

Und dann … ein winziges, kaum spürbares Schlucken.

Vera legte die Hände vors Gesicht, Elena bekreuzigte sich. Die Hebamme lächelte.

»Sie hat eine Chance. Aber wir müssen wachsam bleiben.« Maria schloss die Augen. Ihr Kind lebte. Und vielleicht, nur vielleicht, würde das auch so bleiben.

»Zum Saugen ist sie noch zu schwach«, sagte die Hebamme und wandte sich dann an Vera. »Können Sie mir eine kleine Schüssel bringen? Wichtig ist, dass Sie sie zuvor mit heißem Wasser auskochen, sodass auf keinen Fall Bakterien darin sind.«

»Sicher«, sagte Vera und eilte davon.

Die Hebamme sah nun wieder Maria an. »Ich versuche jetzt, die Milch aus Ihren Brüsten zu drücken«, erklärte sie. »Die flößen wir der Kleinen dann mit einer Pipette ein. So bekommt sie Nahrung, ohne dafür viel Kraft aufwenden zu müssen.«

»Das ist gut«, flüsterte Maria. Sie hatte das Gefühl, dass mit der Milch, die die Hebamme ihr mit kräftigen Händen aus der Brust strich und die in die Glasschale tropfte, die Vera ihr hinhielt, die letzte Kraft aus ihrem Körper wich. Aber sie brauchte auch keine Kraft mehr. Man kümmerte sich um ihr kleines Mädchen. Sein Vater war da. Eine Hebamme sorgte für sie. Und Vera … Vera würde bestimmt eine gute Mutter werden, wenn sie … wenn sie … Die Augen fielen ihr zu. Panisch riss sie sie wieder auf. »Vera!«

Liebevoll sah Johanns Frau, die vor ihr saß und die Glasschüssel hielt, sie an. »Ja, Liebes?«

»Vera, was du vorhin sagtest … Dass, also dass du dich um mein Mädchen kümmern wirst, hast du das ernst gemeint?«

»Aber sicher.« Vera hob die freie Hand und strich ihr über die Wange. »Ich würde ihr die liebevollste und beste Mutter sein, die sie sich wünschen kann. Und ich liebe sie jetzt schon mehr als mein eigenes Leben.«

Maria schmeckte eine salzige Nässe auf ihren Lippen. Sie waren so trocken, dass die Flüssigkeit brannte. Weinte sie?

»Das ist gut«, flüsterte sie mit letzter Kraft. »Das ist …«

»Marilu! Marilu! Komm zurück!« Ein Schrei drang in ihr Bewusstsein. Er holte sie zurück, und es kostete sie alle Kraft, noch einmal die Augen zu öffnen. »Elena«, flüsterte sie. Die Freundin stand dicht über sie gebeugt und strich ihr das Haar aus der Stirn.

»Sag den Eltern, dass ich sie liebe«, flüsterte sie. »Aber sag ihnen nichts davon, dass sie eine Enkeltochter haben, hörst du? Versprich es mir, Elena.«

»Aber Marilu«, stammelte die Freundin, ihr Gesicht voller Tränen.

»Sie verliert viel zu viel Blut!«, hörte sie die Hebamme rufen. »Ich brauche Tücher. Schnell.«

Und dann war da nur noch eine tiefe gnädige Schwärze.

Kapitel 45

Magdalena, Palma 1978

Die papierne alte Hand bewegt sich zitternd in ihre Richtung. Es ist offensichtlich, dass sie Sophia berühren will. Gerührt beobachtet Magdalena, dass ihre Großmutter sich nach vorn beugt.

»Kleine Sophia!«, flüstert Elena mit zitternder Stimme. »Als ich dich das letzte Mal gesehen habe, warst du ein winziges Mädchen, und wir haben um dein Leben und das deiner Mama gefürchtet. Aber du bist eine kleine Kämpferin. Und deine Mama auch.«

»Meine Mama – das ist Maria, nicht wahr?«, vergewissert sich Sophia, und Elena nickt. »Ja, mein Kind, Maria war deine Mama. Und sie hat dich über alles auf der Welt geliebt.«

Wie merkwürdig es ist, dass ihre Großmutter »mein Kind« genannt wird, denkt Magdalena. Und gleichzeitig spielt es überhaupt keine Rolle. Was sich da gerade vor ihren und Javiers Augen ereignet, ist absolut weltbewegend – und die Antwort auf all ihre noch offenen Fragen.

»Was ist damals passiert?«, fragt Sophia. »Wie bin ich im Allgäu gelandet?«

»Deine Mutter hat deinen Vater – Johann Sonnbichler – sehr geliebt«, beginnt sie zu erzählen. »Er hat ihr allerdings nicht gesagt, dass er bereits verheiratet war. Mit Vera.«

»Mein Vater hat meine Mutter mit meiner Mutter betrogen«, entfährt es Sophia.

»Sie hat recht, das klingt absurd!«, pflichtet Javier Sophia leise bei.

»Psssst!«, macht Magdalena, die sich kein Wort entgehen lassen will.

»Ich habe das deinem Vater nie verziehen«, sagt Elena. »Er hat deiner Mutter das Herz gebrochen. Er hätte das nicht tun dürfen.«

»Was?«, fragt Sophia. »Was hätte er nicht tun dürfen?«

»Ihr die Wahrheit verschweigen. Sie hätte sich nie mit ihm eingelassen. Niemals hätte sie das getan.«

»Aber warum hat er es ihr verschwiegen?«, fragt Sophia. »Ich kenne meinen Vater. Er war ein herzensguter Mensch. Er hätte niemals …«

»Auch dein Vater hat deine Mutter wohl sehr geliebt. Er war hierhergekommen, um für uns alle die Bahn zu bauen – vor allem den Tunnel. Da hat er sie kennengelernt, deine Mutter. Marilu, diese großartige, starke, liebevolle Frau. Er hat sich so sehr verliebt, dass er sich von Vera scheiden lassen wollte. Aber auf jener Reise, als er zurückkehrte ins Allgäu, da erfuhr er, dass Vera eine Fehlgeburt erlitten hatte. Veras sehnlichster Wunsch war immer gewesen, Mutter zu werden. Er brachte es nicht übers Herz, sie nach diesem Schicksalsschlag zu verlassen, allein zu lassen mit ihrem Kummer. Also hat er sich von Maria getrennt.«

»Und sie hat ihm nicht gesagt, dass sie ein Kind erwartet.«

»Sie hat es erst gemerkt, als er schon wieder fort war«, erwidert Elena. »Und wir haben die ganze Zeit überlegt, was sie tun soll. Sie hat sogar daran gedacht, möglichst schnell Alejandro zu heiraten und ihm dich sozusagen unterzuschieben. Aber das hat sie nicht übers Herz gebracht. Sie wollte eine Ehe nicht mit einer Lüge beginnen. Außerdem war Alejandro ihr Freund seit Kindertagen. Sie war nicht bereit, das Vertrauen zwischen ihnen so fundamental zu missbrauchen.«

»Stattdessen hat sie mich weggegeben«, sagt Sophia, und es klingt bitter. Rasch fügt sie hinzu: »Ich hatte eine sehr glückliche Kindheit, und Vera war die beste Mutter, die man sich vorstellen kann. Aber dennoch schmerzt es, wenn man in meinem Alter erfahren muss, dass die eigene Mutter einen weggegeben hat.«

»Sie hat dich nicht weggegeben«, widerspricht Elena. »Zumindest nicht leichtfertig oder weil sie dich nicht wollte. Lass mich die Geschichte weitererzählen.«

»Natürlich.« Sophia schenkt ihr ein Lächeln. »Sehr gern.«

»Auf der verzweifelten Suche nach einer Lösung für ihre Misere, die sie bis zum Schluss allen außer mir verheimlichen konnte, hat sie entschieden, nach Deutschland zu fahren und Johann aufzusuchen. Unter einem Vorwand reiste deine Mutter ins Allgäu, um deinen Vater zu suchen. Ich habe sie begleitet. Wir kamen mitten im Winter in einem Dorf in den Bergen an und suchten das Haus deines Vaters auf.«

»Was war das für ein Haus?«, fragt Sophia aufgeregt.

Elena lächelt. »Das Haus, in dem du aufgewachsen bist. Das Haus deiner Kindheit.«

»Was ist passiert?«

»Wir trafen Johann nicht an, wohl aber Vera. Sie wusste sofort, wer Maria war. Von ihrer Schwangerschaft aber wusste sie natürlich nichts. Maria erzählte ihr von ihrer Lage, und Vera machte ihr ein unglaubliches Angebot: Sie würde sich als deine Mutter ausgeben, dann könntest du bei deinem Vater aufwachsen und nicht als Bastard. Und sie selbst würde dir eine unendlich liebevolle Mutter werden. Für sie würde damit ein Lebenstraum wahr werden.«

»Und Maria hat sich darauf eingelassen?«, fragt Sophia entsetzt.

Plötzlich bricht Elena zur Bestürzung aller in Tränen aus. Erschrocken dreht sich Sophia zu Magdalena und Javier um.

»Soll ich einen Arzt rufen?«, fragt der, doch Elena hat sich schon wieder gefasst und wischt sich die Augen. »Entschuldigung«, sagt sie. »Es war nur die schlimmste und zugleich schönste Nacht meines Lebens, und es fühlt sich an, als wäre es gestern gewesen.« Voller Liebe sieht sie Sophia an. »Es war die Nacht, in der du geboren wurdest.«

»Die Nacht, in der ich geboren wurde?«, fragt Sophia perplex. »Stand Maria also bereits kurz vor der Niederkunft, als ihr euch auf den Weg machtet?«

»Nein«, sagt Elena. »Sie war erst im siebten Monat. Aber nachdem Vera ihr das Angebot unterbreitet hatte, sprang sie auf und rannte empört aus dem Haus. Niemals würde sie dich hergeben! Weil es aber tiefster Winter war, rutschte sie aus und fiel, was die Wehen auslöste. Dein Leben stand auf Messers Schneide, du warst viel zu schwach, um zu trinken. Wir hatten solche Angst um dich. Aber du bist eine Kämpferin, kleine Sophia. Du hast es geschafft.«

»Und Maria? Wie ging es weiter? Warum hat sie sich doch noch auf Veras Angebot eingelassen?«

Elena schüttelt den Kopf. »Seid mir nicht böse«, flüstert sie. »Aber ich brauche eine kleine Pause. Ich muss ein wenig die Augen zumachen. Kommt ihr am Nachmittag wieder?«

»Natürlich.« Sophia beugt sich vor und küsst die alte Dame auf die Wange. Magdalena und Javier verabschieden sich ebenfalls und treten dann nach draußen.

Besorgt sieht Magdalena ihre Großmutter an. Sie wirkt wie vor den Kopf gestoßen.

»Ist alles in Ordnung?«

»Ich glaube, ich brauche jetzt erst mal einen Schnaps!«, krächzt Sophia.

»Das kann ich nur zu gut verstehen«, erwidert Magdalena und greift vorsorglich nach ihrem Arm. »Lass uns in die Stadt fahren.«

»Ich meine, ich habe es geahnt, wenn nicht sogar gewusst. In den letzten Tagen haben wir ja die Puzzleteile zusammengesetzt. Aber ich habe es noch nicht ansatzweise verarbeitet. In meinem Alter zu erfahren, dass mein Leben eine Lüge war …«

Tränen treten Sophia in die Augen, und Magdalena legt rasch eine Hand auf die ihre. Sie sitzen in einem Restaurant mitten in Palma und haben eben die Bestellung für das Mittagessen aufgegeben. Die Bedienung bringt einen Orangenschnaps, und Sophia stürzt ihn in einem Zug hinunter.

»Ich verstehe, dass du dich so fühlst«, sagt sie. »Es würde mir genauso gehen. Aber ist nicht die Hauptsache, dass du glücklich warst?«

»Vielleicht«, sagt Sophia. »Und das war ich wirklich sehr. Ich hätte mir keine schönere Kindheit und keine besseren Eltern wünschen können. Aber nachdem ich nun weiß, dass … Es fühlt sich dadurch so … falsch und unecht an.«

»Ihr Leben ist nicht weniger wert, weil Sie das nicht wussten«, lässt sich Javier vernehmen. »Es zählt das, was ist, und nicht das, was hätte sein können.«

»Schon«, murmelt Sophia. »Aber dennoch fühle ich mich jetzt so klein. Warum hat sie mich weggegeben? Und warum hat sie nie versucht, mit mir in Kontakt zu treten? Sie wusste doch, wo ich war.«

Magdalena will das Herz zerreißen vor Mitgefühl für ihre Großmutter. Sie streichelt ihre Hand. »Nachher«, sagt sie. »Nachher kehren wir zurück. Und dann wirst du es erfahren.«

Kapitel 46

Maria Lourdes, Allgäu 1908

Ein fernes Pochen. Dumpf, wie durch eine dicke Wand aus Nebel. Maria spürte es eher, als dass sie es hörte, ein leises Hämmern irgendwo am Rand ihres Bewusstseins.

Sie lag. Ihr Körper war schwer, als hätte jemand Steine auf sie gelegt. Ein tiefes Ziehen in ihrem Bauch. Ein Brennen. Und doch war da auch eine seltsame Leere, als wäre etwas fortgerissen worden, das einmal ein Teil von ihr gewesen war.

Stimmen. Weit weg. Erst nur ein Wispern, dann bruchstückhafte Worte.

» … zu lange …«

» … nicht sicher …«

» … noch immer Fieber …«

Maria wollte die Augen öffnen, doch ihre Lider waren schwer wie Blei. Ein feuchter Lappen berührte ihre Stirn, und ein seltsamer Geruch drang in ihre Nase. Kräuter, Schweiß und darunter ein metallischer Hauch. Blut. Ihr Blut.

Ihr Herz schlug plötzlich schneller. Erinnerungen versuchten, durch den Nebel zu dringen. Schmerzen, Wehen, die Hitze ihres Körpers, das Rufen, die Panik. Dann … Dunkelheit.

Wo war ihr Kind? Das kleine Mädchen! Esperanza! Lebte es noch? Zum zweiten Mal hatte sie ihr Kind im Stich gelassen und das gleich in den ersten Lebensstunden ihrer Tochter! Erst hatte sie durch ihr unbedachtes Handeln die Wehen ausgelöst, und dann war sie einfach in die Finsternis abgedriftet, anstatt ihrem Kind zu helfen.

Bitte, lass sie noch leben, flehte sie und wandte alle Kraft für ein Gebet auf, bevor sie es wagte, die Augen zu öffnen. Sie erneuerte ihren Schwur. Wenn die Kleine noch lebte, dann würde sie sie in die Obhut von Johann und Vera geben. Es würde ihr das Herz brechen. Aber sie war offensichtlich nicht in der Lage, ihrem Kind eine gute Mutter zu sein. Vera und Johann hingegen schon. Sie nahm erneut alle Kraft zusammen und blinzelte.

Ein Zittern lief durch ihre Finger. Sie wollte sprechen. Aber ihre Lippen gehorchten ihr nicht.

Dann eine Hand auf ihrer Wange. Warm, rau.

»Marilu?« Eine Stimme, sanft und voller Angst. Sie kannte sie. Sie war nicht allein.

Mühsam riss sie die Lider ein Stück weit auf. Licht flutete ihre Sinne, zu grell, zu viel. Sie blinzelte, versuchte, die verschwommenen Konturen zu erkennen. Ein Gesicht über ihr. Vertraut. Verzweifelt.

»Marilu, mein Herz. Du bist wach.«

»Elena!«, stieß Maria aus. »Wo … Esperanza?«

»Es geht ihr gut, Liebes«, erwiderte Elena unter Tränen. »Wir haben sie Sophia getauft. Die Weise. Wenn sie uns mit ihren klugen Augen anblickt, sieht sie weise aus.«

»Aber, ich wollte doch … Esperanza«, stammelte Maria.

»Es tut mir leid, Maria, wir mussten sie taufen, der Pfarrer, wir …« Elena brach ab und wandte sich um. Johann war zu ihnen getreten, er hielt seine Tochter im Arm. *Ihre* Tochter. »Du bist wach, Maria«, sagte er liebevoll. »Wir haben uns solche Sorgen um dich gemacht. Schau mal, wer da ist.«

Er legte ihr ein wunderschönes Mädchen in den Arm. Sie sah ganz anders aus als das letzte Mal. Gar nicht mehr hilflos und zerknautscht, sondern munter, sauber und hellwach. Aus großen klugen Augen blickte die Kleine ihre Mutter an.

»Ja«, flüsterte Maria unter Tränen. »Ja, du bist eine kleine Sophia. Wie klug du bist, mein Schatz.«

Johann hatte sich neben sie auf die Bettkante gesetzt und sah seine Tochter zärtlich an.

»Sie sieht so anders aus als vorhin«, sagte Maria leise. »So … groß.«

Johann hob den Blick und lächelte ihr zu. Dann erklärte er: »Maria, das war vor sechs Wochen. Die kleine Sophia ist heute sechs Wochen alt.«

»Sechs Wochen!« Maria wollte entsetzt hochfahren, doch sie hatte keine Kraft dazu, sodass sich die Bewegung auf ein Minimum beschränkte.

»Sechs Wochen«, wiederholte sie matt.

»Ja, Maria.« Johann strich ihr zärtlich über die Wange, eine merkwürdig intime Geste, wenn man bedachte, dass sie kein Paar mehr waren. Und zugleich so stimmig.

»Wir haben nicht gedacht, dass du es schaffst, Maria«, sagte Johann, und die Tränen schimmerten in seinen Augen, als er kaum hörbar hinzufügte: »Ich liebe dich, Maria. Ich werde dich immer lieben. Jetzt mehr als je zuvor, zumal du mir dieses wunderschöne kleine Mädchen geschenkt hast.«

Marias Herz schlug ein wenig schneller, und sie blickte auf ihre Tochter in ihren Armen. Für einen winzigen Moment, für einige Sekunden nur, gab sie sich der Illusion hin, dass alles gut werden würde.

Doch es war und blieb eine Illusion. Maria wusste, dass sie sich an ihr Versprechen halten musste, das sie sich in den Stunden tiefster Verzweiflung gegeben hatte. Wenn ihre kleine Tochter all das überlebte, würde sie Veras Wunsch nachkommen. Denn dass sie noch lebte, das hatte sie Vera zu verdanken. Ohne Vera wäre Sophia gestorben. Und sie vermutlich auch. Zweimal hatte sie ihre Tochter in deren kurzem Leben schon gefährdet.

Sie tastete nach Johanns Hand.

»Johann«, sagte sie. »Vera hat mir einen Vorschlag gemacht.«

Er nickte. »Ich weiß«, sagte er. »Und sie macht sich die größten Vorwürfe. Wenn sie das nicht gesagt hätte, wärst du nicht aus dem Haus gestürzt, und …«

Maria liefen die Tränen übers Gesicht. »Holst du sie, Johann, bitte?«

»Ich bin hier«, ertönte da eine leise Stimme von der Tür her. Vera trat zu ihr, und in ihrem Blick lag ein ganzes Universum an Gefühlen. Sie setzte sich auf den Stuhl, der neben Marias Bett stand, und sagte unter Tränen: »Du bist wach. Ich kann es gar nicht glauben. Maria, ich bin so froh. Ich mache mir solche Vorwürfe. Hättest du es nicht geschafft … Ich hätte dein Leben auf dem Gewissen gehabt.«

Maria schüttelte rasch den Kopf. »Nein, Vera, bitte sag so etwas nicht. Ich war es, die vollkommen leichtsinnig gehandelt hat. Das Gegenteil ist der Fall: Ich habe dir mein Leben zu verdanken. Und während ich darum kämpfte, am Leben zu bleiben, habe ich einen Schwur geleistet. Sollte meine kleine Sophia überleben, würde ich dein Angebot annehmen. Ich wäre ihr keine gute Mutter.«

Immer mehr Tränen liefen über Veras Gesicht. »Du weißt, Maria, dass mich das zur glücklichsten Frau machen und ich alles tun würde, um Sophia eine gute Mutter zu sein. Aber hast du dir das wirklich gut überlegt?«

»Ja«, erwiderte Maria, während sie ihrer Tochter zärtlich über die rosige Wange strich. »Ja, das habe ich. Ich habe als Mutter schon zweimal versagt. Ich würde es wieder tun. Und was für ein Leben kann ich meinem geliebten Mädchen schon bieten? Würde ich mit ihr nach Spanien zurückkehren, wäre sie ein Bastard, und ich bin sicher, dass meine Familie uns verstoßen würde. Würde ich hier in Deutschland bleiben und mich als Witwe ausgeben – wovon sollten wir leben?«

»Ich würde natürlich für euch sorgen«, versicherte Johann hastig und fügte murmelnd hinzu: »Das wäre das Mindeste.«

Doch Maria schüttelte den Kopf. »Über alldem steht, dass ich immer Angst hätte, Sophias Leben wäre …«, sie zögerte und fuhr dann fort: » … in gewisser Weise verflucht, wenn ich mich nicht an meinen Schwur halte. Es klingt vielleicht furchtbar albern, aber wenn ich nun, wo wir doch beide überlebt haben, mein Versprechen breche, habe ich Angst, das Schicksal gar zu sehr herauszufordern.«

Erst sah sie Johann und dann Vera an und fragte: »Klingt das sehr lächerlich?«

»Überhaupt nicht«, sagte Vera weinend und streichelte Maria erneut über die Wange. »Ich kann dich so gut verstehen. Aber in einem muss ich dir ganz ausdrücklich widersprechen.«

»Nämlich?«, fragte Maria.

»In deiner Annahme, du seiest eine schlechte Mutter. Du bist in meinen Augen die beste Mutter der Welt. Du triffst deine Entscheidungen unabhängig von deinem eigenen Schmerz ausschließlich danach, was das Beste für Sophia ist. Einen größeren Liebesbeweis könnte es nicht geben.«

»Danke«, flüsterte Maria. »Danke, dass du das sagst. Das bedeutet mir viel.«

»Ich verspreche dir, dass Sophia es gut haben wird bei uns«, sagte Vera. »Sie wird das glücklichste Mädchen aller Zeiten.«

Kann sie das denn, ohne ihre Mutter?, dachte Maria, aber sie sprach es nicht aus, sondern schob den Gedanken rasch beiseite.

Nur eines wusste sie: Ihr eigenes Leben, das war mit diesem Tag vorbei. Sie hatte die beiden Menschen verloren, die sie am meisten liebte: Johann und Sophia, ihre kleine Tochter. Sie würde nie wieder glücklich werden.

Wie anstrengend dieses Gespräch war. Sie spürte einen

seltsamen Schwindel in ihrem Kopf. Ein Sirren. Ein Flimmern. Vera und Johann waren auf einmal weit fort. Das Kind, haltet das Kind, ich kann ihm keinen Schutz mehr bieten!

»Sie verliert wieder das Bewusstsein!«, hörte sie wie von ferne Johanns Stimme und spürte, dass ihr jemand Sophia aus den Armen nahm. Ein Glück, ihr Mädchen war wieder in Sicherheit. Sie konnte weiterschlafen.

Die Tage verstrichen in einem endlosen Strom aus Hitze und Dunkelheit. Mal war sie wach, mal fiel sie wieder in die Tiefe, unfähig zu unterscheiden, was Traum war und was Wirklichkeit. Stimmen kamen und gingen, oft zu leise, um sie zu verstehen. Manchmal spürte sie Hände, die ihre Stirn berührten, eine Schale an ihre Lippen hielten, sie zwangen zu trinken. Bittere Kräuter, lauwarme Brühe. Alles schmeckte gleich.

Dann das Fieber. Erst eine Glut, die durch ihre Adern raste, dann eisige Kälte, die sie bis auf die Knochen frösteln ließ. Sie schrie manchmal, glaubte, Stimmen aus der Vergangenheit zu hören, sah Gestalten, die nicht da waren. Sie kämpfte, verlor den Kampf und fiel wieder.

Eines Morgens war die Hitze fort. Ihr Körper fühlte sich ausgehöhlt an, kraftlos, als hätte sie sich in Luft aufgelöst. Doch als sie die Augen öffnete, war die Welt noch da. Blass und still.

Wochen vergingen, bis sie ihren Kopf heben konnte, bis ihre Finger stark genug waren, einen Löffel zu halten. Ihr Körper war ihr fremd geworden, mager und schwach. Jeder Schritt war eine Prüfung, jeder Atemzug ein Sieg.

Kapitel 47

Magdalena, Palma 1978

Als sie am späten Nachmittag wieder in das Krankenhaus kommen, erwartet Elena sie zu ihrer Überraschung nicht im Bett, sondern an dem kleinen Tisch, der vor dem Fenster steht.

»Geht es Ihnen wieder besser?«, fragt Sophia und umarmt sie zur Begrüßung.

»Ja«, erwidert Elena und bittet ihre drei Besucher mit einer Geste, sich zu ihr zu setzen. »Viel besser. Es ist zwar anstrengend, über all das zu sprechen, aber zugleich auch sehr befreiend. Als falle eine Last von mir ab.«

Sophia nickt. Sie setzen sich, und dann sagt Elena: »Aber bitte, sagt doch alle Du zu mir. Ich duze euch schließlich auch, und immerhin, du«, sie lächelt Sophia zu, »hast ja inzwischen ebenfalls ein recht stattliches Alter.«

»Das will ich meinen«, sagt Sophia und fügt hinzu: »Sehr gern. Vielen Dank.«

»Nun will ich euch auch nicht weiter auf die Folter spannen und dir erzählen, wie es mit dir und Maria weiterging.«

Sie schildert ihren Besuchern den Schwur, den Maria geleistet hatte, und berichtet Sophia, wie hart Maria um ihr Leben kämpfen musste.

»Drei Monate war sie kaum bei sich«, erzählt Elena. »Es gab Zeiten, in denen wir sicher waren, dass sie es nicht schaffen würde. Der Pfarrer war mehr als nur einmal da.«

»Du lieber Himmel«, murmelt Sophia.

»Letztendlich hatte Vera recht«, sagt Elena. »Du hättest dir keine liebevollere und bessere Mutter wünschen können als Maria. Sie hat ihr eigenes Unglück gewählt, damit du ein besseres Leben haben kannst.«

Sophia treten die Tränen in die Augen. »Ich habe ihr unrecht getan«, flüstert sie.

»Weshalb?«, fragt Elena.

»Ich habe ihr gestern unterstellt, dass ich ihr egal gewesen sei. Dass sie mich weggegeben hat. Das Gegenteil war der Fall.«

»Ja, mein Kind«, sagt Elena ruhig. »Das Gegenteil war der Fall. Als aufrichtige Frau wollte sie ihren Schwur nicht brechen. Sie hatte Angst, dich damit in Gefahr zu bringen, auch wenn die Versuchung natürlich groß war. Wie oft hat sie zu mir gesagt – im Allgäu und in den Folgejahren: ›Und wenn es ein Fehler war, Elena? Wären wir nicht zusammen auf jeden Fall glücklicher als nun, wo wir getrennt sind? Auch wenn die äußeren Umstände härter gewesen wären?‹«

»Es ist schwierig, das im Nachhinein zu beurteilen«, sagt Sophia. »Ich für meinen Teil kann sagen, dass ich nicht glücklicher hätte sein können. Aber wenn ich mit meiner leiblichen Mutter aufgewachsen wäre, wäre ich vielleicht auch nicht unglücklich gewesen, selbst wenn die äußeren Umstände schwieriger gewesen wären.«

»Ich finde das auch schwer zu beurteilen«, lässt sich Magdalena vernehmen. »Und, ein merkwürdiger Gedanke: Wäre Marias Entscheidung seinerzeit anders ausgefallen, gäbe es mich jetzt nicht.«

»Was wiederum ein sehr trauriger Gedanke ist«, versetzt Javier und küsst ihre Hand.

»Dass du glücklich warst, war alles, was Maria wollte«, sagt Elena leise. »Sie selbst aber war nie wieder die Alte.«

»Wurde sie denn nie wieder fröhlich?«, fragt Sophia beklommen, und Magdalena sieht, wie sehr Sophia dieser Gedanke schmerzt. »Sie hat doch geheiratet, Alejandro.«

»Ja«, bestätigt Elena. »Ja, das hat sie. Und Alejandro war das Beste, was ihr passieren konnte. Er liebte sie, seit sie Kinder waren. Und er wusste auch alles. Es war ihr wichtig, dass er es erfuhr, bevor sie heirateten, auch, weil …«

»Weil …?«

»Nun, paradoxerweise ereilte Maria das gleiche Schicksal wie Vera. Nach dir konnte sie keine Kinder mehr bekommen. Doch sie hat auch dieses Schicksal angenommen. Sie wollte auf keinen Fall, dass jemand anderes deinen Platz einnimmt. ›Ich habe schon ein Kind, Elena‹, sagte sie wieder und wieder. ›Ich würde es niemals zulassen, dass ein anderes an seine Stelle rückt.‹«

»Oh Gott!« Sophia schluchzt auf und schlägt die Hände

vor das Gesicht. Magdalena umschlingt sie von der Seite und drückt sie an sich.

»Sie wollte Alejandro nicht die Chance nehmen, Vater zu werden, aber er sagte, ihr Mann zu sein, sei sein größtes Glück. Und wenn Maria auch nie wirklich in der Tiefe glücklich wurde, so hat sie in Alejandro doch auf jeden Fall ein Zuhause gefunden.«

»Aber weshalb hat sie mich denn nie besucht? Warum habe ich es nie erfahren?«, erkundigt sich Sophia. »Ich hätte doch zwei Mütter haben können.«

»Sie hatte Angst, dass dich das verwirrt«, sagt Elena. »Sie wollte immer nur, dass du glücklich bist. Aber sie war immer über dich und deine Entwicklung auf dem Laufenden. Johann und Vera schrieben ihr einmal im Monat einen Brief, dem sie auch Fotos beilegten. Manchmal, bei besonderen Ereignissen, schrieben sie auch öfter. Maria wusste alles. Sie erfuhr als Erste von deinen ersten Worten, deinen ersten Schritten, sie erlebte deinen ersten Schultag mit …«

Inzwischen laufen Sophia die Tränen in Strömen über die Wangen. Auch Magdalena muss weinen.

»Wo sind diese Briefe?«, fragt Sophia mit rauer Stimme.

»Bei mir«, erwidert Elena leise. »Sie wurden immer an mich geschickt.«

»Warum das?«, fragt Sophia. »Alejandro wusste doch von mir.«

»Auf der Plantage herrschte immer reges Treiben. So viele Menschen gingen ein und aus, und die Briefe lagen stets auf einem Silbertablett in der Eingangshalle. Sie hatte Angst, dass einer verloren geht oder dass jemand hinter ihr Geheimnis kommt.«

»Aber Johanns Bild hängt im Haus«, sagt Magdalena. »War das nicht verräterisch?«

Elena lächelt. »Sie hat es erst nach Alejandros Tod aufgehängt. Zögernd, weil sie nicht wusste, ob sie ihren verstorbenen Mann damit verrät. Aber dann entschied sie sich dafür. Johann war immer ein Teil ihres Lebens – nicht zuletzt, weil es dich ohne ihn nicht gegeben hätte.« Sie ergänzt: »Und sie hat dir auch geschrieben. All die Jahre über. Es sind Wagenladungen.«

»Und wo sind diese Briefe?«, fragt Sophia atemlos.

»Bei mir.«

»Kann ich sie sehen?«

»Nicht nur das. Du kannst sie auch haben. Ich habe sie für dich aufbewahrt. Morgen früh darf ich nach Hause, dann werde ich sie dir überreichen.«

»Was ich noch nicht verstehe«, sagt Magdalena, »warum nun am Ende doch alles herauskommt, wo sie es doch all die Jahre über geheim gehalten hat. Ich meine, ihr muss doch klar gewesen sein, dass ich Nachforschungen anstellen werde, wenn ich das Herrenhaus erbe. Und dass dann auch meine Großmutter davon erfährt.«

Elena nickt langsam. »Ja«, sagt sie. »Sie hat sich die Entscheidung nicht leicht gemacht. Aber am Ende wollte sie ihr Geheimnis nicht mit ins Grab nehmen.«

Kapitel 48

Maria Lourdes, Sóller 1977

Seite an Seite gingen die beiden alten Frauen über die Orangenplantage. Die eine sah die andere besorgt an. »Bist du sicher, dass du dir nicht zu viel zumutest, meine Liebe?«, fragte Elena und bot Maria einen Arm, um sie zu stützen.

»Na, hör mal«, protestierte Maria lachend. »So viel jünger als ich bist du auch nicht. Aber du hast schon recht«, sie steuerte auf die Bank auf dem kleinen Hügel zu, auf der sie seinerzeit mit Johann gesessen hatte, »eine alte Frau wie ich sollte es langsamer angehen lassen.« Mit einem leisen Ächzen ließ sie sich nieder, bückte sich dann aber überraschend behände nach einer auf dem Boden liegenden Orange, schälte sie und steckte sich die süßen Schnitze in den Mund. Schloss die Augen. Spürte die saftige Süße auf ihrer Zunge. Und wusste, dass sie diesen Geschmack von nun an nicht mehr oft genießen würde.

Sie reichte ihrer Freundin einen Schnitz und sah sie liebevoll an. »Meine Elena«, sagte sie. »Meine treue Wegbegleiterin.

Was hätte ich nur ohne dich getan? Immer und immer warst du an meiner Seite. Ein Leben lang. Doch jetzt werden sich unsere Wege bald trennen.«

Elena, die sich die Orange gerade in den Mund geschoben hatte, verschluckte sich vor Schreck und rang nach Atem.

»Wie meinst du das?«

»Ich bin eben doch eine alte Frau, Elena«, sagte Maria leise. »Meine Zeit ist gekommen. Ich folge meinem lieben Johann und meinem lieben Alejandro bald nach.«

»Das … Nein, das darfst du nicht!«, rief Elena, griff nach Marias Hand und umklammerte sie. »Lass mich nicht allein, Marilu.«

Traurig sah Maria ihre treue Freundin an. »Diesmal habe ich keine andere Wahl. Aber ich muss dich noch um einen letzten Gefallen bitten.«

»Jeden!«, schluchzte Elena. »Du weißt, dass ich alles für dich tun würde.«

»Sei mir noch einmal Ratgeberin. Immer mehr verstärkt sich mein Gefühl, dass ich mein Geheimnis nicht mit ins Grab nehmen sollte. Dass ich meiner geliebten Tochter und ihren Nachkommen ihre Wurzeln nicht verwehren darf.«

Wie elektrisiert sah Elena ihre Freundin an. »Du willst Sophia zu dir bitten?«

Maria schüttelte den Kopf. »Nein«, sagte sie. »Mein Mädchen hat mich nie gekannt. Die einzige Erinnerung, die sie an ihre Mutter hat, soll nicht die auf dem Sterbebett sein.«

»Was willst du dann tun?«

»Ich habe eine entzückende Urenkelin, wie du weißt«, setzte Maria an.

»Magdalena«, sagte Elena sofort. »Ja, sie ist wirklich reizend. Und so mutig!«

»Ich habe mir überlegt«, sagte Maria, »dass ich ihr die Plantage vererben werde.«

»Oh«, machte Elena. »Bist du dir da sicher? Du weißt doch gar nicht, ob deine Enkeltochter etwas damit anfangen kann.«

»Ich glaube schon, dass sie das kann«, erwiderte Maria. »Sie hat doch in London dieses entzückende spanische Café aufgemacht. Sie spürt ihre Wurzeln. Und dann lassen wir den Dingen ihren Lauf … Und diesmal bist du Zuschauerin. Ich werde das nicht mehr erleben.«

Elena schluchzte auf, und Maria wischte ihr in einer zärtlichen Geste die Tränen aus dem Gesicht, so wie Elena es umgekehrt schon etliche Male getan hatte.

»Das Einzige, was mir Sorgen macht, ist, dass Alfredo gekränkt sein könnte«, sagte Maria leise. »Er rechnet damit, dass er auch meinen Teil der Plantagen erbt. Schließlich war er uns in all den Jahren wie ein Sohn.«

»Ja«, sagte Elena. »Er wird enttäuscht sein. Aber er ist ein Herzensguter. Und er ist nicht habgierig. Wenn du es ihm erklärst, wird er es verstehen. Ich denke, für ihn ist nur wichtig, dass die Plantage in guten Händen ist. Er liebt sie wie sein Leben, Maria.«

»Ja«, erwiderte Maria. »Das weiß ich. Aber ich kann es ihm nicht sagen. Es wäre falsch, wenn er es vor Sophia erführe.«

Elena nickte. »Ja, das kann ich verstehen.«

»Kannst du nach meinem Tod dafür sorgen, dass er es versteht?« Sie sah die Freundin bittend an.

»Natürlich. Auch wenn es furchtbar ist, dass du so selbstverständlich von deinem Tod sprichst.«

»Ich fürchte den Tod nicht, Elena«, sagte Maria leise.

»Aber ich«, erwiderte Elena. »Ich fürchte deinen Tod.«

»Ach, meine liebe Elena«, sagte Maria. »Wenn ich eins in meinem Leben gelernt habe, dann ist es, dass wir nicht beieinander sein müssen, um tiefe, echte und innige Liebe zu fühlen. Du weißt, wie sehr ich meine Sophia mein Leben lang geliebt habe und auch ihre Tochter Gabriela, meine Enkelin, und meine Urenkelin Magdalena, obgleich sie nichts von mir wussten. Und auch Johann habe ich immer geliebt. Und dich, meine liebe Elena, dich ebenso. Nun ist es Zeit zu gehen, aber ich weiß, dass wir einander nicht verlieren werden. Der Tod kann uns nicht trennen.«

Elena schluchzte inzwischen herzzerreißend, und Maria zog sie in ihre Arme und wiegte sie wie ein Kind.

Nachdem die Freundin sich einigermaßen beruhigt hatte, sagte Maria: »Bitte sorg dafür, dass meine Sophia erfährt, wie sehr ich sie immer geliebt habe.«

»Ja«, sagte Elena. »Ja, das verspreche ich dir.«

»Gut.« Maria bückte sich noch einmal und hob eine weitere Frucht auf. »Teilen wir uns noch eine Orange. Es könnte die letzte sein.«

Kapitel 49

Magdalena, Sóller 1978

»Es war tatsächlich die letzte Orange, die wir miteinander geteilt haben«, sagt Elena. Sie sitzen am Tag nach ihrer Entlassung aus dem Krankenhaus in ihrem Wohnzimmer zusammen, und Elena hat ihnen gerade alles von den letzten Stunden in Marias Leben und ihrer Entscheidung erzählt, Magdalena alles zu vererben.

»Diese Erklärung wird Ribes guttun«, sagt sie. »Wir müssen es ihm unbedingt erzählen.«

»Ja«, pflichtet Javier ihr bei. »Lass uns gleich nachher zu ihm fahren.«

»Aber erst will ich noch ganz viel wissen«, sagt Magdalena. »Meine Urgroßeltern sind doch schon lange tot. Wie gelang es Maria, trotzdem auf dem Laufenden zu bleiben?«

»Das war die leichteste Übung«, versetzt Elena. »Sie hat einfach einen Privatdetektiv engagiert. Als du nach London gingst – das ist nun der lustige Teil der Geschichte –, ging er mit.«

»Er ging mit?«, fragt Magdalena verwundert.

»Das war eine seltsame Fügung«, sagt Elena. »Anfangs fuhr er nur dann und wann hin, um zu sehen, was du so treibst. Doch dann hat er seine Frau kennengelernt. Und blieb – als Anwalt.«

»Das war doch nicht etwa der Anwalt, der mich nach Mallorca schickte?«, begreift Magdalena.

»Soweit ich weiß, war er das«, sagt Elena. »Ich glaube, er hieß … Harding.«

»Ja«, sagt Magdalena. »Unglaublich. Er kannte mich also mein ganzes Leben.« Magdalena fühlt sich ein wenig unbehaglich. »Und er hat mich nicht merken lassen, dass er Deutscher ist.«

»Natürlich nicht«, sagt Javier. »Er ist ja Privatdetektiv, und du solltest es nicht wissen.«

»Ein wenig unheimlich – dass er mich die ganze Zeit beobachtet hat.«

»Ja«, sagt Javier. »Aber er war ein guter Geist, der dich begleitet hat. Im Grunde so etwas wie ein Beschützer.«

»Wie habt ihr eigentlich damals Marias Eltern erklärt, dass ihr so lange in Deutschland wart?«, will Sophia indes wissen.

»Das war in der Tat nicht ganz einfach«, sagt Elena. »Wir haben einen Teil der Wahrheit preisgegeben: dass Maria schwer krank ist. Was aber zur Folge hatte, dass ihr Vater kommen wollte. Es bedurfte zahlreicher Briefe von Johann und Vera Sonnbichler, dass das nicht nötig sei. Und der Gedanke, dass seine Maria bei Johann und seiner Frau in Obhut war, beruhigte ihn schließlich. Johann schrieb ihm noch, das

Beste, was er für Maria tun könne, sei, sich darum zu kümmern, dass mit der Eisenbahn alles seinen Weg gehe. Und das hat er auch getan. Er hat die Berechnungen neu gemacht und den Arbeitern so die Arbeit erleichtert – die Eisenbahn läuft reibungslos, wie ihr seht.«

»Und inzwischen gibt es sogar noch die Straßenbahn«, sagt Javier. »Wenn ich es richtig weiß, wurde sie ein Jahr, nachdem der Tren de Sóller fertig war, errichtet?«

»Genau«, bestätigt Elena. »Sie wurde von derselben Gesellschaft gebaut wie die Eisenbahn, von der Ferrocarril de Sóller, und erfreut sich größter Beliebtheit. Marias Eisenbahn wurde am 16. April 1912 eröffnet und die Straßenbahnlinie am 4. Oktober 1913.«

»Am 16. April 1912«, sagt Sophia leise. »Da war ich vier Jahre alt. Ich kann mich nicht daran erinnern, dass mein Vater jemals nach Spanien gereist ist.«

»Er war auch nie wieder hier«, erwidert Elena. »Ferrocarril de Sóller hat den Bau mit ihren eigenen Leuten fertiggestellt. Und deine Mama, also Maria, hat sich immer sehr stark dafür eingesetzt.«

»Und sie war bei der Eröffnung dabei?«, vergewissert sich Sophia.

»Natürlich!«, sagt Elena. »Ganz vorn stand sie und strahlte über das ganze Gesicht. Und sie hat ihre Marmeladenfabrik immer bekannter gemacht. *Marias Mermelada* war in ganz Spanien bekannt. Zumindest, bis sie zu alt wurde, sie selbst herzustellen. Alfredo wäre gern in ihre Fußstapfen getreten, aber sie wollte ihm das Rezept nicht geben. Sie hat es aufbewahrt und in ihrem Herzen immer darauf gehofft, es eines

Tages an dich weitergeben zu können. Letztendlich hat er dann seine eigene Marmelade erfunden.«

»Warum nicht?«

»Ich habe das Gefühl – sie hat es ja in ihrer Zeit mit Johann kreiert –, dass es ihre letzte Verbindung zu euch war. Es sollte in eure Hände kommen. Vielleicht steht das auch in den Briefen, die sie an dich geschrieben hat. Aber das weiß ich nicht, ich habe sie nie gelesen.«

»Darf ich die Briefe sehen?«, fragt Sophia.

»Aber natürlich, dafür sind wir ja hier. Komm!«

Elena erhebt sich und geht zu einer riesigen schwarzen Truhe mit einem halbrunden Deckel. »Er ist etwas schwer«, sagt sie. »Am Ende mussten Maria und ich beide mit anpacken, um den Deckel anzuheben.«

»Ich mache das.« Javier tritt vor und öffnet die Truhe.

Dann schreien Magdalena und Sophia erstaunt auf. Die Truhe, etwa einen Meter hoch, ebenso breit und um die zwei Meter lang, ist bis obenhin gefüllt. »Das sind alles Briefe, die sie an mich geschrieben hat?«, fragt Sophia. »Das sind ja Tausende. Und sie sind alle ungeöffnet.«

»Es waren ja auch siebzig Jahre«, sagt Elena. »Und ungeöffnet sind sie, weil sie an dich gerichtet sind und du sie bisher noch nicht bekommen hast.«

»Dann kann ich ja doch noch an ihrem Leben teilhaben«, ruft Sophia und blickt gen Himmel. »Ich danke dir, Mama. Für alles.«

»Die Briefe, die Vera und Johann und der Detektiv an Maria schrieben, habe ich woanders aufbewahrt«, sagt Elena und geht zu ihrem Bücherregal. Sie zieht mehrere Alben heraus und trägt sie zu dem großen Tisch.

»Bitte.« Sie deutet auf das erste.

»Sophia Esperanza, 1908–1913«, liest Sophia.

»Esperanza?«

Elena nickt. »So wollte sie dich nennen. Esperanza, die Hoffnung. Aber dann fiel sie ins Koma, und als sie wieder aufwachte, warst du bereits getauft. Auf den Namen Sophia.«

»Wusste denn niemand, dass sie mich Esperanza nennen wollte?«

»Doch, aber wir waren nicht sicher, ob sie das wirklich möchte«, erwiderte Elena. »Es war noch nicht klar, ob sie mit dir in Deutschland bleiben würde oder nicht – und mit dem Namen Esperanza wärst du sehr aufgefallen.«

»Ich verstehe«, sagt Sophia leise.

Magdalena fragt: »Was ich noch nicht verstehe – du bist ja in unserem Dorf aufgewachsen, in dem Johann und Vera schon die ganze Zeit über lebten. Ich weiß ja, wie klein das Dorf ist und dass jeder alles über jeden weiß. Es müssen doch alle gewusst haben, dass Vera nicht schwanger gewesen ist!«

Doch Elena schüttelt den Kopf. »Nein, das haben wir gut ausgeklügelt. Das Gute war, dass Vera sich nach ihrer Fehlgeburt sowieso sehr von der Dorfgemeinschaft zurückgezogen hatte und lange nicht mehr gesehen wurde. Die Hebamme, die dich auf die Welt gebracht hat, hat dann herumerzählt, dass Vera wieder guter Hoffnung ist, aber das Haus nicht verlassen darf und liegen muss. Und eines Tages warst du da. Und keiner hat Fragen gestellt. Die einzige Gefahr war die Wirtin.«

»Welche Wirtin?«

»Als wir in dem Dorf ankamen, fanden wir in einem Gasthaus Quartier. Die Wirtin wusste also, dass eine hochschwangere Frau nach Johann gefragt hatte. Maria behauptete aber, im Auftrag ihres Mannes dort zu sein.«

»Ihres Mannes?«

»Wir sagten, sie sei verheiratet, und ich lieh ihr zur Tarnung den Ehering meiner Großmutter«, sagt Elena und streckt ihre von Altersflecken bedeckte Hand vor. »Diesen hier.«

Magdalena und Javier wechseln einen Blick. Das ist also die Erklärung, weshalb Elena den Ehering ihrer Großmutter trägt!

»Diesen Ring trug meine Mutter bei meiner Geburt?«, fragt Sophia fasziniert.

Elena nickt und lächelt gütig. »Und wenn ich einmal nicht mehr bin, sollst du ihn erben, mein Kind.«

»Und wie ging es weiter?«, fragt Magdalena ungeduldig. »Die Wirtin hat keinen Verdacht geschöpft?«

»Nein. Zum Glück nicht. Ich bin noch mal hin und habe das Gepäck geholt. Sie hat keine Fragen gestellt und offenbar auch später nichts herumerzählt.«

»Was für eine unglaubliche Geschichte«, flüstert Sophia.

»Ja«, bestätigt Elena. »Und ich bin froh, dass sie so ausging. Dass ihr nun alles wisst. Das hätte Maria gefallen. Insofern nimmt die Geschichte ein gutes Ende.«

»Nein«, widerspricht Magdalena. »Die Geschichte ist noch nicht zu Ende.«

»Stimmt«, sagt Sophia. »Ich muss – ich will – all die Briefe lesen. Und damit beginnt die Geschichte erst.«

»Das auch«, erwidert Magdalena. »Aber das meine ich nicht. Wir müssen uns überlegen, wie es mit der Plantage weitergeht. Und mit dem Herrenhaus. Wir wollen das Erbe in Ehren halten.«

»Ja«, wiederholt Sophia leise. »Ja. Wir wollen das Erbe in Ehren halten. Und mehr als das. Wir wollen es neu beleben. Am Ende sollen die spanischen und die deutschen Wurzeln miteinander verbunden werden.«

Magdalena lächelt. »Ich habe da auch schon eine Idee.« Sie nimmt Javiers Hand. »Und sie wird dir gefallen. London spielt nämlich keine Rolle mehr.«

Epilog

Die warmen Sonnenstrahlen des späten Nachmittags tauchen den Hof, der sich zwischen dem Herrenhaus, der ehemaligen Marmeladenküche und dem einstigen Kontorgebäude erstreckt, in goldenes Licht. Gäste sitzen angeregt plaudernd an gusseisernen, kunstvoll geformten Tischen und lassen sich die Köstlichkeiten schmecken, die die Besitzerin des Anwesens selbst herstellt. Zwischen den Tischen, mit fliegenden Locken und bloßen Füßen, rennt ein kleines Mädchen umher. Ihre dunklen Augen funkeln vor Freude, als sie geschickt den Stuhlbeinen ausweicht und sich dann lachend in die Arme ihres Vaters wirft.

Javier hat inzwischen seine Anwaltskarriere hinter sich gelassen, um sich um die Verwaltung der Plantage seiner Frau zu kümmern. Obendrein ist er Hotelmanager geworden, denn Magdalena hat das Herrenhaus in ein Hotel verwandelt. Die kleine Familie ist in den Verwaltungstrakt gezogen, wo Urgroßmutter Maria einst ihrem Vater gegenüber trotzig erklärt hatte, sie werde sich für den Bau der Eisenbahn starkmachen. Sie leben im ersten Stock, und im Erdgeschoss hat

Javier sein Büro eingerichtet. Jetzt grinst er und hebt seine Tochter hoch. »Esperanza, du bist ja schneller als der Wind!«

»Ich bin eine Orangenfee, Papa!«, ruft sie begeistert und streckt die kleinen Arme aus, als könnte sie jeden Moment davonfliegen.

Magdalena tritt mit einem Tablett aus der Caféküche und bleibt stehen, um die Szene zu betrachten. Ein warmes Lächeln legt sich auf ihr Gesicht. Es war die richtige Entscheidung, ihr Café in London aufzugeben – es wird nun von ihrer Mitarbeiterin weitergeführt – und das Erbe ihrer Ahnen anzutreten. Fünf Jahre hat der Umbau gedauert, und sie hat einen Kredit aufnehmen müssen. Javier hat ihr einen Wirtschaftsplan erstellt, und Bankdirektor Cristiano Montoya hat nicht nur sofort zugestimmt, sondern ist inzwischen auch ein gern gesehener Gast: Häufig ist er an den Wochenenden herausgekommen, um die Stille zu genießen – und hier hat er auch die Liebe wiedergefunden, in Gestalt von Jacinta, einer jungen Frau aus dem Dorf, die Magdalena im Café hilft. Letzten Monat haben sie hier die Hochzeit ausgerichtet.

Schon bevor das Hotel fertig gewesen war, hat Magdalena Marias alte Marmeladenküche reaktiviert, hier stellt sie nun wieder die Marmelade ihrer Urgroßmutter nach deren Originalrezept her, hier ersinnt sie aber auch zahlreiche weitere Orangenkreationen: fluffige Orangen-Creme-Törtchen, mit kandierten Orangenschalen garnierte Kekse und das Highlight: Orangenkonfekt, Orangenlikör, Orangenlimonade. Mit dem Verkauf ihrer Spezialitäten finanziert sie nicht nur die Instandhaltung der Plantage, sondern hält auch das Erbe ihrer Familie lebendig.

»Man könnte sich keinen liebevolleren Vater für die Kleine wünschen«, sagt eine Stimme neben ihr.

Magdalena wendet den Kopf. »Mama«, lacht sie. »Ja, da hast du recht.«

Sie weiß, was ihre Mutter in diesem Moment denkt: Dass Magdalena auch so einen Vater verdient hätte. Doch Martin hat Gabriela verlassen, als sie mit Magdalena schwanger wurde. Sie hat ihren Vater nie kennengelernt. Ihre Mutter hat sie, gemeinsam mit Sophia, allein großgezogen in jenem Dorf im Allgäu, dem sie nun den Rücken gekehrt haben. Gabriela hat ihren Posten an der Rezeption eines Hotels gekündigt und ist nach Spanien gezogen, wo sie sich nun dank ihrer langjährigen Erfahrung mit ruhiger Souveränität um die Abläufe im Hotel kümmert.

Am Ende sind sie also alle zusammen – Maria hätte das gefallen. Die deutschen und die spanischen Wurzeln der Familie sind vereint – und da Magdalena nun Javier geheiratet hat, sind die deutsch-spanischen Bande noch verstärkt worden.

Auch Sophia ist nach Spanien umgesiedelt: Sie sitzt in einer schattigen Ecke des Innenhofs an einem kleinen Tisch, eine Tasse Café con leche vor sich. Ein Notizbuch liegt aufgeschlagen vor ihr, und sie schreibt konzentriert. Sie hat alle Briefe gelesen, und nun arbeitet sie an einem Buch über ihre Familie – über Geheimnisse, Verluste und die unerschütterlichen Bande zwischen den Frauen ihrer Linie.

An ihrer linken Hand glänzt ein schlichter Ring – der Ring, den die inzwischen verstorbene Elena ihr wie versprochen vermacht hat. Der Ring, den ihre Mutter Maria bei ihrer

Geburt getragen hat. Und ihre eigene Urenkelin trägt nun den Namen, den Maria ihr einst zugedacht hatte: Esperanza.

Magdalena tritt zu ihr und stellt ihr ein Schälchen mit Orangen-Pastelillos hin.

»Ich bin gespannt auf dein Buch, Ia.«

Sophia drückt sanft ihre Finger. »Ich glaube, es ist an der Zeit, dass unsere Geschichte erzählt wird.«

Magdalena nickt, ihr Blick wandert über den Innenhof, über die lachenden Gäste, über Esperanza, die nun auf Javiers Schultern sitzt und mit einer Orange spielt.

»Ja«, bestätigt sie. »Es ist an der Zeit.«

ENDE

Spuren der Realität

Mein Roman ist vom Bau der Eisenbahn zwischen Palma und Sóller inspiriert, Maria und Johann sind aber fiktive Personen. Die Eckdaten um den Bau der Eisenbahn sind jedoch korrekt, und am Bau waren auch deutsche Ingenieure beteiligt. Jerónimo Estades und Juan Morell gab es wirklich, und sie spielten eine große Rolle beim Eisenbahnbau, ebenso wie Antonio Maura y Montaner, Pedro Garau Cañellas und Eusebi Estada i Sureda.

Ein kurzer Überblick über den Bau der Eisenbahn:

Ende des 19. Jahrhunderts war das Tal von Sóller bekannt für seine landwirtschaftlichen Erzeugnisse, insbesondere Orangen und Zitrusfrüchte, die eine bedeutende Handelsware darstellten. Der Transport dieser Waren nach Palma – dem Hauptumschlagplatz für den Export – war jedoch äußerst beschwerlich. Vor dem Bau der Bahn gab es nur zwei Möglichkeiten, um von Sóller nach Palma zu gelangen: der beschwerliche Weg über den Coll de Sóller, ein Gebirgspass mit engen, kurvigen Straßen, der insbesondere für Fuhrwerke und Karren eine große Herausforderung darstellte, und der Seeweg, bei dem Waren per Schiff von Port de Sóller nach Palma transportiert wurden – eine riskante und wetterabhängige Alternative. Daher entstand der Wunsch nach einer direkten Bahnverbindung, um den Transport zu erleichtern und die Wirtschaft von Sóller anzukurbeln.

Die Idee einer Eisenbahnverbindung entstand bereits Ende des 19. Jahrhunderts. Einer der wichtigsten frühen Befürworter war der mallorquinische Ingenieur und Eisenbahnpionier Eusebi Estada i Sureda, der sich bereits zuvor für den Ausbau des Eisenbahnnetzes auf Mallorca eingesetzt hatte – mit dem Ziel, die wirtschaftlichen Zentren der Insel besser zu verbinden. 1903 schlug der Geschäftsmann Juan Morell eine direkte Bahnverbindung durch die Serra de Tramuntana vor. Anstatt eine Strecke über Valldemossa und Deià zu bauen, plädierte Morell für einen Tunnel durch das Gebirge, um eine direktere und effizientere Route zu ermöglichen. Doch die Finanzierung des Projekts war eine große Herausforderung. Erst als der Politiker Antonio Maura y Montaner, ein einflussreicher Mallorquiner, sich in Madrid für das Projekt einsetzte, erhielt es politischen Rückhalt. Am 5. November 1905 wurde die Ferrocarril de Sóller S.A. gegründet, die als Betreiber der Bahn fungieren sollte.

Zusätzlich wurden Investoren aus Barcelona gewonnen, da Händler dort ein großes Interesse an den Orangen aus Sóller hatten.

Die Bauarbeiten begannen im Jahr 1907 unter der Leitung des Ingenieurs Pedro Garau Cañellas, der für die technische Umsetzung verantwortlich war. Die größten Herausforderungen waren der Bau des 2.876 Meter langen Alfabia-Tunnels, der durch die Berge getrieben werden musste, die Überwindung von 199 Höhenmetern zwischen Palma und Sóller und die Konstruktion von dreizehn Tunneln, mehreren Viadukten und Brücken, um die Strecke stabil zu halten. Hunderte Arbeiter, darunter viele aus Sóller selbst, waren am Bau beteiligt. Die Arbeiten waren gefährlich, und es kam zu Unfällen, doch nach fünf Jahren harter Arbeit war das Projekt vollendet.

Am 16. April 1912 wurde die Bahnstrecke offiziell eingeweiht. Die erste Lokomotive verließ den Bahnhof in Palma und fuhr unter großem Jubel der Bevölkerung nach Sóller.

Mit der Eröffnung der Eisenbahnlinie veränderte sich das wirtschaftliche Leben in Sóller grundlegend: Die Orangenbauern konnten ihre Waren nun effizienter nach Palma und weiter nach Barcelona exportieren.

Die Bahn wurde schnell zu einem beliebten Verkehrsmittel für Reisende, die das idyllische Sóller besichtigen wollten. Die bessere Anbindung führte zu einer wirtschaftlichen Blütezeit in Sóller. Zusätzlich wurde am 4. Oktober 1913 die Straßenbahnlinie zwischen Sóller und Port de Sóller eröffnet, um die Waren noch schneller in den Hafen zu transportieren.

Um die starke Rauchentwicklung in den engen Tunneln zu reduzieren, wurde die Bahn 1927 elektrifiziert, wobei Siemens-Schuckert die Arbeiten übernahm. Dadurch wurde der Betrieb effizienter und umweltfreundlicher.

Während des 20. Jahrhunderts wurde die Bahn immer weniger als Transportmittel für den Güterverkehr genutzt, doch ihr touristischer Wert stieg stetig. Heute ist die Strecke eine der beliebtesten Attraktionen auf Mallorca und bewahrt das historische Erbe der Insel.

Danksagung

Als mein Mann mir kurz nach unserem Kennenlernen von Mallorca vorschwärmte, winkte ich ab: »Mallorca? Das ist doch Ballermann. Da will ich nicht hin«, sagte ich ihm. Er grinste nur und erklärte, ich solle es abwarten. Und hinfliegen. Ich wartete ab. Und flog hin. Und war wie verzaubert. Mallorca war alles, nur nicht das, was ich mir vorgestellt hatte (wobei wir um den Ballermann einen weiten Bogen machten). Besonders verzaubert war ich aber von Sóller und Port de Sóller. Ich bin mindestens zweimal im Jahr dort, es ist mir zur zweiten Heimat geworden. Nie darf ein Besuch auf der Orangenplantage Ecovinyassa in Sóller fehlen, die mich mit zu diesem Buch inspiriert hat. Danke für den immer so herzlichen Empfang.

Auch das Hotel *Los Geranios* gibt es wirklich, dort habe ich schon gewohnt, ebenso wie die Pizzeria mit den unfassbar lecken Pizzen und dem unfassbar freundlichen Kellner. Allerdings spielt der Roman in meinem Geburtsjahr 1978, und Pizzeria und Hotel besuchte ich in den 2020er-Jahren.

Dass der Ullstein Verlag, allen voran meine liebe Lektorin Nicola Kammer, von meinem Buchprojekt gleich so begeistert war wie ich, führte dazu, dass dieses Buch nun vor Ihnen liegt, liebe Leserinnen und Leser! Danke, liebe Nicola, dass Du an dieses Buch geglaubt hast. Danke auch an meine einfühlsamen Lektorinnen Anna Heller und Christiane Branscheid sowie meine wie immer aufmerksame Testleserin Daniela Werning. Und ein riesiges Dankeschön an die wunderbare Anna Mechler, meine liebe Agentin, die es vermittelt hat – und die übrigens auch Spanisch spricht, ebenso wie mein Mann Thomas, dem ich für seine endlose Geduld mit mir danke und dafür, dass er mir Mallorca gezeigt hat. Ein Ort, den auch unsere Kinder inzwischen lieben – denen ich wie immer am meisten danke. Dafür, dass ich ihre Mama sein darf.

Herzlichst,
Eva-Maria Bast